行驶中的火车向外频频喷吐转瞬即逝的蒸汽

满眼林立、突突冒烟的大烟囱

满耳隆隆的机声和偶尔一声长长的汽笛

满街潮水般迎着朝阳、穿着工装、踩着单车去上班的工人

把人带入"工业革命"般工业化氛围中

令人无比眷恋那悄然隐入昔日的光辉

《机声三家店——工业青云谱》编委会

顾 问	孙 毅	吴江辉	
主 编	胥 萍		
副主编	王莉华	王 光	
编 委	陈忠良	喻 洪	杨楼锐
	温雪华	周细毛	章 雷
统 筹	任 萍	谢 艳	苏 状
	张丹峰	朱懋昭	
摄 影	章焕荣	章 雷	杨振雱
	舒云安	苏 状	张文华
	曾文慧		

机声三家店

工业青云谱 上卷

政协南昌市青云谱区第九届委员会 编

杨振雩 著

江西人民出版社

全国百佳出版社

工业摇篮青云谱

踏上青云谱地界，触目皆是纵横交错的铁轨，虽早已闲置不用，伸进了历史的深处，但随着车辆经过时发出的那一声"咯噔"，似乎在有意提醒你，作为工厂过往的大动脉，它还承载着时代的记忆，它以工业文明的符号，以无用之用的方式，依然参与进现世生活中来，血液何曾沉睡？使命又何曾终结？

它让人容易产生历史的联想，想到行驶中的火车向外频频喷吐转瞬即逝的蒸汽；想到满眼林立、突突冒烟的大烟囱；想到满耳隆隆的机声和偶尔一声长长的汽笛；想到满街潮水般迎着朝阳、穿着工装、踩着单车去上班的工人。总之，那雪亮的钢轨把人带入"工业革命"般工业化氛围中，令人无比眷恋那悄然隐入昔日的光辉。

满眼林立、突突冒烟的
大烟囱曾是工业文明的符号

　　宋《太平寰宇记》载："青云浦在城南十五里，产异花，名七里香。"眼前不由得浮现出，在水之洲，一片奇花异卉、蜂飞蝶舞的氤氲中，青云谱宛如在众香国里，四处弥漫着芬芳，充溢着活力。

　　青云谱位于南昌城南，东接青山湖，南邻南昌县，北毗西湖区，西濒象湖，与桃花坞隔湖相望。有"城南胜地，人世蓬岛"之令誉。全境处赣抚平原腹地，东部和北部平坦，西南丘陵起伏。

　　抚河像一条玉带横贯而过，把梅湖和象湖两颗明珠穿成一"串"。而四条溪流网织其间，众多桥梁勾连其上。历史上这里河网密布，水系发达，渔歌互答，舟楫穿梭，状如《清明上河图》。

　　早在新石器时代就有先民逐水而居。汉高帝六年（前201），灌婴筑城，始建南昌，古属南昌县灌城乡，是为南昌城之嚆矢。

　　青云谱最早称"太极观"，为晋朝道士许逊在"梅仙祠"旧址所建道院。宋称"青云浦"，清代八大山人隐居时改"青云圃"，后更名"青云谱"。

　　青云谱位于南昌城南，东接青山湖，南邻
南昌县，北毗西湖区，西濒象湖，与桃花坞隔
湖相望。有"城南胜地，人世蓬岛"之令誉。

清幽宁静、别具逸趣的青云谱——八大山人纪念馆。

"青云"二字，在道教有驾青云羽化登仙之想，在儒家则有不坠青云之志之意。

西汉末年，南昌县尉梅福，刚劲孤梗，直陈时弊，冠"南昌五贤"之首；东汉南州高士徐孺子，神情秀特，高标独举，《滕王阁序》有"徐孺下陈蕃之榻"之句；晋代治水名臣许逊，筑堤捍江，永息水患，民到于今获其利；尤其是明末清初八大山人，匿迹空门，潜心丹青，堪称一代宗师，郑燮状之为"墨点无多泪点多"；大法官梅汝璈，审判日军战囚，慷慨陈词，效死捍卫正义法则……

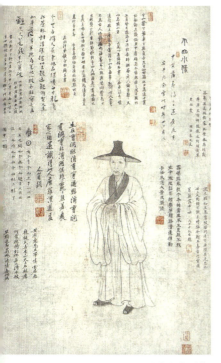

八大山人画像

青云谱是南昌人文的菁华和灵魂的内核，成为人们来南昌游历必不可少的精神之行、生命之旅。

其来已久，青云谱似乎更适于定位"林泉"，是幽人独处、隐者修行、高士死节之所在，谁也不曾料到，它却成了南昌近代工业的萌蘗、现代工业的摇篮。这似乎应了周敦颐《太极图说》之义："静而生阴，静极复动，一动一静，互为其根。"

梅汝璈像

二

长久的岑寂之后，青云谱终于被隆隆的机声和长长的汽笛所打破，迎来了自己喧嚣的时代。

青云谱水陆通衢，舟车辐辏。唐宋以来，造船业十分发达。宋诗描有"垂杨夹道三千户，绕郭连樯数万舟"之盛况。此外，熊坊村的豆豉制造业、施家窑的烧砖制瓦业、漕溪的纺绳制缆业，以及徐家坊的竹篾业等也素负盛名，是青云谱所知最早的手工业。

1900年青云谱就有建于将军渡的厚生机器碾米厂。1933年，南昌机器碾米已发展到105家。1918年青云谱始建四明砖瓦厂，从德国进口砖瓦机，拥有120门自动装卸窑设备，是南昌最早的机制砖瓦厂。

而1925年3月，江西省修筑南莲公路，自北而南贯穿青云谱全境。1928年正式通车，直达樟树镇。古老而封闭的城郊从此敞开门扉，接纳四方宾朋，各路拓荒者纷至沓来，翕然趋之，给工业发展带来了勃勃新机。

当年，公路旁边首开三间茅店——茶水店、杂货店、饮食店，三家店（简称"三店"）是为青云谱工商业之滥觞。往后，"三店"成了地标，成了象征工业区域性的代名词。以至于多少年过去了，青云谱早已成了政治、文化、

三店这个古老的名字带着"鸡声茅店月"般的诗意，作为一个历史的标点，嵌入通都大邑，顿挫着赣省首府特有的节奏

经济中心，而三店这个古老的名字仍恋恋不肯退出，还带着"鸡声茅店月"般的诗意，作为一个历史的标点，嵌入通都大邑，顿挫着赣省首府特有的节奏。

1935 年，中意签订合办中央南昌飞机制造厂协议，建成远东第一大飞机场。抗日战争全面爆发后，工厂内迁四川，改名为"空军第二飞机制造厂"。

抗战全面爆发，南昌成为中国航空的中心，也是中国东南部的战略中心。国民政府的空军教导总队以及全国空军主力的大部均设于此，中国空军轰炸机、驱逐机 6 个大队都由此地起飞。

中华人民共和国成立之初，工业基础十分薄弱，大机器制造业和现代技术装备极度缺乏。毛泽东曾概括："现在我们能造什么呢？能造桌子椅子，能造茶碗茶壶，能种粮食，还能磨成面粉，还能造纸，但是，一辆汽车、一架飞机、一辆坦克、一辆拖拉机都不能造。"（毛泽东：《关于中华人民共和国宪法草案》，1954 年 6 月 14 日，《毛泽东文集》第 6 卷，人民出版社，1999 年，第 329 页）

自然，南昌的工业基础乏善可陈，几乎没有什么重工业。全市工业主要有纺织、肥皂、火柴、面粉、酿造等 38 个行业，大小企业仅有 796 户。全市有机械设备的不足百户，半机械、半手工式的 170 户，其余均为手工小作坊。青云谱境内只有十余家小敲小打、规模极小的制绳、豆腐、铁、木、石、篾等手工作坊。

南昌解放前夕，大部分工商业陷于停工停业或半停工停业状态。

三

1949 年 5 月 22 日，南昌解放开新局，青云谱工业迎来了大好契机。

1949 年 6 月 15 日，市军管会、市政府邀请 100 余名工商界人士召开座谈会，阐明党的"公私兼顾、劳资两利"的政策。军管会主任陈正人和副主任邵式平作了动员讲话。在积极的引导和扶持下，许多工商业主很快就复工复业。

1953 年 1 月 1 日，《人民日报》发表社论，向全国宣告，我国开始执行国家建设的第一个五年计划。把注意力集中到实行社会主义工业化的任务上，以极大的热情投入大规模有计划的经济建设。

南昌人民举行庆祝南昌解放盛大集会

上海人民出版社出版的《我国第一个五年计划的通俗图解本》

1953—1957年，"一五"时期，在恢复的基础上，江西省按计划对地方国营企业进行调整和改建，对原有分散落后的私营企业进行经济改组，实行公私合营，在改组联合基础上，建设新的工业企业。洪都机械厂被列入国家"156项重点工程"之一。江西机械制造厂（江拖）为"一五"期间江西省重点建设项目。

1958—1965年，"二五"和三年调整时期，江西省工业企业经历"大跃进"、大发展和大调整。1961年贯彻中共中央关于"调整、巩固、充实、提高"八字方针。

"二五"时期，江西省工业企业发生了重大变化和发展。青云谱江东机床厂、江西矿山机械厂等一批重点骨干企业应运而生。

1966—1980年，"三五""四五"和"五五"时期，遭受"文化大革命"冲击。1979年贯彻中央"调整、改革、整顿、提高"八字方针，压缩基本建设战线及规模，基本建设投资是最低的一年。

1981—1990年"六五"和"七五"时期，改革开放，积极引进技术和设备，江西省工业面貌焕然一新。江西汽车制造厂（江铃）从日本引进五十铃技术、驾驶室模具和检测设备，汽车工业起死回生，驶入快车道。

国家实行有计划的经济建设后，青云谱涌现出一大批响当当的品牌企业：洪都机械厂、江西拖拉机制造厂、江西汽车制造厂、江东机床厂、第四机床厂、江西锅炉化工石油机械联合有限公司，等等，创造出辉煌的业绩，这些划时代、里程碑式的重大成果，可歌可泣，彪炳史册。

1950年至1958年间，青云谱陆续建起了机床、锅炉、铸锻、耐火材料、罐头啤酒、麻纺织、冶金建设等一大批国营大中型工业企业。至1988年，青云谱有中央、省、市属工业企业189个，其中重工业109个，轻工业80个，共有职工6万余人。

到2000年，青云谱拥有航空、汽车、肉食品、机械、啤酒、电缆、服装等46个公司，以及印刷、机床、乳制品等多个厂家，共有职工8万余人。其中洪都航空工业集团和江铃汽车集团公司跻身全国500强之列。

目前，洪都已在南昌瑶湖建造了航空基地。江铃汽车股份有限公司成为"国家整车出口基地"……

在青云谱工业发展中，倾注了老一辈无产阶级革命家点滴心血。

1953年，在全总第七次工代会上，江西机械制造厂第一个全国劳模周德辉受到毛泽东接见。1954年8月1日，毛泽东给洪都机械厂全体职工发出嘉勉信，祝贺新中国首架飞机试制成功。1966年，毛泽东北京接见洪都机械厂职工贺福康（后为洪都机械厂副厂长）。

江铃汽车股份有限公司发车库

1952 年 1 月，刘少奇视察洪都机械厂。朱德先后在 1954 年 4 月和 1966 年 2 月两次视察洪都机械厂。周恩来于 1961 年 9 月视察洪都机械厂。陈云于 1969 年 10 月至 1972 年 4 月，在江西化工石油机械厂"蹲点"劳动。

先后有多位国家领导人莅临青云谱工业企业视察。

李鹏于 1990 年 10 月视察南昌飞机制造公司。朱镕基于 1991 年视察江铃汽车集团公司。胡锦涛于 1993 年 1 月视察江铃汽车集团公司。江泽民于 2001 年 6 月视察洪都航空工业集团。李克强先后于 2016 年 8 月和 2019 年 11 月两次考察青云谱企业，等等。

新中国第一任江西省委书记陈正人在红土地工作以及担任农业机械部部长期间，对江西工业建设大力支持，不遗余力。

尤其是新中国首任江西省省长邵式平，殚精竭虑，奋进不止，对江西工业建设做了奠基性的工作，劳苦功高，惠泽绵长。

计划经济体制，体现了国家集中力量兴办工业的优势，一度极大地激化了人们的创造精神，建立了卓越功勋。随着时代的推移，旧有体制越来越制约企业的发展，势所必然地迎来了改革开放。

在企业的改制中，毋庸置疑，广大工人群众承受了巨大压力，作出了无私奉献。他们打破了"铁饭碗"，作为领导阶级和主人翁地位，在市场机制作用下，通过劳动力资源的优化配置重新体现。

通过改制，增长了效益，发展了生产。有的企业被兼并了，有的破产了，有的置换了身份，改变了体制。从表面上看，部分原有企业似乎消失了，事实上它们并未真正消失，只是华丽转身，不过是以另一种形式而存在。即使目前尚存的企业，也早已非旧日时光。

付出就是存在，就有意义。只要流过汗，出过力，创造过，兴旺过，并在历史上留下浓墨重彩的一笔，它业已成为时代的旗帜，作为精神的象征，就进入到永恒，获得了不朽。

四

为何南昌市工业企业大多云集青云谱？这种布局值得探讨。

新中国成立初，江西省委、省政府非常重视南昌市的城市建设，成立了城市建设委员会，邵式平兼主任，所抓头件事就是组织力量编制《南昌市城市建设方案》，绘制《南昌市新城区计划图》。提出为生产、为劳动人民服务和发展新城区，兼顾旧城区的建设方针。

省人民委员会对南昌城区的规划建设多次讨论，召开了有关人员座谈会。意见有三：一是把老城全部拆除，重新规划新城区；一是兼顾老城，逐步发展新城区；一是保留老城，在昌北建立新城。省委经过充分讨论，决定采纳第二种意见。

在青云谱建立工业基地，即是基于这一理念：兼顾老城，发展新城。

解放前的南昌城区

1949年洪都机械厂全貌

旧江西工业虽是一张白纸，而青云谱则聊胜于无。国民政府留下的第二飞机制造厂有限遗存，或许是青云谱最早的工业底子：远东最大的机场、几个机棚、一个八角亭。凭着这些，实施了"一五"国家重点工程，建立洪都机械厂。然后，出于集中办工业的思路，汇聚了众多的工业企业入

解放前的南昌火车站

驻青云谱。

青云谱水陆交通便捷，通过象湖、抚河，船舶可达赣江鄱阳湖，可抵九州大地。青云谱靠近南昌火车站，调配物资和销售产品往来顺畅，通达无碍。

另外，解放初期，南昌南部尚属市郊，一片广袤而蒸腾着袅袅轻烟的原野，一块城市亟待扩张和开垦的处女地，可绘最新最美的图画，便于容纳占地面积较多的工业企业施展才智，实现抱负。

本地有句流行语，虽然讲的是日用生活的自足性，但也颇能说明青云谱工业门类齐全、体系相对完善：清早刷草珊瑚牙膏，早餐喝阳光牛奶，中午和晚餐品罐头啤酒……

为何青云谱被誉为江西现代工业的摇篮？纵观其历史变迁，可谓真实不虚。

所谓摇篮，意味着从无到有。

洪都机械厂一连创下十多个第一：新中国第一架自制飞机、第一辆摩托车、第一架多用途民用飞机、第一种自行设计制造的飞机、第一架超音速喷气式强击机、第一枚海防导弹、第一种农林专用飞机、第一种通过自筹资金国际合作研制的基础教练机、第一只以飞机整机为主营业务的股票、第一架全新三代高级教练机等；江西拖拉机厂制造的第一台水田轮式拖拉机，等等，不仅在江西前无古人，而且在全国填补了空白。

所谓摇篮，还意味着孕育孵化。

南昌乃至江西很多工业企业都能从青云谱找到其发展源头。

一个国家重点企业——洪都，就是一只工业母鸡，孵化和带动出众多企业，它自身就是一座十多万人的城市。

多年来，洪都援建包建了中航工业 6 个企业、2 个基地，输送了 9000

多年来，洪都援建包建了中航工业6个企业、2个基地，输送了优秀人才9000多人。

多名优秀人才。其中，向132厂输送了2400名干部、技术员和工人，向石家庄522厂输送了完整的运-5飞机制造能力。

江拖作为全国八大拖拉机制造厂之一，辐射全国，吸附全省。曾分赠几千套拖拉机设计图纸发往全省各地，援助建立拖拉机厂。江西各地所有的拖拉机站，都在使用江拖的拖拉机。而江拖破产后，常州拖拉机厂主打产品就是根据江拖技术生产的。

江铃制造出井冈山牌汽车后，江西各地兴起汽车热，大上汽车项目，曾出现以井冈山五大哨所为名兴建汽车厂的盛况。

还有江东、四机、江联、通用、采矿机械等企业，又不知繁衍、扶持了多少厂家。

徐工、潍柴、柳工，可以说都是江西带出来的。

从某种程度说，青云谱工业企业还衍生出了一座城市，青云谱区是先有工业企业，再有街衢、商贸、居民、人流，乃至政府机关，有了车水马龙、市井吆喝。所以青云谱工业是这片城区的孕育者和塑造者。

所谓摇篮，还意味着从小到大，由弱到强。

青云谱经历了手工业、机器大工业和现代工业几个发展阶段，逐渐壮大兴盛，无愧于立于中国工业企业之林。洪都已经在瑶湖建立一座崭新的航空城。江铃也从青云谱到小蓝经开区，已扩展出多个生产基地。南缆、江耐、印钞厂、肉联厂、阳光牛奶、泰豪等企业，也是如此，越做越大，越做越强。

有的看似不起眼的小厂，如缝纫机厂、玛钢厂、南昌钟厂等，也曾红极一时，令人不敢小觑。

总之，青云谱工业化的发展，彻底改变了南昌过去基本没有现代工业的历史，建立起合理的地方工业体系，其中一些工业产品不仅在江西独执牛耳，而且在全国也堪称翘楚，为今后南昌乃至全省工业的加速发展奠定了坚实基础，青云谱有"江西工业重镇"之称，受之无愧。

五

有时，历史不免轮回。

长久的喧嚣之后，青云谱终将复归于平静，隆隆的机声和长长的笛声从闹市中渐行渐远，城市功能发生了根本性的变化。

随着城市迅速扩张，青云谱老工业区面临着空间受限、布局分散、土地利用率不高、基础设施老化、环境污染等问题，已严重影响到城市持续发展。传统工业退出城区乃大势所趋，转型升级已成为城区老工业区的当务之急。

青云谱正在充分挖掘和利用雄厚的工业基础、厚重的人文底蕴、丰富的水系资源等优势，按照"人文生态慧圃、都市产业新城"定位，打造老工业区转型升级新样板。按照"以产兴城、以城促产、产城一体、融合发展"模式，着力打造"生产、生活、生态"有机融合的都市产业新城。

青云谱是江西的，也是中国的、世界的，它创造过璀璨的经典人文，也铸造出可观的工业辉煌。回首前尘，那些激情燃烧的岁月已成往昔，形而上之为文化层面，而青云谱工业文化同样令人瞩目，必将汇入其固有的静水深流似的文化长河，一道滋养着明天。

《机声三家店——工业青云谱》应时而作，是一部纪实性强、具有一定文学价值的非虚构类文学作品。

内容侧重于二十世纪五六十年代的工业企业，兼及历史连续性，将各时期面貌大致呈现，尤其是改革开放和近期的状况。展示其光辉业绩，以及人民群众焕发出来的空前的创造精神和巨大的干劲，反映青云谱作为江西工业摇篮独特的精神品格。

历时半年余，采访了100多位健在者、30多家企业，采取口述历史的笔法，记录当年的建设者、也是见证人的亲历亲闻亲见和所思所想。口述者多为科技人员、劳动模范、普通工人、企业管理者，较具代表性，抢救了一些史料。力求原汁原味，保留人物真貌，呈现历史底色。

本书之所以写工业企业，还写一代企业人，特别是不厌其烦地关注普通人的生存状况，是因为其义互见，二者是一个整体，不可分割。写了工业企业的起步、发展、壮大、辉煌和改制转型；也写了与企业兴衰息息相关的个人命运变化。其中有诸多缘由，有社会的原因、时代的造就，也有自身的因素，不一而足。

每一本书都负有特定的使命，所承载的功能肯定是有限的，很难做到面面俱到，包罗万象。本书想通过讲述故事，唤醒记忆；通过文字的温度，勾起温情。或者借助一些特定年代的词语——能引起共同回忆的符号，来还原和诠释往事，以图破解时间的密码。尚能如此，或许对工业文化建设有所裨益，则此愿足矣。

也许所有称之为文化的东西，多少都带有蓝色调，所谓怀旧也不过是对过去时光的追忆和留恋，岂有它哉？文化是时光的沉淀物，而时光是一条不可逆转的连续不断的河流，它将一些东西如河蚌珠贝遗落在岸边后，匆匆前行，永不止步。

而我们唯一能够做到的，兴许只是在河边漫步时，偶尔俯下身去，披沙拣金，作为向未来致敬的一份微薄的献礼。

目

录

上卷

橘子堆成了山

受访者：

南昌罐头啤酒厂涂相华、陈景宝、刘宝娥。

虽然隔着久远的年代，老南昌人似乎还能闻到从南昌罐头啤酒厂车间飘来的那股甘甜醇厚、令人陶醉的香味。

1957年，江西食品厂筹建，次年正式投产。第一批罐头产品出口苏联、东欧。1964年生产首批啤酒。后改名"南昌罐头啤酒厂"（简称"南罐"）。

建厂时，20岁的涂相华就进厂了。

他说，这个厂最初选址庐山，是因为水质至关重要，但那里交通不便，就改到南昌市九四医院所在地。又因地方狭小，且交通依然不便，再迁到京山最后这个位置，水质并交通均可。

当时这一带还是荒山，这与他们富有田园气息的产品属性似乎更加贴近一点。

罐头生产的原料，以农副产品为主，如橘子、猪肉、鸡鸭、马蹄、藠头等。几乎凡能食用的，都有法子做成罐头，以便储存起来，想吃的时候随时享用，并让人品尝到比新鲜感虽不一定更美妙，但却绝对更独特的味道。它不单纯是食品供应紧张时简单的替代品，还为人们提供为一般烹饪所不及的美味。

南罐老职工说，罐头食品是对合格的原料进行处理、调配、装罐、密封、杀菌、冷却，无需防腐剂便可在常温下保存较长时间。关键技术在密封和杀菌。

轻工部非常重视这个厂子。1959年试生产，即达到了出口要求，橘子罐头出口苏联。三年困难时期，原材料短缺，被迫停产。稍有好转，就生产猪肉罐头出口苏联、捷克，生产红烧肉罐头出口东南亚。70年代初，中日邦交正常化，出口达到高峰。

南罐在江西乃至全国都是一家不错的厂子。高峰时，临时工一招就是两三千人。他们从南昌市的各条巷道过来，从附近乡村的田埂上走来。

工厂里常年弥漫着一股略带酸甜的发酵味道和熟食气味。

1985年，"长青牌"藠头获得法国国际美食及旅游委员会金奖，同年获国家金质奖。当时全国只有两家获此殊荣。

1985年，"长青牌"藠头享誉海内外

南昌啤酒商标

南昌啤酒所获奖杯

出口日本和美国特别严格。1991年，美国卫生部副部长亲自率队来考察。

陈景宝还记得，为迎接考察，全厂总动员，打扫卫生，包括厕所都一尘不染，安装的是脚踏式开关。厂外附近的厕所，不符合要求的都被拆除。还专程到杭州买了一块羊毛地毯，铺在会客室。布置时，不忍心踩踏，把鞋子脱在门外。

通过一系列规则，检查硬件、环境，看生产流程，乃至原材料等等，美国食品药品管理局（FDA）予以认可。

1992年左右，江西首届啤酒节在八一广场举办。至今，很多人对免费品尝冒着雪白泡沫的啤酒，可以叉开双脚、放开肚皮海喝一顿，并称之为"比赛"，还记忆犹新。南昌牌啤酒多次获"江西省优质产品"称号。

南昌啤酒获得客户交口称赞

20世纪60年代南昌罐头啤酒厂产品商标

后来，反季节蔬菜水果出来了，便宜且运输更加便捷，罐头生产逐渐萎缩，以至于被商场束之高阁，蒙尘，休眠，走上了末路。

1994年8月，南昌亚洲啤酒有限公司成立，即亚啤。2003年南昌罐头啤酒厂改制，外资注入，现为百威英博南昌啤酒有限公司。

陈景宝说，现在到超市买罐头或者啤酒，对比原先的产品，完全是两回事。就拿啤酒来说吧，从生产周期看，啤酒原来发酵要两月，现在只要20天。每年设备检修期两个多月，现在只要半个月。

原材料也不一样，原来是麦芽、蛋皮，现在用的是糖浆。原来啤酒麦芽度12度，不低于10度，现在7度或8度。原来的啤酒回甘很好，也很香，黏稠得嘴巴都张不开，现在跟喝水似的，淡乎寡味，只抵得上原来的酒头酒尾。

老职工说，七八十年代，南罐食堂伙食很有名，令人印象深刻。那时物资极度匮乏，没有一点油水。而南罐算是个例外，伙食便宜不说，还常食有肉。

原因是制作肉类罐头时，常有剔下来的筒子骨和排骨，下料可充做食堂用料。车间加班肉汤免费大口喝，还可以带点回家煮面。后来才象征性地收点费，一分钱一勺。

不要说是吃饭，就是走到食堂附近，闻一下诱人的香气，也让人为之垂涎，为之酥软，为之流连忘返。常见得到猫和狗在旁闪烁着贪馋的目光，来回逡巡。

很多周边职工想揩一点油，悄悄地混进来搭膳。有的来吃不说，还要带点走。

南罐为保持职工足够的体力和干劲，不让肥水外流，采取发卡的办法，并派出纠察队把守大门，严防死守，把外人一一请将出去，颇有点清理阶级队伍的味道。为争夺这点有限的油水，有时发生纠纷，乃至肢体接触也在所难免。

那个年代，若有人想调到南罐来上班，不为别的，单为了喝上一口漂着葱花和油星的香喷喷的肉汤，能一饱口福。别认为这不足为信，肯定实有其事。

让人印象深刻的还有原料准备车间。很多都是费时倒不一定费力的手工活，比如剥橘子、削马蹄、切藠头，还有给罐头盖子扣压橡皮垫圈，很琐屑，要有耐心。忙时，不得不请来子弟学校的学生，或者

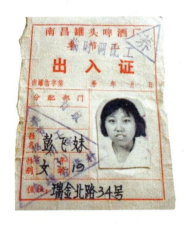

南昌市罐头啤酒厂季节工出入证

用车子去乡下装运农民来帮衬。

橘子堆成了小山，特别红艳，红得像一座座火焰山。橘子是新干县产的珊瑚红橘，甘醇可口，玲珑可爱，形态好，皮的韧度大，可谓色香味形俱佳，最适合做罐头。橘子一点都没有浪费的，橘瓣做罐头；橘皮可以提炼橘油，做陈皮入药；橘核和橘络可以生产核苷酸片，治疗咳嗽；核籽筛选后可以嫁接改良，培育新苗。

刘宝娥是80年代的高中生，分到南罐来，她记得，剥橘子是计件活，一天能剥几块钱。

空气中，漂浮着被指头挤压、被指甲掐破而喷射出来的橘分子，人们贪婪地大口呼吸着，放心地滋润着五脏六腑，因为这是允许的。

每剥一次，总能偷吃到一点。不过也有人盯着，要是一停电，就赶紧吃几个解馋，电来之前，把嘴擦净。

20世纪80年代，南昌市罐头啤酒厂工人们正在手工包装罐头食品

有时，似乎有意考验谁似的，刚一停电，橘子塞进嘴里，还来不及下咽，就来电了，没准就噎住了，眼睛冉冉瞬动，半晌都说不出话来，手里还装作在干活，跟没事似的。

刘宝娥笑着说，一提到珊瑚红橘，口里还不免要冒酸水；而说到那时罐头的美味呢，则止不住直流哈喇子。

心中有座龙门刨

受访者：

江西第四机床厂秦骏、熊坤荣、蒋三洲、胡惠芳
孙菊荣、高树新、廖光华、陆众。

这是一个地道的本土成长起来的工业企业，谈到
这点，老员工每每都掩饰不住内心的自豪，任谁也别
想从手里拿走。

龙门刨

采访第四机床厂，最初接触到的是秦骏和熊坤荣。

江西第四机床厂（简称"四机"）历史较长，早在
1953 年就建厂，前身是南昌机器修造合作社。

1937 年生的蒋三洲，是四机最年长的老人。他
1958 年进厂自费学徒，当时招收 150 人，至今他还为
自己是一名优秀学徒工而自豪。

　　他回顾说，厂子脱胎于新中国成立前的手工作坊，都是些散户。50 年代，生产日用品，一些锅子、铲子、门搭子之类的小件，还生产镰刀、菜刀以及农具修理。早年的创办者 7 人，由一位退伍军人领头。后来发展到 26 人，成立南昌第一手工业联社，之后在丁公路成立合作机床厂。

　　厂子底子差，近乎白手起家。靠的是人工苦力，榔头加斧头。厂房透光、漏雨，天冷靠多卖力干活取暖，天热靠相互打扇来降温。但是工人干劲高，从提篮小卖起步，一路斩关夺隘，臻于壮大。

　　1957 年改名"合作机械厂"，由修理转为制造。1958 年生产启闭机、卷扬机水泵、皮带车床和榨糖机。1959 年被评为全国手工业系统红旗单位。1960 年，生产塔子桥烤炉。

　　而 1969 年成立江西第四机床厂，是一次根本性的转折，开始投产机床，制造中型机床。计划经济时代一度兴旺，在全国行业领先，很长一段时间归属轻工部。跑火时，皇帝女儿不愁嫁，购买方必须先付定金，否则不能保障供应。

　　曾生产的 C630 车床，为华东定点生产厂家。轻工部拨款 30 万元，自筹 45 万，技术设备从沈阳引进而来。为完成这项艰巨的任务，勒紧裤带过日子，不过，之后裤带再也没有放松过。

　　这种车床自重 5 吨左右，长 5.2 米。限于设备，产量上不去。需用龙门刨对付它，而这台刨床 32 米长，32 吨重。70 年代生产龙门刨比登天还难，铸件哪里来？哪来这么大的炉子？连很多大型企业都不敢设想。

　　当时的口号是"人有多大胆，地有多大产"。工人想，农民朋友能行，我们也行。他们忽发奇想：干脆就让龙门刨在露天生成。让它更接近泥土一些，然后像一棵大树一样长出来。

　　随后，蚂蚁啃骨头，打人海战术。动员全厂上下倾巢而出，齐上阵地，

总装车间生产的车床

搬运钢材大件，"嘿呦嘿呦"，唱的是劳动号子。在裁割好的钢料上，俯身抡锤猛力敲。早中晚，轮班上。

看上去，蓝莹莹一片，全是身穿制服的工人。整个厂子"叮叮当当"，响成一片。人们几乎无法交谈，似乎有了钢铁的声音，别的语言都是多余的；有了抡锤的动作，别的动作均显得别扭。

当时，国内最长的水平仪，只有0.25米，但四机人在龙门刨上却装上了1米以上的水平仪。这咋回事？也是借用泥水匠之巧做出来的：用带有气泡的水灌入玻璃管中，在居中的地方做个记号，这就弄成了。

早期的工人很多就是农民或手艺人出身，对他们而言，复杂问题简单化，用农业或手艺的办法，完全能办成工业的事情。木牛流马也不乏机械原理，弄点发明创造，绝非难事。这符合时代精神："土法上马，大干快上。"所以工业最初的起步无不充满农民式的智慧，富有农业文明的色彩。

至于每一步怎么走？不光是几个瘦弱的戴眼镜的技术员的事情，而是靠广大群众的智慧。事实上，技术力量相当欠缺，连一个大学生都没有。大家边干边琢磨，发动人人都来想点子。每周出一次海报，将好点子公布于众，展开讨论，再付诸实施。如果问题争执不下，则举手表决，少数服从多数。那一阵，大家真是想破了头。

就这样，没有设计图纸，边做边摸索，前后几易其策，屡有反复，耗时 5 年之久，终于做成了一台龙门刨——纯粹凭手工敲打出来的一台恐龙般的机器。

龙门刨矗立在大地上，像模像样，真的就像一座巨无霸龙门，十分壮观奇伟，无愧于江西省第一台巨型刨床。

鞭炮锣鼓齐鸣，彩带高悬，红旗招展。人们终于盼来了试车。南昌市诸多工程师、技术人员都来观摩剪彩，啧啧称奇，叹未曾有。全厂沸腾了。

江西轰动，全国整个机械加工行业轰动。尽管江西工业起点很低，但四机能够拿出这样的产品，足以证明，只要有大胆的想象，加上足够的干劲，什么人间奇迹都可以创造出来。

龙门刨威力无比，果然不负众望，可以同步加工 5 米长车身的机床一溜 6 台，一刀到位，精准无误。加工速度，也极大提升。

1968 年，四机生产 1.5 米和 3 米两种规格的机床，产品获得突破性胜利。大家高兴得不行，用两台汽车拉两台车床，到省委省政府报喜。

随后，产品升级，1972 至 1974 年间，主要生产 C650，自重 10 吨，回转直径 1 米，每月生产 10 台。这在华东和中南地区，取得了突破性进展。1976 年，每月可以生产 20 台，每年递增，至 1978 年每月 60 多台。

80 年代，四机寻找出路，开发出了多种产品。制造了 G32 和 G40，设计式样不断改进，出口到泰国。香港也订制了一批轻型机床。1981 年批量上市，连续生产 3 年，1000 多台。

第四机床厂生产的机床也曾产销两旺

1986 年月生产 63 台机床，每月产值 1500 万。四机在全国产量排列第四位，设备有 3000 多台，精加工设备 8 台，设备总价值 3000 万以上。其中铸造车间在南昌市产量名列前茅，加工能力很强。

甚至在市场放开后，四机发展到能生产 6 米、8 米车床，最长达 12 米的机床。还开发了数控 C6163。生产工艺突破，技术领先。

谁都没料到，四机居然下马了。工人们想来都心痛。

后来，厂里没钱，靠借钱发工资。1300 多人的厂子，四五百人下岗。

90 年代，厂里想转让工装，但规定图纸不能外流，只能白白地浪费掉了。不过，四机还是把位于星子县的江西仪表制造厂扶持上去了，帮助他们生产工装设备，培训工人，使之后来居上。

2004 年改制。

迁厂时刻

孙菊荣是 1974 年进厂的，1985 年任党委书记。改制时，班子开会研究方案，把工人一个个送走，组建留守处，做分流思想工作，一周下来竟开了 48 个会，人都快晕厥了。

那时是党委领导下的厂长负责制，党委需要做的是确保改制成功，她感到这个书记当得太累、太吃力了。她在留守处待了一年多再退休。

迁厂那天，难以忘怀。

2005 年，合并到凯马公司，召开职工大会，实际是告别仪式、搬迁仪式，总归是散伙，念稿时她把自己念哭了。

她说，看到自己做的车床运出去，像嫁女一样，难舍难分。这不是嫁女，是卖女。我们是一个 2000 多人的企业，有大小集体。为了企业的生存和发展，付出了几代人的努力。

那时，工人 12 小时工作制，周末也不休息，大年三十也在干，晚上常常干到两点多。很多工作是没有报酬的，顶多一碗汤，

两个馒头。

陆众，1942 年生，曾担任过车间工会主席、厂办主任。他回忆道，全省搞工业大突破，工人在车间几天几夜不睡觉。按时出色地完成了市里下达的任务，帮江纺做成 2 米多长的无梭织布机。

他还记得，造万岁馆时，每个工厂都要参加献忠义务劳动。广场一片废墟，四处是壕沟，有的深达 2 米多，沟里净是污水和烂泥。万岁馆是在一片泥滩上盖起来的。他们在工地上挑土平地，奋战了三天三夜。

今年 72 岁的胡惠芳，原在金工车间三车间开航车，航车可载 10 吨。1978 年 11 月 15 日，以为儿子感冒了，白天又不发烧。她是党员，要模范带头，晚上需要加班。可是，到晚上儿子就站不起来了，得了小儿麻痹。她只有一个儿子，却不能自理，反而需要老人来照顾他。

迁厂这天，所有的窗户都向外敞开着。好多满载机床设备的汽车，排成长长的一溜，机器在太阳的照射下油光锃亮，好像一次没有回程的大迁徙。有的工人三代人都来了，紧紧围绕在车床边，看着，摸着，每一个螺帽都是他们亲手做成的。有的设备是厂里花大价钱买来的。

一位白手起家时就在的老工人，由子女搀扶着，拄着棍子摇晃着靠近机器。企业一路走来，他都见证了，转眼就要消失，他缄默不语，只是静静地看着。

爆竹一放，所有人的泪水都出来了。

十多台汽车，鱼贯而行，辚辚地驶出，经营多年的厂子瞬间被掏光了，顿时安静下来。车间里空空荡荡，只有零星的纸片和板条散落在地，不再有往日的喧嚣。小鸟在高高的窗台上"叽叽"地叫着，留下清晰而单一的回声。

之后，车间被收走了，做企业的安置房。连树木都挖走了，留下回填

（上图）站在老办公楼二楼的孙菊荣
（下图）老办公楼前的四机职工合影

后新鲜的泥土。到头来，只剩下几栋职工宿舍。

　　孙菊荣动情地说，看看这张照片，这么漂亮的厂房、厂门，是站在二楼平台上照的。大门口好多的树木。照片上有的人不在了，有的病了。我经历了七八任厂长，企业鼎盛时有3000多人，都是我的兄弟姐妹，尽管下放了很多人，但他们永远是我们的同事。

留守处

留守处有 6 间办公室，有文件柜、角柜、椅子、沙发和藤椅等，上面都有白漆写的编号，如"四机 -2063"，办公桌上一只搪瓷缸，上面写着毛体字"大海航行靠舵手，万物生长靠太阳……"等字样，沉浸着一种过往时代的氛围。

其实，2003 年改制就开始了，2004 年扫尾完成，留守处是 2006 年上半年设立的，以保持原有企业事务的连续性，尤其是负责对职工诉求的处理。

如军转、伤残、困难户、精神病人等遗留问题，需要解决；每年要走访慰问；还有给困难职工建立档案等等。

有位精神病患者,30 多岁,不时发作。媳妇不在了，还要抚养 2 个孩子，又没有房子，只有和母亲同住，母亲工资 2000 多元。留守处的人员去看

厂区内的职工合影

望他们，老太太还宽慰大家说，你们不用太费心，我们没事的，不过是多捡点废旧破烂。

目前，留守处还有 4 人。负责人高树新，原是厂里的保卫科长，1990 年从部队转业分到厂里，做了十多年锻工。

他说，最大的问题是危房改造。50 年代的房子，一下大雨，就让人揪心。留守处给有关部门写过报告，但解决起来并不容易。老职工家里只好用盆接水。

留守处有很多的无奈，只能做些安抚工作，毕竟稳定是大事。群众就算没有埋怨，但留守处的人原本也是厂里的职工，所面对的都是老同事，于心多有不忍。

高树新说，我们始终没有离开过厂里，留下来就是幸运。

那时，很多人整个家庭都在厂里，产品销路不好，两三个月才发一次工资，买了米买不起油，但厂里没有乱，大家愿意和企业同甘共苦，不吵不闹。后来境况有点糟，改制是个大趋势，四机不能置身事外。设备搬走了，职工走向社会，有的碰到石头，无法生存，仍无怨言。

如今，留守处成了老厂与职工间唯一也是最后的维系。

工业母机

廖光华曾是四机的副厂长，他说，至少南昌市的工业是从四机开始的，江西的机械加工工业原来是零，有些厂家是外地迁来的，而四机是从几个私人老板起家，靠土生土长干起来的。

南昌电机厂是从这里分离、孵化出来的，从技术设备，到建厂安装，全是四机一手扶持的。还有轻工机械厂、化工机械厂、江南汽配厂、江西

总装车间参加全场文艺调演

拖车厂、橡胶厂机修车间、青云谱车厢厂等等，都得到过四机的支持。

从提篮小卖，到中型企业；从民间起步，到大型尖端机床，成为南昌市的工业母机。步步走来，筚路蓝缕，成就了一部辉煌史，四机人常为之自豪。

采访行将结束时，廖光华和几位老职工，双目炯炯有神，一起回顾着厂里老工匠的名字，显然他们不想忘记这些功臣：

车工、电焊工、锻工、铸造工皆有8级师傅。老师傅涂九根，17岁就是8级工，南昌市最优秀的电焊工，他师傅毛羽丰是电焊王。还有——

刘红，钳工；刘宏、王荣辉，皮带车床金加工；张桂庭，金加工；梁在华，汽修；周建岐，收购废铁；甘启仁、甘启兴，铸锅；吴金福，打铁，车间主任兼工会副主席；汪驼子，模具；杨林志，木工；胥志辉、仇继衡，钣金工……

现在，很多四机人建立了不同的微信群，有车间的、班组的。群里几十个人，老领导大多也在里面，每年都要邀在一起，聚一聚。几十年来，他们或者单个，或邀伴，总会来厂里看看。在他们看来，虽然厂房没有了，但地皮犹在。

笔者接触的四机人，都不约而同地谈到了龙门刨，尽管时光过去了那么多年，记忆依然十分鲜活，历历如在眼前。足见其每个人心中，都矗立着一座高高的龙门刨。那是四机的一座精神丰碑，永远耸立，不会磨灭。

江东父老

受访者：

江东机床厂周赣洪，1953年生；谢留校，1940年生。

虽说此"江东"非彼江东，但在回不到从前这一点上，二者则是一致的。

一

谢留校的人生或者故事，还得从南昌柴油机厂说起。

1958年，谢留校18岁，进南柴学徒。

南柴分出的一部分，即江西火力发电设备制造厂，这年9月与江东机床厂合并，谢留校以一颗沉着之心，接受命运的重新安排，随500多职工和一些设备一同进了江东机床厂（简称"江东"）。

他在人事科上班，每月26斤米，而车间有三四十斤米，他没怎么犹豫就下到了车间。任过车间工会主席、团支书。之后得到提拔，又回到科室，搞过纪检、总

人民群众热烈欢迎志愿军回国

务科长、组织科长，直到退休。

当年，粮食是人们做一切事情所不得不首先权衡的大问题，它能改变人生走向。民以食为天，天是最高的地方。

江东机床厂始建于 1958 年，前身为中国人民志愿军后勤部江东军械修理厂，番号 280 部队 94 分队。该厂 1950 年创建于朝鲜平安南道江东郡。1958 年 6 月 25 日奉命回国。

江东本拟迁往广东韶关，之所以改迁至江西，是邵式平省长向中央军委争取来的。他说，江西工业是一张白纸，请支持江西吧。

这年 7 月 5 日，345 余位原官兵和技术工人抵达南昌。南昌市组织人员到火车站，迎接志愿军支援江西建设。前往火车站欢迎这些最可爱的人的各级领导以及工人、农民、驻军、机关干部和学生等有 700 余人。

魏巍的报告文学《谁是最可爱的人》，自从 1951 年在《人民日报》刊登后，就被选入中学语文课本。

那时青云谱徐家坊还是一片田野。他们一边基建，一边借用通用机械厂厂房组织生产。没有房住，就借住在市委招待所、南昌橡胶厂、江西砖瓦厂等地。

1960 年 1 月 1 日下午，邵式平来江东视察。厂子是他要来的，自然他更多一份牵挂。他乘坐一辆小轿车，很多群众围观，其中就有年轻的谢留校。

邵式平视察铸造车间，要看大炉。车间里尽是沙，不好走，他说："不要紧的，进去看一看嘛。"工人在炼铁。他看得很仔细，提了一些问题。随后又到金工加工车间，工人正操作车床。该厂在朝鲜仅仅修枪修炮，只有 41 台小型设备。于是，邵式平就提出了建万能铣床和数控机床的设想。

1963 年先后由省机械厅调入各类机床设备 200 多台，还有进口设备 40 多台，大型精密设备 14 台，到年底设备增至 243 台。

江东历年累计生产机床 12109 台，实现总产值 53819 万元。产品主要行销国内市场，先后为机械制造、军工、汽车、摩托车、轻化、建材等行业提供了大量成套设备。从 1974 年开始出口，远销欧美亚非等十几个国家和地区。

江东最后一任厂长周赣洪说，江东是江西机床生产的龙头老大。

江东是江西历史最悠久、规模最大具有较强实力的机床制造厂家，在全国同行业中占有一席之地，被列为第一机械部铣床重点制造企业和江西省重点工业企业。

江东机床厂生产区

建于1969年的大件车间

二

酷爱看书的谢留校

谢留校，一个富有校园气息的名字，不知道是谁取的，有可能是他觉得好，自己改的。他热爱学校，喜欢上学，表达的就是这么朴素的一个愿望。

不管怎么说，他无愧于他的名字。他业余酷爱学习，爱上图书馆，看书做笔记，且到老都一直保持这个习惯。他还保留了当年的老借书证。

《红楼梦》，他至少看过5遍，笔记本记了一大箱，各色各样的封皮都有。他梳理书中200多人的牵绊关系，列出了贾府上下7代谱系的树形图，作了二三十万字的笔记。虽不便冠以"红学专家"之名，但他比很多人更懂得《红楼梦》，这却是确凿无疑的。

各色各样封皮包裹的读书笔记

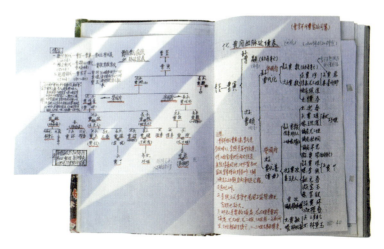

谢留样梳理的《红楼梦》贾府上下7代谱系图

1岁不到母亲去世，6岁丧父，他从小孤儿。婆婆带去给大伯养大并读书的。从这里也许能多少明白他名字的含义，一名孤儿，他是真的爱学校，并愿以此为家。

1958年，还在南柴工作时，他在人事科招生。一位女生到他桌子前报名，她才15岁，学校勤工俭学，上不了课，她不知道这还算不算是读书，听说南柴招生，自费学徒，这就来了。四五元一个月，只够看看电影，吃吃早点。物价尽管低廉，但手里终究没钱。

这位女生报名时，谢留校也没有特别的感觉，只是从她的登记表上了解一二：她父亲3兄弟，老大无儿，老三被抓壮丁，她父亲是老二，是南昌铸造厂七级翻砂工，没有生育，收养了她。想来她与他有着相似的境况。

报名不久，就到了国庆节，他俩各自走上大街，在茫茫人海中恰好相逢。她低下头去，一只辫子抓在手里，舞弄着，朝他嫣然一笑。

他们这才开始接触。谢留校说，没有什么浪漫的故事可回忆的。后来他从南柴调到江东。

离开南柴的那天，他上街凭票买了4包红金牌香烟，2毛5一包，去看望师傅。师傅苦口婆心再三交代，以后就搞技术吧，别当干部了。

1962 年 3 月 28 日，谢留校和妻子举行了婚礼。

他每月工资 36.5 元，凭结婚证买了 1 床被面、5 斤糖果。从供销社的堂兄那里，批了一点酒和几斤肉。摆了 9 桌酒，桌上是找党委书记批的，一人一碗面，外加一点酒菜。

没有房子，只好借住岳丈家，那房子才 25 平方米，只够摆下两张床。他从厂里借来 1 副床架和铺板，婚床上一床垫的，一床盖的。这还是岳丈租的房子，房东不太同意他们在里面结婚，因此，他们只好答应暂住 1 个月。

午后的阳光投影在谢留校所住筒子楼的走廊上

1 个月的承诺，显然是不可能兑现的。他本不想那么说，可是，不那样说，又怎么过得了那个闸呢？事实上，他们从 1962 年到 1970 年，一住就是 8 年，房东一脸苦笑，也拿他没辙。两顶蚊帐成了两代人彼此的遮羞布。厕所在外面，是楼道公共的。

1964 年他们生下了孩子，妻子也调到江东来了。往后，他们一共生了 3 女 1 儿。

1970 年，他分了一室一厅，30 平方米。他接岳丈同住，将他原来租的房子退了。后来，他又分了一个二室一厅，让给儿子住了。而自己住进了孩子分的 28 平方米的房子，直到今天。

1960 至 1962 年，3 年中，江东下放 900 多人，到九江、萍乡以及南钢、恒丰农场等地，除此，哪里来哪里去，2000 多人走了近一半。1970 年，分走 500 多人到崇仁县江西重型机床厂，尽管如此，没有埋怨声。谢留校所幸每回都能留下来，冥冥中，他感觉自己名字里中间那个字不可多得。

几个孩子都是岳父母带大的，他也竭尽菽水之养。两位老人过世都是他们操办的，而且大伯大妈的后事，也是他们一手处理的。这是让谢留校颇为心安的地方。

2005 年 12 月，工厂搬迁和土地腾让正式启动，江东机床厂以"好企业就要优先嫁出去"为由，以靠大联强的名义，被重组到凯马公司，结束了 46 年厂史。录用了 400 多人，厂房搬了，车间拆了，同样，也连树都挖走了。

那么多那么大的樟树，都是早年间谢留校他们栽下的。厂子改成了居民小区和家具市场。江东门楼都拆除了，他有些打不准方向了。

谢留校退休快 20 年了，他感叹世事变化太大了。他会和那些老职工聚在一起，谈谈过去的事情。

江东机床厂大门

<h1 style="text-align:center">三</h1>

采访结束时，我们想借用点资料，毕竟他在机关呆过很长时间。他很热心地翻找，有本《江东机床厂简史》，差不多翻旧了，但他包了一个封皮，他很慷慨地借给我们，并执意要送到楼下。

谢留校住的这栋筒子楼，走廊里码放着一些不知是否还在用的劈柴和煤炭。一些被子和衣服晾晒在伸出廊檐的铁架子上，花花绿绿的。楼房有点老旧，不仅是因为被烟火熏黑了，还因为它的式样，它墙壁上模糊的语录，以及不可遏制的破损，完全不是这个时代的，而是那个早已过去了的年代的。

翻旧了的《江东机床厂简史》

在这里，"过去"仍处于进行状态中，似乎生活依着惯性往前走，从来都不曾被打断过。

停下来拍了几张照片，老人也很配合，站在不同的角度取景，脸上现出拍照时该有的表情来。是的，老人很可爱！

没过几天，老人打电话来说，还可以提供一点信息。第二天，经过他家。他早早地等在门洞前，先从兜里取出老花眼镜，再掏出一枚小纸片来，密电码似的，密密麻麻写了几位援朝老兵的联系方式，也就是将要访谈的江东老职工。

之后，老人又打来电话，询问厂志是否看完了？前期主要是采访，哪有工夫看资料呢。听得出来，老人很想要回去，似乎上回见面就有这个意思。大概他离不开那本书，一本特殊的书，代表的是他那业已消失了的工厂。

晚上，笔者找到那本书，在台灯下快速翻阅一过，并没有特别之处，无非是老人说的那点事。书页的边白上加上许多文字和记号，眉批似的，圈圈点点。尤其在一个章节里颇为集中，那是江东历代职工名录，可见老人于此甚是用心。

是啊，所谓单位，从某种意义上说，不就是指那些和我们共事多年并相互见证个人历史的同事？二者在记忆中是合而为一的。

仔细一看，在有的名字上，被画上了方框，并在空隙处注明日期。笔者一下子震撼了。原来，每过世一位同事，包括那些老兵，他都要戴上眼

江东机床厂职工运动会

江东机床厂建厂时修建的单身职工宿舍，目前仅剩两栋

镜，及时将他们的名字用黑笔细心地描画上黑框，以示怀念。每个名字都是一张鲜活的面孔，每个面孔都是一连串的回忆。有的页面方框稀疏一点，有的密集一些，不带框的已所剩无多了。

次日，我们绕道而行，将厂志还给了老人。显然，它对于老人来说，要宝贵得多，那里面记录了他和同事，以及一个曾经辉煌过的厂子的生命轨迹。

他接过去，单手将书抱在怀里，跟我们挥别后，迟缓地转过身去，然后身子有些佝偻地朝那栋老楼一步一步地走去，似乎也在向着过去走去。

三位援朝老兵

受访者：

江东机床厂田明钦，1927年生；庞守良，1932年生；许昌盛，1937年生。

在一个雨季，风吹雨斜，织成缕缕轻烟，从南昌街头缥缈而过。

我们在社区一连采访了3位从朝鲜战场回来赴赣工作的江东老兵，几位耄耋老人，特殊的经历，如烟的往事，让人体会到不同的人生况味。

田明钦

田明钦，1927年生，年届93岁，河南信阳驻马店人。三兄弟中排行第二。

1944年2月，他没能跑得快，给抓壮丁了，到国民党二十九军服役。

　　他才 17 岁，根本摸不清部队的去向，只是机械地行进在队列中，一切听候口令。部队走，他跟着走；原地休整，他也停下来，把枪靠在一旁，揉揉发痛的脚板，打个盹。

　　这年 5 月，部队从河南行军西往湖北，随后北上山西，再南下四川，一跨就是几个省，完全靠的是两条腿。然后，继续朝南，在贵州的一个什么县过的年。1945 年，在广西梧州同日本兵打一仗。

　　作为一名新兵，他需要额外做些苦力。步行到云南边界，别人休息时，他还得修桥铺路。

　　1944 至 1945 年的行军，一天要走 70 到 90 里路，没日没夜，脚都走瘸了。晚上睡在百姓家，门板加稻草。有的不让住，也只好硬着来。

　　1945 年 9 月，所在十三军八十九师从广州步行到深圳，坐火车到九龙。10 月份，他们坐上了军舰，浮海去香港。又从九龙坐军舰往北驶，在海上漂了几天？他说，不知道。晕头转向，到秦皇岛。

　　来到离秦皇岛只有几里路的一个村子时，开始下雪，前方的村落迷迷蒙蒙，像织进了茧子。就在此时，他们跟八路军干上了，八路军把营里的一名发报员俘获了。

　　从秦皇岛进入东北。1946 年 3 月，过山海关，开往热河。那时杜聿明是东北长官。他们军部驻扎在承德避暑山庄，呆了 3 年。

　　1948 年 10 月，田明钦所在部进入北平，驻哈德门。次年 1 月，他们这支隶属于傅作义的部队就起义了，北平和平解放。

　　至今老人家里还保存着起义证书。起义后，保留原有建制，人员不变，但不能携带重武器。一位解放军指导员，带着一名勤务员，进驻连队，上政治课。至此，在国民党服役 5 年后，他被命运重新洗牌，更换衣冠，编入了解放军的队列。

田明钦原本是国民党十三军汽车连一名助手，北平解放后，依旧干他的老本行，做一名修械工，修理武器。

1949年5月，他随解放军四十四军南下。6月九江。7月南昌。那时四十四、四十三军都聚集在南昌。

这天是八一建军节，部队和市民在洗马池街上游行。

突然，几架国民党飞机从天空呼啸而过。有人大喊，卧倒！此时，埋伏在百货大楼顶上的机枪打响了，"哒哒哒哒……"飞机低空盘旋，看得清图标和机号。机枪频繁调整方位，不停地扫射。一架飞机拖着黑烟飘摇着直冲而下，栽到望城冈，在一块稻田里，轰然起火，烧了。

飞机上悬挂着蒋介石头像，是来抛撒传单的。

10月田明钦随部到樟树，11月下广州。他看到，解放才一周的羊城十分混乱。部队在黄花岗驻扎下来，一住就是3年。

直到抗美援朝，1952年10月，部队接到开拔前线的命令。部队从广州坐火车到武汉，长江大桥尚未修好。在逗留的二三小时之间，需要更换军服——志愿军服装。之后抵达本溪，进行诸多训练，包括简单的外语培训。

事实上，他们的部队行踪非常隐蔽，并非"雄赳赳，气昂昂"地跨过鸭绿江去的。

11月中旬的一天，晚上6点，部队在安东上火车，在两架飞机护卫下，顺利地经过了鸭绿江。不准抽烟，打火机和手电筒一律收缴。经过离平壤100多里的车站时，因担心美军轰炸，也不敢停靠，铁路两侧尽是几米深的大坑。

下车左行几十里，满目萧疏，风烟滚滚。一名连长高喊："集合"，并短促有力地一连喊出几个口令："立正""向右看""稍息"……团长暴怒，掏出手枪，指着连长大骂："老子毙了你！信不？说好了，不准出声，你他娘的不要命也就罢了，我这里可是 100 多条人命啊？"摸黑行军，衔枚疾走。

至 1958 年 5 月他们才回国，在朝鲜前后呆了 6 年。一直在修理武器，也曾在前线背着零部件，穿过火线，那些撞针容易用坏，得更换。那里特务很多，每人都配有手枪自卫。天天埋头修理，有什么就修什么，有枪也有炮。晚上不能亮灯，不能发声，一亮灯，就会引来飞机轰炸。

有一回，他和一名战友经过封锁线。敌机飞得相当低，可以刮掉帽子。敌机连发数弹，两人刚一跑开，先前待的地方就炸成了深坑。

1958 年 7 月，田明钦来南昌，在江东机床厂装备车间担任组长。1969 年，调任检验科副科长，之后任科长。

曾发生一件让老人很难过的事情：一件没有完工的部件，从机床上倒下来。一旁的人惊呼："呃，小心！"但为时已晚。东西砸在妻子的脚上，昏死过去，等她在病床上醒过来时，一条腿已被截除。那种绝望的表情，让老人一生负疚：他没能照顾好这个为他生育 4 个儿女的女人。他自己的脚也因朝鲜山洞的潮湿，变形瘸拐。

采访时，谢留校老人在一旁陪同，他不时附在田明钦老人耳边，大声告诉他采访所提的问题。90 多岁了，尽管略去了具体细节，但能清楚地记得生命的一些脉络，已属不易。

访毕，老人离席，挂着拐杖，蹒跚地走进细雨中。

许昌盛

许昌盛，1937 年 10 月 7 日生，湖北麻城人。

1956 年，还在县一中念初中时，家中再无力供给了，这时部队招收技术兵种，他参军了。上沈阳军委技术学校，学习制造枪炮军工产品。

上届毕业生有分到二炮的，这是他极为向往的。虽然他成绩好，但却无缘二炮。有人曾去他家外调，政审通不过：父亲杀害过地下党人。

按说他该遣回地方，这样一辈子也就完了。实乃因他文采好，校方惜才，才让他去了志愿军兵工厂。

1954 年左右，他被派往朝鲜，此时虽已停战，但他们从山洞迁往江东郡镇上，继续修理枪械。

1958 年 7 月，许昌盛回国，来到南昌参与江东机床厂建厂。

起初，那里还是农田，开始搭棚子，成立科室，招收学员。他在人事部门招生。

他爱学习，周末或空闲学函授，晚上去江西工学院读夜校。在车间劳动，他很卖力。同来的人都提拔了，可他连党都不能入。

梅岭造林时，他被抽去挖坑栽树。干两个多月，1 米见方 1 米深坑，他挖了 90 多个。每月 20 来斤米，3 两油。每天用脸盆抓一把米，煮几片菜叶，吃一餐。30 来岁，个子又大，时常饿得发慌。

他抬大石头特别卖力，若是两人抬，他总是抬重的一头。事后他明白，去梅岭能避开政治漩涡，可以保护自己。

1968 年前后，南昌建造"毛泽东思想胜利万岁馆"（简称"万岁馆"）。这是一座典型的民族建筑，高台阶、高柱廊。建筑面积 2.5 万平方米，长 159 米，主楼高 39 米。

主楼正中是毛泽东圆形塑像，后来改用一张毛泽东的瓷板画，由 1.3 万块瓷板镶嵌而成，直径 10 米。

主楼中央部分是 6 根 1 米见方的大理石巨型立柱，谁来做？得有北京人民大会堂的感觉，高大神圣，雄伟壮丽。

工程指挥部让人去江东瞧瞧，那里的人见识多，准有办法。有人推荐了许昌盛，说他脑子灵光。

他被人从梅岭喊来时，还没吃午饭，领导吩咐厨师炒了几个菜犒劳他，有点李玉和"临行喝妈一碗酒"的味道。随后，他与南昌市城建局长一道，去湖北黄石大理石厂采购加工设备。可对方要价过高，没能谈妥。

只剩下半个月了，怎么办？

许昌盛自告奋勇，提出让他来设计制造。

城建局长说，小许，修万岁馆，可是一项政治工程。许昌盛说，没问题，我有把握。局长便向南昌市领导反映了此事。回复说，叫小许接这个活，跟他强调，一定要认真。

万岁馆（拍摄于1969年）

万岁馆现在是江西省美术馆

他差不多豁出去了：我没入党，又是杀人犯的狗崽子，那么刚 4 岁的儿子，就是狗孙子。这事只能干好不能干砸，干好了，立功赎罪。只能背水一战了。

一开始，他也不清楚父亲到底是否有罪。为此他没少挨斗，有时真想一死了之。可是，死了就是畏罪自杀，儿子才几岁，他得挺住。

那时，八一广场还很原生，牛拉着大车拴在柳树下歇脚。

他日夜兼程地干。终于，把设计图样拿出来，并生产出了设备。在万岁馆对面搭棚子，建起了石材加工厂。他和姓孔的师傅两人搭档，一人切割，一人打磨。

1962年国庆游行，江东机床厂的彩车通过检阅台

后来，我们看到的那些立柱，都是大理石一块块地加工建成的，光滑平整，高大气派，即使过去多年，依然坚固美观，典雅庄重。

万岁馆从设计到完工，总共才3个月，曾获"全国十大精品建筑"称号。现为江西省文物保护单位。

大理石厂完成使命后，他当上了厂劳模。他写得一手好毛笔字，墙上的大字也都放心让他去写。

那年10月1日将举行游行活动。厂里想设计制造一台"忠"字造型的铣床，以表忠心。机会又来了，许昌盛差不多被当作是"自己人"，被委任为临时设计组长。

足有半个月之久，他每天晚上干到一两点钟，困了就眯一下，饿了就一碗汤，3个馒头。设计图纸拿出来不说，还建造出来了。

游行时，那台红色的"忠"字铣床，用绸缎扎着大朵的红花，由众多的壮汉抬着，缓慢而平稳地行进在队列中，显得十分张扬，让人感叹生平未曾见。

1969 年左右，江东机床厂的一位领导询问，许昌盛条件这么好，人又肯干，技术也很不错，怎么没提干？有人直说了，档案有问题。

这位领导，许昌盛将用一生来感恩，他叫张书明，河北人，曾当过江西省公安厅副厅长，后下放江东任革委会主任。

张书明看完档案后，派人到他老家调查。

之前，江东调查过他 9 次之多。每次接受调查的人都是一个腔调，认准他父亲有罪。

这次启动调查，许昌盛并没有抱多大希望。可是张书明出身公安，很有经验。他对外调人员说："让小许告诉你们，他父亲叫什么名字。公社可以去，但不要在那里住，直接去他家。"

那时阶级斗争观念强，如果知道你要去调查，晚上就会有人去布置，谁出面接待，说什么，都规定好，所谓的统一口径。所以，每次调查结果如出一辙，细看，9 次的结论字迹完全一样。张书明的办法就是要绕过他们，拿到真相。

这年 11 月，调查结果出来了，是冤案。

村里遭土匪抢劫，村民奋起反击，有土匪没能逃脱，给活活打死了。他父亲那年 19 岁，是村里的女婿，看热闹时，被人叫着抬走死者，他没有半点推辞。回来时就给绑了，他成了凶手。

当月，许昌盛被昭雪平反，他抱着 7 岁的儿子号啕大哭。

厂广播里正在播放着王玉珍演唱的电影歌剧《洪湖赤卫队》主打歌曲《洪湖水，浪打浪》："洪湖水呀，浪呀么浪打浪啊……"

12 月入党，宣布他担任设计科长。

速度就这么快，多少年解决不了的问题，2 个月就搞定了。

之后，他较前更加卖力，像一匹半道杀出的黑马，全国各地跑，把积压多年的力气释放出来。哪里需要，去哪里。产品积压，销不掉，厂里调他去救急，到销售科当科长。

采访即将结束，室外还在下雨。老人头戴一顶黑呢礼帽，呢子大衣，满头银发，五官端正，大嗓门。他颇有风度，却是一位容易激动的老人。

他站起身来，腰杆很直，握着笔者的手笑着说，要不是冤案，说不定你们想见我，还不那么容易呢，我同学有几位可都是部级干部哩。

庞守良

庞守良，1932 年生，今年 88 岁。

家在辽宁丹东郊区，时属伪满洲国。佃农，有点农具和牲口，但没土地，靠租种田地过日子。父母之外，有兄弟俩，四个妹妹。

当时他没有"中华民国"的概念，学的是日语、满语和汉语，但日语一天两节课，汉语仅一节课。1945 年 8 月 15 日，抗战胜利，学校停课。再开学时，日语课便没了。

他接着读高小，相当于初中。第二年，哥哥与隔壁姓孙的小伙一起，跟解放军走了。父亲在家跺脚骂人：小兔崽子跑了。妈妈是小脚，下不了地，庞守良只得辍学，出来干活。

入冬，国民党来后，修碉堡，挖壕沟，家家抽人。他家只有他上前，风里雪里，干了整整一个冬天。

1946 年 5 月，玉米刚吐出两片嫩叶时，国民党从山上跑了。那地主老头，他叫爷爷的，也跑了。这时，哥哥回来了。之前，他与姓孙的一道，从丹东跑到朝鲜去了。这是解放军第二次进丹东。

1950年3月，17岁的庞守良参加工作。那批有300多人，进了丹东东北机械管理局第十六厂技工学校，半工半读，是哥哥帮的忙。

1950年秋，朝鲜战争爆发。

庞守良所在厂，在鸭绿江边上，不时能听见隆隆的炮声。一拉警报，就得钻洞。六七千人的厂子，办不下去了。

10月，人员开始疏散，去往北京、齐齐哈尔、广东等地，厂里还留下一些设备。他个子小，有人拉了他一把说："你等一下，先别走。"这样，他和少量的人留下来了。事后才明白，厂子留用300人，是为志愿军修理器械。

厂里有1名军人女书记和1位厂长。车间腾空了，一些未撤走的设备，用沙袋掩埋起来。江对面就是战场，丹东也不时被炸。

直到1953年停战，这个滨江工厂一直都在为志愿军服务。不仅修理武器，有时也修理汽车。

1954年正月十五,春节期间,300多人并入后勤部管辖的沈阳701厂(后为黄河牌客货车改装厂,生产的车辆烧柴油,马力大,发动机山东潍坊生产,现存)。

修理武器大多在隐秘的山洞，常年流水嘀嗒，很多人都患有关节炎。

1950年，701厂派出第一批人员，到朝鲜修枪炮。3年一轮换，庞守良是第三批去的。这已是1956年，妻子挺着大肚子，一手叉着腰，从沈阳送他到丹东过江。本来3年才能回来，1958年就撤回了厂子。

厂子回来有几个去向，可以回沈阳701厂，可以去辽宁，或者长沙，结果还是在邵式平的争取下给了江西。1958年，江东345人就来南昌了。

这些军人年轻力壮，政治条件好，技术水平高。

从江东郡上火车，7天7夜闷罐子行军车，"哐当哐当"。车厢间不流通，热得受不了。要么跑个不停，要么停下不跑。大家睡上下铺，在一个桶里尿尿。太阳一晒，浊重的气息足以把人熏倒。

7月5日，下午五六点到达终点站。站前满眼是迎接的人群，南昌"火炉"之热与群情之热，不相上下，欢迎"最可爱的人"回国之类的条幅，四处张挂。

大家一时还不知道到南昌了，都被热懵了，快中暑了。从车上下来，都有些虚脱，跟跟跄跄的。一条狗躺在檐下伸着舌头喘息，肋部鼓风机似的在不停地翕动。

省机械厅领导给大伙做报告，说南昌吃大米，不吃粗粮，白面没有，可以调来，保障早餐有面食。

大家住下来，最大的不适来自饮食不习惯，一天三顿大米饭，缺少咬劲。战士身体好，大多还能扛得住。不过，也有以探亲等名义不回的，厂里就派人去做工作。

当时，厂区还是一片金黄的稻田，什么都没有建起来。几家旅社整个腾出来给志愿军住，一部分人在象山旅社住，而庞守良则在儿童电影院旅社。每天到胜利路有名的东方红餐厅用餐，伙食还不错。

江东厂迁来后，把设备拉到先他们而在的通用机械厂。当时七八部汽车，四五部工作车。有的汽车是俘获的，如十轮卡。设备较全，车床、铣床、磨床等都有。

从朝鲜回来的是300多位老师傅，从新建县招600多人，火力设备发电厂并入300多人，厂里共有千余人。

来南昌后的第三年，也就是1961年，庞守良接来了家属。妻子二十几岁，重新学徒。

砖木结构的厂房

专机车间

装配车间

庞守良说，现在即使让我回去，也回不去了，父辈都不在了，4个妹妹在丹东，堂兄弟都走光了。过去借出差回去过，父亲去世回去过，在抚顺监狱工作的哥哥过世时，也回去过。

他不是没想过回去，也想过办法，但没弄成。60年代他跟哥哥写信，想通过对调解决，有个上海人在抚顺工作，同意来南昌，但庞守良不同意。要么回沈阳，要么回丹东，抚顺矿多，黑麻麻一片，他不想去。

后来孩子都工作了，习惯了南昌，或者说，这一代已经是南昌人了，曾孙都有了，他也就无所谓回去了。孩子在哪，哪就是家，老了得就着孩子。慢慢地，老人也对厂子，乃至这座城市有了感情，也不舍得离开了。

过去他习惯以厂为家，吃完饭后，就想到车间转转。把没有干完的事情接着干一会儿，或者这里摸摸，那里看看。收拾一下散乱的工具，捡拾一下地上的烟头，要不就查看一下电路开关……

现在，他常同老头们一起回忆从前。他有些自信地对我们说，我曾搞过大件工艺，技术还是可以的。他是一位挺好的刨工。

有时他想起来，觉得怪可惜的。厂子发展潜力、工艺装备、技术水平，都很不错，说没就没了。

他60岁退休，65岁后，还担任过厂电大支书。改制后，他不知道老厂还有些什么，也不想知道。开发商买走了土地，建起了高楼大厦，时移世易，莫可奈何？

一辈子都在江东。从沈阳701厂同来的有40多人，现在只剩下4人了；从江东同来的有345人，也只剩下21个人。

采访结束，老人走到社区门口，向上看了一下天空，撑开了雨伞。

神秘的印钞厂

受访者：

南昌印钞厂刘雪林，1953 年生；王海江，1956 年生。

去南昌印钞厂采访，并不那么容易，首先需要申请，然后预约，车子不得入内，需要携带身份证步行经过门岗，还得有人接应、刷卡，方可经过把守森严的关口。在一个雨季里，我们两度走进印钞厂，分别采访了刘雪林和王海江，想一探其真面目。

刘雪林，1953 年生，1969 年当兵，1975 年退伍进印钞厂。王海江，1956 年生，1979 年被招入 712 厂技工学校，即进厂。

两次迁厂

根据"备战、备荒、为人民"的指示和"靠山、分散、隐蔽"的原则，国防企业大举内迁。印钞业事关国家金融命脉，自然倍加重视。时北京印钞厂迁往山西，上海印钞厂迁往江西，国家还在四川建设大型印钞厂。

1966年中国人民银行总行开始考察上海印钞厂内迁事宜。1969年第二次考察，确立将湘赣边境的莲花棋盘山作为选址。

1970年7月12日，国务院批准，将上海542厂部分迁往江西省莲花县。建设规模为年产双面凹印钞票3亿小张，编制600人。

为保密起见，根据批准日期取名，对外叫"707信箱"或"江西莲花707厂"，对内称"712厂"。隶属于中国人民银行。有段时间也曾归地方管。

1970年10月，第一批支内人员进点筹建，也就是第一次迁厂。

上海印钞厂党委书记刘世华（左一）等人在当地干群的帮助下勘察选点

（上图）主厂房施工现场
（上小图）工程建设者搭建茅
棚作筹建临时办公场所
（下图）职工宿舍

1986年9月，主厂房破土动工

1971年8月，国家投资955万破土动工，总建筑面积45806平方米。1973年11月7日，第三套人民币壹圆券正式投产。到1982年底，扣除亏损部分，累计上交国家税利突破1000万元，收回工程全部投资。

20世纪80年代改革开放，三线厂由于交通不便，原材料不足，效益不好，纷纷迁出深山，自找出路，转为民用。有的职工索性离职摆地摊。

此时，712厂职工迫切要求回城，尤以上海知青为主。厂子跟总行报告后，确定搬迁。

上海的要求回上海，江西的则不愿离乡。经过联系，上海已进不去了，时任江西省领导说，只要不离开江西，地方可任由挑选。经过考察，确定在青云谱。

1986年9月主体工程破土动工。1987年3月，总行最终批准设计能力为年产双面凹印钞票8亿小张，编制800人。

1989年12月29日，企业全部迁入，完成了第二次迁厂。代号为"549"，后更名"南昌印钞厂"。次年通过部级验收,工程建筑总面积 61149 平方米,总投资 5060 万元,南昌印钞厂初具规模。

经中国人民银行批准,省政府同意,712 厂将不动产净值共计 393 万元,无偿移交给莲花县政府。临走,给周边几个乡政府送去彩电,留下的房屋水电均可使用,就连损坏的灯泡也一一更换。

刘雪林时任办公室主任,为顺利迁厂,多方协调,吃饭吃进了医院。每户一辆汽车,需带走一些木制品,还好,过检查站时一路绿灯。

出山时,几十辆解放牌,绵延不绝。莲花老乡们像当年欢送红军似的沿路相送,路边的桌上摆满了糕点、开水、红薯干、花生等。车一开动,车里车外的人,相互挥别,流下了眼泪。

1990 年,开始试产,微有盈利。后陆续投资 5060 万,达到 8 亿小张规模,从此年年盈利,居全行业前列。

最后一批留守人员撤离时合影

回望莲花

当年，712 厂地处深山，是当年红军打游击的地方。距湖南不到 3 公里，离县城 17 公里，距永新文竹火车站尚有几十公里，且需从萍乡翻山而入。他们修了一条通往县城的公路，这条生命线，一旦中断，生产生活都难以为继。

以前有人把这里的隐蔽当作是神秘，其实神秘更来自于为国家生产特殊产品。

甚至有人认为，印钞厂一般都是劳教人员。刘雪林说，这纯属猜测。他分析说，当然也不无道理，冬天职工所穿的棉布工装，十分臃肿，真有点像劳改犯。到南昌后他们也是这身装扮，难怪外面有此说法。

其实厂里并没有劳改人员，不但没有，而且一直以来，进人把关几近严苛。现在起点都是全日制本科生，专业还得对口，来的只能当工人。进

洪灾过后，职工运粮自救

橘园丰收情景

厂要经过严格政审，签订保密保证书。若有违纪，处分严厉。印钞行是特别敏感、责任重大的特殊行业。

事实上，印钞厂的员工一点都不神秘，他们素质比较好，但进入社会就成了弱项，因为太讲规矩，老是吃亏。厂里如果发现员工在社会上出现争吵现象，不管对错都得受罚。反复强调的是，企业不是一般的企业，不能出事，不能有贪心，严禁黄赌毒。

上海印钞厂曾有人从通风管道拿走了十多万新币，被抓获，按照数额量刑也就是坐牢，但判处了死刑。

南昌印钞厂1名女青年挑废品时，发现1张印错了的百元钞票，女工拿一张真的换下来，被发现了，被拘留、开除。

在莲花，厂里没有出现过偷盗现象。

莲花县是欠发达的老区，大山里的生活尤其清贫，却令人回味留恋。厂里经常开着大客车，走几十里山路，到县城去买菜，或者去湖南拉菜，

文艺小分队演出

卖给职工，也卖给老百姓。有时实在没菜时，用酱油和白糖拌饭吃，也干过。

1982 年 6 月 18 日，山洪暴发，洪水冲毁了道路、河堤，涌进厂区、印刷车间，整个看上去黄澄澄的，像刷了一遍油漆。全厂停水停电停产，交通中断。早先一辆解放牌开到外地去拉大米和蔬菜，回来时只能停在断路口，厂里就组织人员将货物一一背回来。

20 世纪 80 年代，自办农场。书记杜天荣带头种菜栽果树，企业以班组为单位，利用周边空地种菜，解决食堂蔬菜问题。

食堂夏天做雪糕，在莲花是名牌，货真价实的牛奶白糖。每天早上，小摊上都有批发。

那时干群待遇差别不大，吃饭都是排队掏钱，也都是端个碗蹲在墙根下吃。来客招待，陪吃的人需为自己买单，往往待一次客，个人要掏四两粮票五毛钱，还不如在家吃划算。

莲花文化生活极度贫乏。电影难得一看。有时用汽车拉人去湖南、萍乡其他三线厂联谊，半夜三更汽车又把人拉回来，在漆黑的山道上迂回盘旋，只看得见头顶的星光。

有时半夜高音喇叭突然响了，通知看电影，一时各家各户的灯都相继

职工群众集体修建电视塔

在永新县文竹火车站推车皮到月台装产品

亮起来，大家边扣扣子边往球场赶，兴致勃勃地来看电影，之后，咂巴着嘴回味着某些画面回屋里，接着再睡。

后来有了电视，但需指标，厂里就出面帮助购买，或者借款给职工，再从工资中扣除。电视有了，没信号，职工们就自己设计施工建插转台。他们从山脚到山顶，穿过密密的丛林，高低错落，不间断地站成一线，手手相传，将几顿重的砂石和器材运送到制高点。

为解决用水，厂里在两山之间拦坝，建起了小型水库，蓄起了大水池。水池每年需要清淤，干部职工都来参加义务劳动。每次都赶在晚上11点大家不用水时，下到水池中，山泉冰冷刺骨，没有任何报酬。

另外，产品装车到火车站，或在厂里卸货，也常是自发的义务劳动。给几个肉包子，解决一顿饭。

一方净土

王海江说，在莲花，印钞厂虽小，但技术领先，在行业中位居前列，因为始终把创新当作法宝。狠抓安全，杜绝事故。曾有一位厂领导因出现

产品印刷

上数纸技术课

质量问题，都愧疚得哭了。厂子继承上海百年老店的传统，把每一件事都当作事业来经营。

　　他先分到油墨制版车间，一个技术含量很高的班组。半天在技术组干，半天干工人的活。参与油墨制版的每一个环节：化验，设计，解决技术难题等。搅拌油墨，数九寒冬用的都是双手。制油墨的材料气味很重，有害，防护措施有限，但从不在乎。同事曹建华白细胞升高，像王进喜似的接着干，最后只能被勒令休息3个月。大家把这种危险看作是考验自己的机会。

20 世纪 70 年代初到 80 年代，每年放高产，白班早上四五点上班，中班三四点下班。产量翻番，却没有奖金。那时思想教育抓得紧，每周党组织生活一次，黑板报和广播不停宣传，业余进行传统教育。这种传统 90 年代都还保持了。总公司宣传部撰文《这是一块净土》，对此作过宣传。

1956 年生的王海江，1979 年进 712 厂技校，是技校招收的第三届，这批 40 人由知青、留城高中生组成。

之前，王海江参加高考，只差了四五分。这一批技校生基本都是高考落榜生。他家在吉安峡江，技校以前只招上海子女，尔后当地莲花人，如果成绩好，也会被录取。

高考落第后，他当了一名民办教师，父亲看到技校招生信息后，替他报了名。经过一年集中学习，分配到车间实习，1980 年正式分工。

80 年代初，广播里播放着李光曦激情澎湃的《祝酒歌》："为了实现四个现代化，愿洒热血和汗水……"

举国上下学习氛围异常浓郁，涌现出一大批爱学肯钻的人，如饥似渴，将失去的时间补回来。王海江经常端着晚饭去听陈琳英语，去吉安参加自学考试。712 厂员工通过的比例往往很高。企业也很支持，假期派车送人到吉安各地考试。

当时王海江夫妻俩是抱着小孩参加自学考试的，进考场前才把孩子交给别人带。

王海江感叹道，那真是一派科学的春天，空前绝后。

他先后拿到了专科和本科文凭。同来的 40 人大都成了企业骨干力量。

1980 年左右，莲花印钞厂三四百人，那时风清气正，干群关系好，大家迎难而上，纯洁无杂念。

杜天荣，1937 年前的老革命，厂党委书记，人称"杜一把"。他每天提前一小时上班，把一二楼地面拖得干干净净。他能叫得出所有职工的名字；新招进的青工，不到一个月他都能认识。他注意和当地老乡搞好关系，老乡挑谷子，交公粮，他叫厂里的汽车帮忙送一程。有时车不在家，杜天荣说，我来帮你挑吧。他带着职工去看望甘祖昌的遗孀龚全珍。每逢节日都要慰问军烈属。

一次，两当地青年拦住厂里的专用客车要上，请他们搭卡车，不干。杜天荣主动下去调解，被几十个老乡团团围住殴打。县公安局前来办案，杜天荣说，是我工作没有做好，算了吧。除两名青年有前科被拘留外，其他人都被免责。

一天半夜，一名上海女工宫外孕大出血，向全场广播，组织救援，所有职工都出来了，将病人护送到县医院。医生说，若不及时，命就没了。

厂里还发生了两起工伤。一起是青工操作失当，把手上的皮拉下来，失血很多，送到南昌太远，只好连夜送到稍近一点的长沙。经过抢救，手保住了。另一起也是操作失误，手进到机器里，情况十分严重。听说上海可救，坐火车太慢，在向塘包机送到上海，手也保住了。

看到男女比例失调，杜天荣叫团委书记刘雪林把青年问题管起来，团组织与各地联谊，牵线搭桥，解决了十多个大龄青年，没有工作的对象还被照顾指标进厂。

厂里爱民如子，大家自然也爱厂如家。

一年厂旁边起山火，近处有油库，紧急广播，全厂职工包括家属男女老少齐上阵，因扑救及时，油库保住了，无一人员伤亡。

1978 年 3 月，712 厂被命名为"大庆式企业"。

一直以来，印钞厂靠的是两种精神：井冈山精神和上海精神。他们对钱有着不一般的认识，钞票只是一种产品，而绝非物欲。

此情绵绵

出版的《三十五年风雨路》

到南昌后，两种精神被传承下来。

印钞厂人员精干，一专多能。组织部、宣传部、团委最多才4人。在莲花时500多人，现在也不过1000多人。

南昌印钞厂，是青云谱唯一一家迁来的三线厂。

有个笑话，厂子曾经的代号是549。有人打电话问："549厂吗？需要红薯干吗？""不要。""这不是酒厂吗？"无言。

1970年，印钞厂由上海迁往莲花，1989年由莲花迁到南昌，到新厂大楼扩建，生产规模在亚洲都是第一。改制后，由厂变成了公司，属于国有独资。实行的是行业内部、企业内部的竞争。

印钞厂走出大山，已有十多年时间，仍与周边的乡镇保持联系。厂里不时给予下游村庄以资助。他们修水渠，找来了，企业热情招待并扶持。后来提出修祠堂，厂里以修村文化活动室名义资助几万元。

厂房交给莲花县办中学，后来学校撤并，用不上了，闲置在那里。有人用来办炼铅厂，山上树木砍了，水里鱼虾没了，谷不出穗，人生怪病。村里起诉有关部门，来找印钞厂声援，可是，厂里既已搬迁，又不便干预，只能是爱莫能助，但对那方水土从没有终止过牵挂。

现在，老厂空在那里，南昌印钞厂把它作为传统教育基地。青工进厂，党团活动，都到旧地参观、体验。老厂有块黑板还历史地镶嵌在墙上，访游时，有的写下一点感言，有的签上自己的名字。年龄大一点的职工，多次重游，恋恋不舍。

位居莲花县深山里
的712厂全貌

印钞厂建厂35周年时，厂里出版了一本纪念方面的书，很多老职工欣然提笔撰文，把深藏在内心中的故事写出来，寄托对大山的怀念——

那里，在糖霜般的雪地上印下了飞禽走兽的足迹；在枣红色的炭火上栉比着围炉夜话的指尖。那里，所有的夜晚都向星空敞开；所有的泉水都来谷底汇聚。那里是神秘的山沟，生产着特殊产品，铸造出不朽的精神。

历历在目，永生难忘。

南昌印钞有限公司俯瞰图

新中国第一架飞机

受访者：

洪都机械厂张良金。

一

中华人民共和国成立之初，在一次中央工作会上，时任重工业部代部长何长工发言说，偌大的中国，没有航空怎能立足于世界民族之林？毛泽东说，长工这一炮放得好，航空工业应该早点抓起来。不久，周恩来、陈云和聂荣臻等人开始筹建中国航空工业。

此时，国力单薄，不堪建造飞机，中央决定向苏联寻求援助。此时中苏关系尚处蜜月期。

1951 年 1 月 9 日，何长工担任谈判团团长前往莫斯科。

苏联外长说，搞航空，造飞机，你们没基础，连生产地上的轮胎都不行，还谈什么天上的飞机，真是

1954年工厂全貌，原遭毁坏的旧址
已修复，另外又新建了宽敞的厂房

搞笑。

何长工则说，虽然中国目前经济基础差，但什么困难都不怕，假以时日，不要说飞机轮胎，就是原子弹也能造。

2月19日，经过谈判，双方签订了《中苏航空工业技术协议（草案）》，很快得到了苏联最高领导的审批通过。

4月17日，中央作出了《关于航空工业建设的决定》。其中确定在南昌建立新的飞机制造厂。4月23日，通知南京空军22厂迁往南昌，在原国民党空

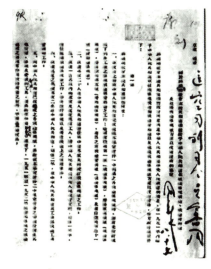

周恩来总理在中苏协议草案上的批示

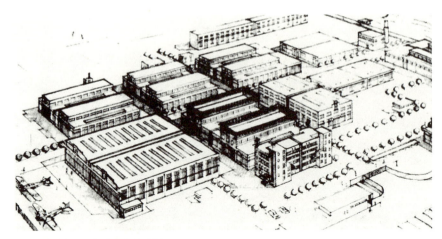

中意飞机制造厂建设方案效果图

军第二飞机制造厂旧址，新建飞机制造厂——洪都机械厂（简称"洪都"），代号为国营321厂。因有重名，于1953年2月，321厂改名为国营320厂。

早在1933年，国民政府曾与意大利合作，在南昌市东南近郊建造了中央南昌飞机制造厂（中意飞机制造厂）。抗日战争时期迁往重庆，战后回迁。新中国成立前夕，国民党将主要设备和技术人员运往台湾。解放军接管该厂，成立南昌航空站。

1951年，华东空军原第22厂（华东空军工程部所属的配件厂），由南京迁往南昌，与中南空军移交的南昌航空站合并，成立南昌飞机修理厂。厂址在原国民党空军第二飞机制造厂和航空研究院旧址。

这年5月12日，何长工致信空军第22厂厂长郦少安：为加强南昌飞机厂建厂工作，"要求尽速成立建厂委员会，请江西省邵主席兼主任"。

5月13日，郦少安从南京赶到南昌，当晚邵式平听取汇报后，欣然受命。他说，中央决定在南昌修建飞机厂，这是中国航空建设的大事，是对江西老区人民的关怀和信任。我们全力支持，要人给人，要物给物，"成立建厂委员会，我当主任，前台是你，后台是我"。并立下军令状："江西是老革命根据地，南昌又是八一起义的地方，武装夺取政权的第一枪在南昌打响，新中国自己制造的第一架飞机也要出在南昌。"

17日，江西省委、省政府，江西军区研究决定，成立建厂委员会，邵式平任主任委员，郦少安任副主任，下设若干委员。

省委书记陈正人非常重视工厂领导班子建设，先后从地（市）、县选调100多名优秀干部充实各级班子。同时，上海、湖南、广东、湖北、四川、江西等地的技术人员和工人，如八面风来，聚首南昌，组成了飞机厂第一代建设者。

国民党第二飞机制造厂只留下一座八角亭式的厂房，几个被炸坏的机棚，一条长1500米的碎石跑道。厂区内外道路泥泞，水电不通，杂草丛生，一片荒芜景象。

二

邵式平部署，南昌市建设局负责建房，水电厂负责水电工程，铁路局负责修筑铁路专线。他亲临指挥，5天就调集了3500多民工，半个月就完成了专线。他还深入工地与职工们亲切交谈，鼓舞士气。

1951年8月26日，第一批苏联专家到达洪都，协助修理飞机。

洪都建厂148天就开始修理飞机。最初主要修理朝鲜战场上损坏的苏联飞机、志愿军击落的美军飞机和解放军打下或缴获的国民党数百架飞机。截至1951年底，该厂已修好了雅克-18飞机38架，交付部队19架。

在苏联专家指导下，新老职工很快掌握了飞机的装配调试技术，为建造飞机积累了基本技能。1952年，更多的机型转入洪都修理。工厂共试制

雅克-18

了各种飞机所用的配件 38 种。

苏联专家组组长瓦西列夫建议，将飞机修理厂与制造厂结合起来，统筹考虑，可以尽快地缩短从修理到制造的过程。他说，根据你们的条件，先上雅克 -18 为宜，因为它构造简单。至于米格飞机，全力以赴也得三四年。

航空部要求工厂在完成基建、培训、飞机修理和空、海军备件任务的同时，全部掌握雅克 -18 飞机的部、附件制造技术，并指示要为从修理转向制造创造条件。

洪都开始投入雅克 -18 飞机零部件的试制。四周架设电网，解放军站岗值守，生产、生活区严格分离，车间之间凭介绍信出入。全厂进入保密状态，实行军事化管理。

1953 年，中国开始以实施第一个五年计划为中心的大规模经济建设，一个重要的措施就是实施苏联援建的 156 项重点工程，其中包括国营 320 厂试制首批 10 架雅克 -18 型飞机。

年底，第二机械工业部部长赵尔陆到洪都视察工作，同意提前进行雅克 -18 整机试制的设想。

此时，工厂基本掌握了 5 种飞机的修理和零部件制造技术。两年来，共修理雅克和拉式飞机 400 架，其中雅克 -18 飞机 235 架。完成备件制造 146 项，试制成功主要组合件、部、附件 80 项。雅克 -18 全机零部件基本试制完成。

也就是说，雅克-18整机试制条件基本具备，万事俱备只欠东风，只等全套图纸资料到厂和试制命令的下达。

三

1954年4月1日，航空工业部转达第二机械工业部指示："正式批准你厂提前成批生产雅克-18型初级教种机的制造计划。即由原计划1955年第三季度正式生产，提前至本年第三季度开始生产。保证在本年内生产10架。于八一建军节及国庆先交付空军两批。并初步计划明年内生产该型飞机60架。"

4月20日，苏联发出雅克-18飞机全套图纸给洪都，并派来50位专家，承担70%的设计任务。

厂技术人员与苏联专家交流飞机相关问题

1954年总装配车间满是进入总装配工序的待修理飞机

1954年工厂设计科

洪都提出"为制造祖国第一架品质优良的飞机而奋斗"的口号，全厂上下紧急动员，打响了试制初教5（原机型为雅克-18）的战斗，全厂进入一个空前未有的建设热潮，与时间赛跑。

5月3日，投入零件制造。短短的40天，基本完成初装所需零件制造。

在雅克-18试制过程中，静力试验洪都没有做过，全国尚属首次，国内无人懂得此项技术。工厂决定由学结构力学、从英国留学归国的设计科主任张阿舟主持。

5月12日，一架飞机开始正式进行静力试验。张阿舟站在一架高梯上现场指挥，实验人员有条不紊地加载、读数、测量、记录。全机强度符合设计要求，宣告首次静力试验成功。

整个试验从4月5日开始准备，至6月26日完成总结报告，历时83天，提前完成了试验任务。

6月28日，总装结束，只用了20天时间。

6月30日，2架初教5飞机缓缓驶入试飞站，开始试飞前的准备。从4月20日发出全套图纸，到整机交试飞站，仅用了70天时间。

7月1日，洪都成立了试飞委员会，总工程师郦少安为主任委员，驻厂总军代表唐子培、主任工程师张阿舟、试飞员段祥禄和刁家平等为委员。

终于，历史性的时刻来临。

1954年7月3日下午5时15分，2架初教5，分别由两位试飞员段祥禄和刁家平，在极其保密的状态下首次试飞。人们仰望着蓝天，一次次鼓起了热烈的掌声。升空状况良好，一切正常。

至7月11日，试飞14架次、13小时16分，完成了规定的全部试飞项目。经国家级试飞员黄肇濂对飞机进行检查，于14日提交国家试飞委员会作最后审查。

7月20日，国家试飞委员会做出结论：第一架初教5飞机性能符合受理资料及技术条件要求，可作空军航校教练机之用，可以进行成批生产。

7月26日，在试飞站隆重举行"国营320厂第一架飞机制造成功庆祝大会"。机场上，停落着3架军绿色的飞机，如在弦之箭，等待起飞指令。

第二机械工业部部长赵尔陆、江西省省长邵式平、江西省委副书记白栋材、空军副政委吴法宪，以及航空工业局苏联总顾问和驻厂全体苏联专家，部、局和空、海军等单位代表出席了大会。在厂长吴继周陪同下，第二机械工业部部长赵尔陆为起飞剪彩。

1954年7月26日，新中国第一架飞机试制成功庆祝大会上，第二机械工业部和江西省人民政府的领导分别向320厂颁发了锦旗

初教5首飞成功后，试飞员与少先队员合影

毛泽东主席亲笔签署了给国营320厂全体职工的嘉勉信

此时，三颗绿色信号弹划破长空，3架飞机发出了轰鸣，飞上了蓝天。全场响起了经久不息的掌声。厂工会主席周维代表职工宣读了向毛泽东发出的报捷电。

7月28日，新华社发布消息《我国自制飞机成功》，传遍海内外。

8月1日，毛泽东给工厂全体职工发来嘉勉信："第二机械工业部转国营三三〇厂全体职工同志们：七月二十六日报告阅悉。祝贺你们试制第一架雅克十八型飞机成功的胜利。这在建立我国的飞机制造业和增强国防力量上都是一个良好的开端。希望你们继续努力，在苏联专家的指导下，进一步地掌握技术和提高质量，保证完成正式生产的任务。"

初教5的成功试制，翻开了新中国飞机制造史崭新的一页，标志着中

《人民日报》报道第一架飞机试制成功

国航空工业从此由修理跨入自行设计、自行制造阶段。南昌，人民军队诞生之地，又成为新中国飞机的诞生地和制造基地。

洪都从此被蒙上了一层神秘的面纱，被称为中国"神秘的东南角"。

当年，洪都生产了 10 架飞机，交付空军 8 架。1956 年按计划向部队交付了 60 架飞机。至 1958 年，初教 5 飞机共生产了 379 架。初教 5 从资料进厂到试飞成功，只花了 133 天时间，包括修理过渡期，不到 3 年，按照国家"一五"计划提前一年两个月完成了试制任务并成批生产。

共和国的长子

受访者：

洪都机械厂张彤、熊敏、张良金、余传祎、李韶华。

青云之志

1943 年 10 月生的张良金，在洪都机械厂前后达 55 年，为一辈子都在洪都而自豪。

张良金说，洪都作为青云谱属地，得益于这片风水宝地，穷且益坚不坠青云之志，制造了中国三分之一的飞机，80% 的海防导弹，军用摩托车占有市场一半，为国家作出了巨大贡献。

洪都的嬗变，展示了洪都人青云之志的心路历程。从军工企业 320 厂（国营洪都机械厂），到洪都集团公司，整个发展脉络，史诗般的厂史，一家百年老店的荣光，分明是中国航空工业的缩影。

早在 1909 年 9 月 21 日，冯如驾驶着自己设计的

中国最早的飞机设计师和飞行员——冯如

飞机，在美国奥克兰市试飞成功，被公认为"中国航空之父"。1923年4月2日，孙中山在南昌航空教导队开学典礼讲话时提出"航空救国"的思想。同年7月30日，中国第一架自行制造的飞机"乐士文1号"试飞后，孙中山慨然书写"航空救国"四个大字。

孙中山手书"航空救国"

20世纪30年代，国民政府建立中意飞机制造厂，在青云谱建立亚洲最大的飞机场，可停落几百架飞机。

从苏联购买的R-1轻型侦察轰炸机，机身上有"中山"字样和国民党空军标志

抗战爆发，飞机制造厂成了日本重点轰炸目标。西迁重庆，回迁后已是国民党第二飞机制造厂兼航空

中意飞机制造厂厂房

1934年，在意大利顾问建议下，中国空军将意制布莱达Ba.25教练机作为训练主力装备。该机是中意飞机制造厂1937年开始制作的机型之一

陈纳德招募的"飞虎队"部分人员

研究院。

1937年，蒋介石指派中国空军顾问陈纳德到南昌指导战斗机队的作战训练，并招募了部分美国飞行员组成了第14轰炸机中队。据说，陈香梅女士就是在南昌采访时，与陈纳德结上姻缘的。

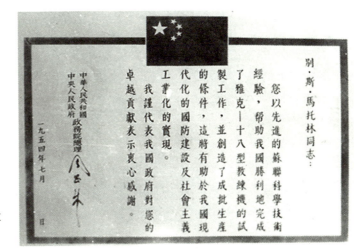

别·斯·马托林同志：

您以先进的苏联科学技术经验，帮助我国胜利地完成了雅克—十八型教练机的试制工作，并创造了成批生产的条件，这将有助于我国现代化的国防建设及社会主义工业化的实现。

我谨代表我国政府对您的卓越贡献表示衷心感谢。

中华人民共和国中央人民政府政务院总理 周恩来

一九五四年七月 日

1954年7月周总理致
320厂总顾问的感谢信

　　1946 年，中国共产党开始在东北创建航空学校和航空修理厂，修复了数十架飞机。

　　1951 年 4 月 17 日，宣布成立中国航空工业管理委员会，标志着新中国航空工业诞生。4 月 18 日，决定在重工业部成立航空工业局。向南昌发出建立航空工业工厂的通知。江西省主席邵式平闻此消息，兴奋不已，说：我党打响第一枪在南昌，新中国第一架飞机也要在南昌上天。

　　4 月 23 日，是洪都的建厂日。

　　从 1951 年 10 月始，在苏联援助下，航空工业重点建设"六大厂"，即沈阳飞机修理厂、发动机修理厂，哈尔滨飞机修理厂、发动机修理厂，南昌飞机修理厂和株洲发动机修理厂。

　　1953 年 5 月，中苏签署苏联援助中国第一个五年计划建设协定。在苏方援建中国的 156 项工程中，航空工业确定为 13 项，占军工项目总投资的 30%。

　　青云之志，志在青云。

（左页图）机械制造车间
配备了大量苏联新式机床

一部产品史

张彤，1934年，江苏常州人。

他说，洪都企业史就是一部产品发展史。只有产品不断更新，企业才能生生不息，向前发展，核心是创新。

从1954年7月3日，放飞新中国第一架自主制造的飞机初教5开始，洪都从修理、仿制出发，进而自主研发、锐意创新，先后研制生产了教练机、运输机、强击机、农林机等多型号产品，积极进入大飞机、民用产品领域，累计交付5000多架飞机，出口飞机700多架。

1954年工厂施工科

洪都老人李韶华说，国家把洪都作为教练机设计研究基地。试制了三代教练机：初教6、K-8、L-15。形成了初、中、高级教练机的全系列产品。

1958年8月27日，新中国自主研制的第一种螺旋桨教练机初教6首飞成功，长期服役于我国空军及地方航校，不仅为中国民航和空军培养了上万名飞行员，还出口多个国家，美国许多飞行爱好者还购买该机进行改装，体验飞行。至今，初教6飞机仍是我国初级教练机的主力。

1999年，中国和埃及先后签约120架K-8飞机，第一次实现了中国飞机生产总装线、飞机研发中心、飞机综合保障系统出口国外。

2006年3月13日，洪都

批量生产的初教6正在装车发运

K-8

L-15

埃及K-8E生产线上中国技术人员现场指导埃及技术人员和工人

第七届珠海航展上的L-15高级教练机进行飞行表演

公司自主研制的L-15高级教练机首飞成功，以L-15和初、中级教练机所构成的完整产品谱系为硬件基础。

世界教练机看中国，中国教练机看洪都。第一架飞机上天后，洪都一连串创建了新中国十几个第一。

1957年11月30日，新中国第一辆三轮摩托车在洪都组装完毕，12月中旬各项性能经过实验，全部达到设计要求，并定名为"长江750"，发动机为宝马系列。这是新中国第一辆军用边三轮摩托车。

在新中国导弹发展史中，1966年仿制成功并定型生产的我国第一批海防导弹"上游一号"扮演了非常重要的角色，这种犀利的舰对舰导弹，对有效遏制敌对势力对我国海域的封锁起到了极大的威慑作用。

2009年5月，洪都公司与中国商飞签署了"C919大型客机机体结构供应商理解备忘录"，成为大飞机项目前机身、中后机身唯一供应

1957年，新中国第一辆摩托车——长江750仿制成功

我国第一批海防导弹——上游一号导弹

C919大型客机

商，约占机体份额的 25%。

2018 年，洪都公司荣获中国商飞优秀供应商金奖。在国际转包项目上，洪都公司还是美国波音公司、GE 公司等多家国际知名企业的优秀供应商。

洪都成为中国教练机研发基地、中国海防导弹研发基地、无人机研发基地。目前，洪都已在南昌瑶湖建造了航空基地。

洪都精神

人们一直在思考，洪都何以屡建奇功？缘于航空人"航空报国，航空强国"强烈的使命感。具体而言，何谓洪都精神？

首先，献身航空，团结奋斗。

强5飞机

洪都以共和国长子来要求自己，支撑自己。我们不做谁做？我们不吃苦谁吃苦？

建厂之初，职工们立下军令状：新中国第一架飞机在洪都上天，保证完成任务！夜以继日地干，结果提前一年零两个月完成任务。

余传祎说，强5定型时，遇到三大难题："近视眼""拉肚子""发高烧"。"近视眼"是看不清目标；"拉肚子"是炸弹悬挂不牢；"发高烧"是汽化器问题。试飞的同时，问题一个个被排除，唯独吃苦不是问题。

洪都输出的人才遍布全国各地，成为人才孵化器。

成飞公司就是洪都创建的，洪都派去上千名员工，连图纸都提供，宛如洪都机械厂的翻版。

洪都不是不食人间烟火的世外桃源，但有神秘感，为何这么多人才坚守这里，令人匪夷所思。

国家最先给洪都定位为教练机厂，属小型飞机，国家不会有大的投入。洪都因自身发展需要，得自找出路。

洪都成了强击机制造厂（强5），这是中国自己研制出来的飞机。由原来的教练机制造，发展成强击机制造，国家没有投入，靠自己积累，勒紧裤带。

其次，创新担当，争创一流。

洪都始终奉行国家利益至上原则。

航空工业本身就肩负着为国研究生产国防产品的神圣使命，理当为国担忧。即使贷款，苟利于国家，洪都仍要生产。

洪都是整个航空工业唯一厂所合一单位，既是工厂，又是设计所，一体化。这样，设计生产很直接，没有中间环节。但是，知识分子和工人一样，待遇都很低。洪都石屏院士说，明知这种做法是亏待自己，能为国家带来利益也心甘情愿。

洪都运动会上打出的口号

1954年厂里悬挂标语"一切为了实现国家社会主义工业化"

　　中国在没有造出火车、汽车和轮船的情况下，率先造出飞机，可谓石破天惊。洪都机械厂就是一头拓荒牛。

　　陆孝彭，前后40余年锲而不舍，孜孜以求，1965年终于造出了强5，填补了中国空白。他说，外国人不会把最好的飞机卖给我们，要走自力更生的路，要拥有制空权。

　　张耀，到英国皇家帝国理工学院学习，两年即获博士学位，创造"张耀曲线"。导师留他在英，条件优厚。他说，谢谢导师，我的事业在中国。毅然回到了洪都。

　　史坚忠，美国西雅图访问学者，发明了"史坚忠新测试方法"。麦道飞机重金聘请他，1989年史坚忠悄然回国。

群英毕至

洪都既出产品，又出人才，涌现出一个英雄的群体。

这里出过两位院士：陆孝彭、石屏。

陆孝彭，强5飞机，国家下马项目，做成了上天产品。陆孝彭兀兀穷年，苦心孤诣，被称为"强5之父"。

石屏，南昌航空学院毕业，江西鄱阳人，攻坚克难，追求卓越，成功研制了K-8飞机。

1954年洪都造出第一架飞机初教5，出了3位特等功臣：张阿舟、汪有财、刘庆福，其中一位技术员，两位工人，没有领导，评得让人服气。80年代，洪都宣传部找到了其中的两位。

张阿舟，在南京航空航天大学任教，两院院士，国家一级教授。曾在国外是飞机制造主设人员，参加英美飞机设计。他是洪都第一架飞机总工。他被评为三个特等功臣之一。

2004年，洪都举行第一架飞机首飞50周年庆典时，熊敏代表厂里开车去看望张阿舟。他已经躺在了病床上，80多岁，说不出话。家人告诉他，洪都来人，没有反应。熊敏轻轻地跟他讲，张老，您看这是什么？他吃力地睁开了眼睛，看到了航模、银质纪念章、邮折，以及庆功会上的老图片。他激动，兴奋，想挣扎着起身。第二年去世了。

特等功臣汪有财，南昌人。第一架飞机地面试验时，蒙皮不合缝不规则，不能升空。苏联专家找不到原因，图纸是从苏联搬来的。汪有财只是名普通工人，旧社会敲白铁皮的。那天，他跟工长说，我来试试，如果做坏了，别怪我。那时政治敏感性强。工长向主任汇报，主任向苏联专家报告，得

320厂第一架飞机制造成功庆祝大会

到了允许。

结果，一切都神奇般地贴切起来了。他凭的是经验，是过硬的铆工技术，用木榔头敲了一整天，把外壳整得平平整整的，严丝合缝。

还有一位老工匠——刘庆福，他1918年生，健在。

他装型架的方法颠覆了苏联的模式，取名"刘庆福拉张法"。熊敏曾问过他，这种方法是怎么回事？刘庆福问，你看过木工弹线吗？看过啊。刘庆福说，型架从原理上说，与木工弹线差不多。他被评特等功臣。

另外，L-15有张弘，海防导弹有何文治、彭历生，空地弹有张波。这些英才都值得人们铭记在心。

熊敏说，还有徐禾根，是全国劳模、全国人大代表。

洪都之所以创下了十多个第一，是因为求贤若渴，才尽其用。

殷切嘱托

洪都建厂时，邵式平亲自担任建厂委员会主任，还兼任江西技术工人养成学校（320技校）第一任校长，因而邵式平被称为新中国第一个教育省长。他是北师大毕业的，人称"邵大哥"。

在邵式平亲自领导下，来自南京22厂、上海、株洲等地，几乎全国各地有志于航空事业的热血青年，一时云集南昌，投入生产。

洪都试制飞机，邵式平更是呕心沥血，一枝一叶总关情。刮风下雨时，他直接打电话到飞机站询问，飞机是否拴好了？起落架控制好了没有？轮档是否加了？

1954年7月4日，新华社以《光辉的开端》为题，发布消息：中国第一架飞机试造成功了。喜讯传遍世界。

1954年8月1日，毛泽东签下嘉勉信，祝贺试制第一架雅克-18型飞机成功的胜利。

1952年1月上旬，刘少奇视察参观了洪都机械厂。

1954年4月和1966年2月，朱德两次视察洪都机械厂。

1990年10月10日，李鹏视察南昌飞机制造公司。

1991年10月17日，朱镕基视察了南昌飞机制造公司。

业余文化技术学校和职工中专教学楼

空军飞行教官为初教5学员进行现场指导

2001年6月1日，江泽民视察洪都集团公司。

······

张良金还记得彭德怀来时的情景，在会议室汇报，南丰橘子快吃完了，我安排再拿点来。彭德怀不高兴，说，开水果店啊？

1961年9月19日，周恩来在庐山开会后，曾在洪都乘机返回北京（向塘机场尚未开通）。周恩来上飞机时，见机场两侧满是员工。他有些意外，笑着招手说，过来嘛。"哗"的一声，全围上来了，掌声雷动。

周恩来曾说，国家把最好的设备、人才给航空工业，你们就要像国家老大那样为国家担担子。

几十年来，洪都正是这样以共和国的长子自勉，竭尽忠诚，甘于奉献，不辱使命，为国争光。

建造航空城

从洪都大院到航空城，走过了漫长的创业历程。

航空工业江西洪都航空工业集团有限责任公司，隶属中国航空工业集团公司。现有员工近万名，拥有多个全资、控股子公司和多家参股企业，拥有一个国家级企业技术中心，是国家重点扶持的520家大型企业和国家152户重点保军企业。

南昌航空城，是高起点规划建设的航空新城。按"总体规划、分步实施、高起点、大发展"的思路，将南昌航空城建设成以航空产业为主体，相关产业为依托，集航空产品研发与制造、通用航空运营与服务、航空教育与文化、运动与娱乐、休闲与居住为一体的现代化综合新城区。

南昌航空城规划占地面积25平方公里，洪都产业区规划占地15000亩，包括北区（包括零件加工区、民机装配区）、南区（包括装配综合区、非航空民品区、通用航空发展区）、机场区（试飞区）。目前，北区基本上完成搬迁并恢复产能。南区正在加紧建设、部分厂房已经完工。

洪都公司创下了单日运砂填方量的南昌市纪录，最高日达10万方，2017年6月份就完成了457万方场地填方任务。在随后的跑道主体建设中，只用了短短的220天，创造了新的"江西速度"。

目前，洪都公司形成了以航空城为生产制造主阵地、老厂区科研试验

南昌航空城是高起点规划建设的航空新城

区为研发基地的新格局。

　　以南昌航空城为依托，洪都公司正在发挥江西航空产业龙头骨干企业示范带动作用，承接南昌市打造江西航空"一枢纽二中心五基地"和江西航空产业集群的战略布局，努力打造江西航空产业生态链，引领江西航空产业全面提速发展。

航空救国陆孝彭

受访者：

洪都机械厂张良金、余传祎。

一

清兵入关时，陆孝彭官至二品的先祖，冒死抵抗，
遭受重创，匍匐着爬回了家。他率部及家属，遁入太
湖芦苇荡深处，与世隔绝，过着耕田打鱼、纺纱织布
的生活。先祖告诫子孙，永不仕清。

陆孝彭幼年曾随父陆元昌回乡祭祖，走进过芦苇
荡深处。

1900 年，八国联军与清政府签订了《辛丑条约》。
10 年后，19 岁的陆元昌以第二批留美官费生身份，进
入美国康奈尔大学，学铁路土木工程专业，学成参与
了钱塘江大桥的建造。

母亲翁炜，女校毕业，知书达理，思想开明。生

辛丑条约签订仪式

下 4 儿 1 女。1920 年 8 月 19 日，陆孝彭出生在上海，排行第二，祖籍江苏常州。

1934 年，陆孝彭考上了江苏省立南京中学。毕业前夕，一位陈姓校长说："现在都德《最后一课》已在东三省上演了，今后不管你们干什么，不管你们在哪里，都不要忘记祖国这个贫穷而伟大的母亲。要学好本领，让她强大。"

次年，父亲去世，母亲带着几个孩子开始了风雨飘摇的生活。这年，他参加了"一二·九"运动，在游行示威中，他和 100 多个学生被捕。

1937 年上半年，日机频繁出没于江、浙、沪等地，侦查和轰炸。每当此时，陆孝彭就渴望造出很多的飞机，能歼敌的飞机。他铭记孙中山倡导的"航空救国"的思想。

这年暑期，他迎来了大考。报考了南京中央大学和上海交通大学的航空工程系。被两所大学同时录取，他选择了南京中央大学。这是他向"航空救国"迈出的第一步，从此便结下了航空一世情缘。

这年秋，日机轰炸南京中央大学，学校被迫西迁。几千人，几千大箱

日军大规模空袭重庆

物件，趔趄西上。其中有拆卸的用做教学的 3 架飞机。

中央大学借用了重庆大学一个小山包，因其遍植松树，叫松林坡。陆孝彭的教室就在山包上。

他活跃开朗，兴趣广泛，喜欢写诗，喜欢唱歌打篮球。但他最痴迷的还是航空专业知识讲座和各种实验课。他喜欢做风洞实验。

大三那年，日军大规模空袭重庆，师生寝食难安。据一位教授统计，有一个月空袭高达 28 次，最多的是 27 架飞机同炸沙坪坝，师生最多一天得钻 5 次防空洞。

二

毕业后，陆孝彭分配到云南昆明空军第一飞机制造厂，在设计科做制图员。将其所学落实到每一根线条上，线条又变成了零部件，他感到异常兴奋。

次年他离开昆明，来到成都空军机械学校高级班学习，一年后，也就

空军第一飞机制造厂部分员工合影

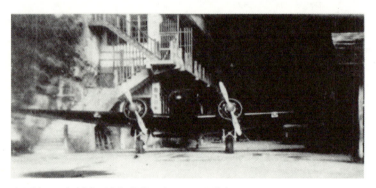

空军第二飞机制造厂大门外的"中运-1"运输机

是 1943 年，他被分配到位于南川的第二飞机制造厂任设计员。陆孝彭主要参与"中运 -1"型设计。1944 年 8 月，总装出首架木质双发运输机。

在这几年中，他接触到的多为木质飞机，也让他看到了中国航空底子之薄。他想接触航空领域一流的技术，想和父亲一样，出国深造。

1944 年冬，贵州独山失守，西南危机。第二飞机制造厂等均接到准备疏散的命令。恰在此时，陆孝彭得到通知，他被派美留学。

该年 11 月下旬，陆孝彭一行从被称为"死亡航线"的"驼峰航线"，穿越喜马拉雅山南麓及横断山脉平均海拔 6000 米的上空，进入印度。从加尔各答坐火车到孟买港，再乘美国海军"将军"号前往美国洛杉矶。

驼峰航线

在麦克唐纳飞机公司，陆孝彭被分派参与 FD-2 的结构设计，让他接触到了仰慕已久的设计大师。

他太投入了，忽略了很多事情，什么生活的艰难、思乡之苦、不公的待遇，统统可以忍受。这段经历让他明白到，

人类航空史上的先驱、
美国著名飞行家林白

建立强大的航空工业，靠买不行，靠引进不行，必须走自行设计之路，唯有如此，才能找回一个国家的尊严。

后来，麦克唐纳公司通过美国政府向国民政府索要延期培训费，国民政府无力支付，美国便中止了与中方的实习合同。

离美之前，陆孝彭再次来到杰斐逊纪念大厦，凝视着飞行家林白的画像，久久不肯离去。当年林白驾驶着"圣路易斯精神"号单翼飞机横越大西洋，何等英勇豪迈！

继而，国民政府又与英国谈判，最终以低于美国的培训费用谈判成功。

1946 年秋，陆孝彭一行经海路，来到了英国格洛斯特飞机公司。二战期间，该公司制造的"流星"战斗机，成为盟军装备部队的唯一一款喷气式战斗机，给德国空军以致命的重创。

陆孝彭等人分别被安排在喷气式战斗机和轰炸机设计组。同样，他们也没有得到应有的尊重与信任。在陆孝彭等人的争取下，英国公司同意与中方合作研制喷气式战斗机，该机定名为 CXP-1001。

陆孝彭一头扎进流体曲线、空气动力学等复杂的科学思维中。反复运算，不厌其烦完善总体布置和三面图。没日没夜地干。英国人说："陆先生简直是玩命。"

陆孝彭将方案送到总工程师手上，总工程师说："太妙了！"并递给陆孝彭一杯酒，祝贺方案被采纳。

突然，他接到中方领队的通知，将他调至尾翼室工作。领队是国民政府官员，陆孝彭的成功刺激了他的嫉妒心。从总体设计到尾翼室设计，意味着无缘飞机顶层设计。但要想待下去，他只有服从，而他第一次设计的黄金期就此丧失。

后来，陆孝彭接受记者采访说："我只是痛心，离开了最适合我发挥能力的岗位。而且也让我们在外国人眼里丢丑。当时，英国人就说，'瞧，这些中国人……'"

三

飞机设计师梦想破灭，突然的打击让他不堪承受。此时，一名英国少女深深地吸引了他的目光，玛格丽特的爱情给 26 岁身处困苦中的陆孝彭以巨大的慰藉。

他激动异常，曾用大量笔墨抒发对她的爱恋之情。其中有言："忆昔英女貌若仙，笑靥宜人楚腰纤。蓝眸如水情纯质，卷发垂肩舞蹁跹。"

两人情浓似火。一年后，陆孝彭给玛格丽特戴上了订婚戒指。

CXP-1001 喷气式战斗机，采用的是陆孝彭的总体设计方案，在英国三年中，该机试制稳步推进，少数零件已经投产，但是，随着国民党在国内形势急转直下，不得不中止合同，并要设计组撤退台湾。

后来由于朝鲜战争爆发，美国政府向台湾出售世界最先进的喷气式战斗机，国民党便放弃了 CXP-1001 的研制计划，中国第一种喷气式战斗机因此夭折。

照说陆孝彭的去向是明确的，他有一个如胶似漆的未婚妻，他的才华深得英国公司的激赏，他担任了主任设计师，公司希望他能留下来，并许以丰厚待遇。

陆孝彭陷入巨大的矛盾中，面临人生最残酷的选择。

据他在《中国工程院院士自述》说："我正彷徨在十字路口，真是我一生中的关键时刻，恰好同窗好友虞光裕收到从解放区寄给他的三本毛主席著作《新民主主义论》《论持久战》和《中国人民解放军宣言》，拜读之余，使我茅塞顿开……"

陆孝彭决定回国。玛格丽特病倒了。

玛格丽特想随陆孝彭去中国，但陆孝彭没有应允，缘于他的未来尚不明朗。他们约定，一俟陆孝彭稳定下来再作考虑。离别之夜两人互诉衷肠，抱头大哭。

1949 年 6 月，陆孝彭踏上了归途。在海上，陆孝彭大把的时间用来给玛格丽特写信。

同船的国民党武官劝说他去台湾。而陆孝彭曾反复阅读过《新民主主义论》，他被书中所描绘的世界所吸引。

就这样，陆孝彭放弃舒适生活，冲破阻力，回到了新中国。

他向接见他们的航空局领导直言不讳地表达了自己的隐忧：从国外回来，经历特殊，希望能得到理解和信任。领导爽朗地笑着说，你们已经用行动证明了对祖国的赤子之心，党和人民会理解你们的，希望你们为新中国航空事业的发展作贡献。

陆孝彭被分配到上海华东军区航空处。

不久，全国开始"镇反运动"。陆孝彭接受政审，写了大量的自传，筋疲力尽，尤其是他不知道如何交代异国恋情，为自己也为他和玛格丽特的未来担忧。

回国后，陆孝彭无比思念玛格丽特，一有空就写信给她，可从没回音，他苦闷不已。加上母亲的坚决反对以及出于对政审的顾虑，陆孝彭让步了。

陆孝彭给玛格丽特写了最后一封信，叫她别等了，他马上要成家了。他把玛格丽特的照片和信件封存进皮箱。

1950 年，陆孝彭与徐思瑜在南京举行了简单的婚礼。

多年后，徐思瑜回忆说，我们结婚时，急急忙忙的，什么都没准备，没摆酒，就两家人在夫子庙吃了一餐饭。

事实上，陆孝彭对那段异国恋情刻骨铭心，并充满内疚。他在诗里写道："香车已订三生约，世事相违万里烟""四十八年亦难忘，愧对英女疚在心"。

挥之不去的感情几乎重塑了他的性情，他变得有些孤僻起来。他从不主动与女性说话，不看对方的眼睛。与女同事只限于工作上的来往，如果有什么非要交代的话，也多半请别人代为转达。

老干部余传祎说，他非常规矩，讲绅士风度，到哪里都是文质彬彬，让女同志先走。很好的一个人。

陆孝彭和徐思瑜结婚后，便去了北京南苑飞机修理厂。

四

南苑曾是元明清三代皇家苑囿。1910 年 8 月，清政府南苑建筑厂棚，由刘佐战和李宝焌试制一架飞机，这是中国官方首次筹办航空企业。1948 年冬，解放军接收，定名为华北军区航空处南苑修理厂。

抗美援朝，陆孝彭带着技术员和工人，全身心投入飞机修理中。当时大量的苏联技术专家在中国，享有较高威信。陆孝彭民族自尊心极强，立志甩掉"洋拐杖"。

一架拿过大顶、座舱损毁严重的飞机被陆孝彭修好了。苏联试飞员绕机走了几圈问："苏联专家来检验过吗？"陆孝彭说："这架飞机大修，技术上由我全权负责。"苏联试飞员还是不肯飞，工厂只好请来中国自己的试飞员，陆孝彭对飞行员说："这样吧，我同你一起上天。"

开国大典受阅前飞行队在南苑机场待命

飞机升空,试飞员很顺手,越飞越有信心,索性玩起了特技,俯冲,爬升,横滚……飞机在一片欢呼中凯旋。一下飞机,试飞员紧紧地握住了陆孝彭的双手。

在北京先后有 3 个孩子,夫妇俩无暇照顾。当陆孝彭昼夜不停地在运输机上研修方案时,二女儿因感染麻疹而停止了呼吸。

1956 年,陆孝彭受留学同学徐舜寿邀请,到沈阳 112 厂飞机设计室工作。这年中央决定开始自行设计新飞机,在 112 厂成立第一设计室,自行设计喷气式教练机歼教 1。任命陆孝彭为主管设计。

1958 年 3 月,航空工业局制定了 15 年发展纲要,提出力争 15 年内接近国际先进水平的奋斗目标。

该年 7 月 26 日,歼教 1 由空军飞行员于振武驾驶首飞成功。从图样发完到首飞上天,百日完工;从开始设计到首飞,也只用了 1 年零 9 个月时间,速度惊人,实属罕见。

歼教1完成总装出厂

这是新中国第一架自行设计的喷气式飞机。陆孝彭和他的团队终于甩掉了那根沉重的"洋拐杖"。

8月4日，中央军委副主席叶剑英、空军司令员刘亚楼专程到沈阳参加报捷庆祝大会，观看了飞行表演，并给予充分的肯定。

这年空军提出，迫切需要一种比较先进的强击机。高空高速是战斗机，低空超声是强击机。陆孝彭被任命为强5的主管设计师。

事实上，强5是在沈阳拉开的设计试制序幕，而实质性的设计研制转移到了南昌的洪都机械厂。

1958年，陆孝彭举家南迁，被"借调"到南昌，继续开展强5的设计。洪都领导冯安国、高镇宁等人找到航空工业局副局长徐昌裕，恳求调陆孝彭到南昌，一磨就是几个小时。最后徐昌裕答应并做通了徐舜寿的工作，同意借调给洪都。谁知一借就是40年。1959年底，陆孝彭正式调到洪都，担任设计室副主任。

1959年2月底，设计人员发出了全套生产图样。试制生产准备和部分零件制造逐步展开。但强5设计图样存在诸多问题，前后进行了3次大修改。

只要认准了的事情，陆孝彭就一定要做，且一做到底。

1960年5月1日前，第二次发出了全套共2万余幅图样，260余份气动性能和强度计算报告。

他比任何设计人员付出都多，他的皱纹年年加深增多，原本一头浓密的乌发过早地谢顶。几万份图样，几万个数据，他一份份审查校阅。助手们提出代他计算复核，他说："我自己不校阅一遍放不下心。"助手们心疼他，深夜，总是强制他回家休息，走到半路，他又折回，接着干。

1960年5月，进入试制阶段。12月底，3架试验样机的零部件已完

强5试制设计时的陆孝彭

成 80% 多，还完成了 966 项工艺装备。

这年 12 月底，国防工业委员会召开国防工业三级干部会，部署质量整风运动。洪都把初教 6 飞机试制列为重中之重，其他试制任务则让步或暂停，意味着强 5 也要让路。

强 5 试制领导小组，按照工作重点进行了调整。所幸的是，洪都决定单独成立强 5 铆接车间，保留有继续专门负责强 5 试制的设计、工艺、生产和检验部门人员。

1961 年 7 月，国防工业委员会决定"自行设计的强 5 飞机是否试制，待观察半年后再定。"强 5 试制任务被取消。本来已经开始上架铆接了，热闹的试制厂房冷清下来，人员大部分调走了。

强 5 的停止，对陆孝彭打击非常大，他变得沉默寡言了，似乎一下子苍老了许多。经常是闷在办公室和家里，但在他心里，强 5 不能停止，他还在修改设计方案。

每当回顾当年的困难，他总是说："最大的困难是停止，没有计划，没有经费。"

陆孝彭没被击倒，创造条件也要上。他一口气写下上万字的报告，言辞恳切，据理力争，请求批准继续研制强 5。

五

对于陆孝彭的坚持，高镇宁、冯旭等不少人表示支持。根据冯安国厂长的提议，做出了"见缝插针"研制强 5 的决定。强 5 因而由十多人组成的队伍，重整旗鼓再开张。

在这支队伍中，陆孝彭是主心骨。据郭玉杰回忆："陆孝彭是杰出的技术领导者，他的技术思路非常清晰，每当我们遇到技术问题不知怎么办时，都向他请教。"

樊洁保回忆："做抛舱试验的时候，由于领不到蒙布，陆孝彭就跑回家将自己家 10 斤重的被子扛过来，充当蒙布，做破坏试验。"

陆孝彭的长女陆群曾说："搞强 5 时，爸爸常睡的那边床头的漆都给磨光了。爸爸总是靠在床上算东西，思考到很晚。"

1962 年 11 月，三机部副部长兼航空工业局局长薛少卿与国防部第六研究院院长唐延杰等到洪都检查工作，得知洪都见缝插针试制强 5，第一架静力试验用机完成了 99% 的零件，主要部件大多已在装配架内进行铆装，完成了全机 50% 的初装时，震惊了。当天便报告了贺龙元帅、聂荣臻元帅、空军司令员刘亚楼等。同意将强 5 的静力试验与风洞试验列为六院科研项目，所需费用可由六院解决。

这下好了。强 5 终于出现了转机，从"地下"转为"地上"，进度大大加快。

第一架强 5 总装完后，推进了强度试验厂房，道路两旁挤满了闻讯赶来的工人群众，向试制人员报以热烈的掌声。

1963 年 7 月始，强 5 进入试验阶段。

同年 10 月 26 日，强 5 进行静力试验。当天，空军副司令员曹里怀、常乾坤，国防部六院院长唐延杰，全国人大代表参观团团长王弼及其参观团成员，省市领导等 100 余人参加观看。阵容之大，在中国航空史上少见。

陆孝彭和试验车间主任坐在中心控制台指挥，飞机被无数钢索胶带

静力试验

牵扯着，悬吊在半空中，加载开始。50%，60%，75%，声音渐渐刺耳。加载到80%，爆出一声不正常的声响……令人心悸。

当加载到85%，突然一声巨响，分崩离析，悬浮在半空的飞机瞬间遭受摧毁。

人们原本锁定的目标是100%的载荷，眼前的一幕让人震惊不已。陆孝彭惊呆了，流下了眼泪。14人研制组，有人失声痛哭。

一个个怅然若失，默不作声地离开了现场。厂房外等待喜讯，准备鼓乐齐鸣的人们星散而去。

在分析原因时，有人对强5设计提出质疑，还有人上升到政治事件，一时人心惶惶。

直到1964年7月，强5飞机研制重新得到了军委的正式承认。

濒临绝境的强5又振作起来，迅速重新组织生产。强5飞机第二架很快完成了总装，进行了首次滑行。1965年5月1日，第二架飞机运抵樟树基地，进行飞行试验。

首飞定在1965年6月4日，这天天气不好。

飞机升空后，一切正常，规定转3圈，结果转了2圈后，雨下大了，雨水疯狂地击打着挡风玻璃，啪啪作响。天地间一片苍茫，混同一体。飞行员拓凤鸣赶紧收放起落架，收放襟翼，准备着陆。飞机落地很正常。由于雨水过大，飞行员在飞机里都出不来。如果飞机再晚半分钟，可能就下

强5首飞成功

不来了，根本看不清跑道。

历时 7 年的艰辛困苦，强 5 终于有了交代：首飞成功了！这与很多新飞机的首飞相比，场面有些落寞，但毕竟成功了。

强 5 一落地，陆孝彭就激动得不停地流泪。晚上，在樟树庆功宴会，燃放烟花。平素不喝酒的陆孝彭，也喝多了。

为期 6 个多月，强 5 完成了第一阶段试飞。1965 年 12 月，飞机初步设计定型。

1966 年年初，强 5 飞机 2 号转场至北京南苑机场。3 月 10 日，时任中央军委副主席叶剑英参加观看，并与陆孝彭有一段对话。叶剑英握着陆孝彭的手说："你好，我见过你，好像是在观看歼教 1 飞机试飞的时候……"陆孝彭很激动："首长记性真好……"

1969 年，经过改进以及 3 个多月的 100 多架次的试飞，强 5 已达到空军提出的技术要求。经中央批准，正式生产强 5 飞机装备部队。

它的试制成功，标志着中国能够设计创造出超声速喷气式战斗机，依靠外国进口战斗机的历史宣告结束。

20世纪60年代车间生产场景

六

1968 年，强 5 试飞进入关键阶段，陆孝彭全力追踪试飞效果，一份催促他回南昌的电报送到他手上。部队劝他别急着回。他说，我是清白的，不会有事。

然而，陆孝彭还是受到了不公平待遇。直到 1969 年 4 月，正是春暖花开的日子，陆孝彭结束了 8 个月的关押，瘦骨伶仃地回到家中，一家人抱头痛哭。

洪都另一位院士石屏回忆道："他（陆孝彭）有一个特点，那就是一

陆孝彭与强5飞机

切听党的，听组织的……"

从"牛棚"出来的第3天，陆孝彭就投入到歼12总体设计中，他的"航空报国"情怀未了。

1970年12月26日，第一架歼12成功进行首飞。因其"轻灵短快"，被叶剑英元帅誉为"空中李向阳"。1975年通过小批量生产达到生产定型。

之后，又投入强6研制和强5改进。强5在20世纪80年代初就实现了对外出口，成为最早实现外销的国产飞机之一。

1984年10月1日，国庆35周年阅兵式上，32架强5飞机编队飞过天安门广场。

1985年，强5获得国家科技进步特等奖。1986年1月，陆孝彭光荣

该架强5为洪都公司交付的第4000架飞机

出席全国科学大会。

　　陆孝彭先后当选为全国人大第四、五、六和第七届代表。1991 年，他荣获首届航空金奖，这是中国航空界最高奖项，并享受政府津贴。次年，被航空航天部授予国家有突出贡献专家称号。1995 年，陆孝彭成为中国工程院院士。

　　1995 年后，晚年的陆孝彭，一身多病，仍在与时间赛跑，致力于我国第四代轻型战斗机的研究，进行了 5 年论证，从不放弃，直到去世。

　　1999 年国庆 50 周年，强 5 编队再次飞越天安门上空。

　　2000 年 10 月 16 日，一颗毕生追求"航空救国"的心脏停止了搏动，"强 5 之父"陆孝彭在京溘然长逝。

　　可以想见，他不灭的精魂依旧在蓝天上飞翔，上下求索，永无止息。

寒门院士石屏

一

1934 年农历三月二十五日清早，石屏在江西省鄱阳县高石村出生。村后的小山上有一棵百年大香樟，枝繁叶茂，浓荫匝地。

村子位于鄱阳湖畔一个港汊的丘陵地区，靠耕田种地为生。每当洪水泛滥，便会颗粒无收。

抗战全面爆发时，石屏 4 岁，父亲因患痨病去世。不久就是爷爷故去。他上面有 6 个哥哥姐姐，有的过继给人，有的当童养媳，有的被人收养，有的早早地嫁人，还剩下大哥一家、母亲和石屏 6 口人，日子还是难以为继。母亲总在父亲灵位前哭泣。

6 岁，石屏放牛。之后他前后师从过两位逃难到村里的老先生，读了几年私塾。

日军的小汽艇开进了港汊，日机贴着村子的树梢狂吼着飞过。石屏睁大着眼睛向大人发问："我们的兵为什么不打他们？"

12 岁那年，他被两所中学录取，可家里太穷，大哥迫不得已将他拉回家干农活。石屏经常半夜落泪。母亲十分心痛，就说服大哥让他读书。第二年参加考试，500 多人录取前 50 名，他以 32 名的成绩被鄱阳中学录取。这是江西 6 所老牌重点中学之一，又称江西省立第五中学。

大哥把一头准备过年的猪卖了，13 岁的石屏第一次离家求学。谁知第二年闹春荒，家里揭不开锅，大哥叫他别读了。他哭了整整一宿。母亲找来子女商量，大家凑钱，才继续上学。

1949 年，他初中毕业时，高石村被淹。全家人只能睡在露天，数星而眠。石屏缄口不言读书之事，乖乖地下地干活。

9 月大水退去，学校开学了。中旬的一天，终于压抑不住求学的渴望，他独自来到学校，爬上围墙，看见同学从教室里出出进进，球场上学生在跨步上篮，非常羡慕。正当他低着脑袋回家时，一位老师见他就问："石屏，你怎么不来上课？""老师，家里发大水，交不起学费，也没有米交食堂。""现在解放了，国家会发助学金和困难补助，吃饭先不用交钱，学费以后再说。走，我带你去报到。"

石屏得到甲等助学金，重新上学了。他 16 岁入团，18 岁担任校团支部书记，选送到中南团校学习。高中毕业，他考进了南京航空学院。20 岁加入中国共产党。

1956 年，石屏大学毕业分配到南昌飞机厂，开始了飞机设计制造生涯。

二

石屏先后参加了雅克 -18 制造、安 -2 运输机、米格 -19 的仿制；参

安-2飞机

与了初教 6 和强 5 系列等设计改型；主持设计
的 K-8、教 8 飞机更是创造了中国航空发展史
上的多项第一，直接促成了我军飞行员训练体
制的转型升级。

　　1986 年 10 月，52 岁的石屏任命为 K-8 飞
机总设计师。是中国首次引进外资、技术研制
的全新机种。

庆祝安-2飞机制造成功大会会场全景

K-8飞机及总设计师石屏

K-8 飞机是一款性能优越的飞机。通过修改机翼前缘翼型，使飞机获得了良好的升阻特性和失速特性；首次进行全机各系统可靠性、维修性设计，飞机出勤率高，开敞性好，便于维护；抗疲劳设计实现了 8000 飞行小时的机体结构寿命。

1992 年，设计定型委员会认为，它的"综合性能优于同类教练机，填补了我国基础教练机的空白"。

在新加坡国际航展上赢得了"亚洲明星"的美誉，引起了世界航空界的广泛关注。英美等 20 多个国家的飞行员在驾驶过该机后，均折服于它优异的性能。在第 43 届巴黎国际航展上，K-8 飞机被航展列为"十大明星"。

K-8 系列教练机，获"金字塔之鹰"之美誉，抢占了全球同类教练机

K-8飞机参加2003年迪拜航展

K-8系列教练机获"金字塔之鹰"的美誉

K8E飞机首飞仪式暨纪念中国第一架强击机首飞35周年大会

市场75%的份额，开创了我国出口飞机整机生产线和对外输出飞机设计技术的先河。

1992年，石屏又担任了教8飞机的总设计师。它继承了K-8飞机的特点，按照我国空军战术技术要求设计定型。3年苦战，一举成功。发动机及全部成品选用国产件，综合性能全面达到并超过了战术技术指标，创造了航空史上当年发图、当年制造、当年上天的奇迹。

也许人们会更多关注于胜利的光环，但研制过程的艰巨，承受的巨大压力，其间甘苦，唯有自知。在此仅举一例——

1991年5月，K-8飞机进行了第一次全机静强度试验，这是对飞机结构的一次大考验。当加载至95%时，"轰"的一声巨响，机翼突然折断，

首批K-8飞机交付巴基斯坦

试验终止。现场一片沮丧。

　　石屏也十分震惊，但很快就冷静下来。迅速组织现场排查。

　　反复查找缘由，分析确认，左右壁板对缝连接过渡区较短，造成壁板失稳，导致机翼破坏。

　　石屏向大家宣布，这属于设计中的正常偏离，在科学试验中也是常见的，大家要实事求是地看待。加载到95%，实际到达的载荷要小，要认真分析数据。

　　当时很多人认为这是一次质量事故，石屏却表示否认。在一次大会上，他说："如果认为这是质量事故，那以后谁还敢搞设计？"他说，一项大工程中间的试验是允许失败的，如果不承认这一点，就很难有创新。

　　同年12月，经过改进，进行第二次试验。加载到95%时，飞机安然无恙，96、97、98、99，乃至100，太平无事。成功了！在场的中巴双方参研人员兴奋地拥抱，互道祝贺。而此时石屏全身却被汗水湿透了。

　　石屏曾说，我这辈子只在一个企业，干了一件事情，就是研制我们中国自己的飞机，主要是教练机。

三

石屏与张雪佩第一次约会,并无特别之处。一天下班时,石屏趁没人时,走到她跟前小声说:"张雪佩,下班后我到邮局门口等你。"张雪佩说:"好。"

张雪佩是宁波镇海人,自幼丧父,与石屏身世相似。1960 年从南京航专分配来洪都。

他们没有花前月下,不过是公休时一起看看书,聊聊天。石屏说:"我心里有一个择偶原则,就是要能共患难,能容纳我乡下的母亲。她心地善良,不嫌贫爱富。她知道我家里非常穷,还要赡养母亲,但她仍然愿意和我在一起。"

为了 K-8,石屏生活极简,满脑子飞机,几乎全然没有自我。一次来单位上班,石屏走到过道上,仍在出神地思考,忽听见同事说:"哇,石总,您今天好新潮啊!"石屏一脸茫然,接着问:"怎么啦?""您看看脚下。"石屏低头一看,一只脚布鞋,一只脚球鞋,不由得哑然失笑。

经常熬夜,石屏老是头痛,每到此时,他就拿出小收录机来听音乐。这是 1984 年第一次出国时花 30 美元买的。

十多年间,K-8 和教 8 成了他心心念念的唯一。

他的座右铭是"工作的胜利才是最大的快乐。"

2001 年 9 月,石屏永远地失去了妻子张雪佩。

8 月 2 日,那是张雪佩服用上海调来的急救药的第一天,工厂来电话说,国家科研成果评审组来听 K-8 研制汇报。石屏左右为难,他是总设计师。妻子说:"工厂待你这么好,你应该去,这里有儿子,不用担心。"

张雪佩体质好,很少生病,她总是母亲般地呵护着石屏的身体。石屏没想到她走得这么急。从住院到离世仅 39 天。这最后的一段日子，石屏一刻也不愿意离开她，害怕失去她。

病榻边，他俩一起回忆拖家带口下放高安县农机厂的日子，石屏当钳工，张雪佩做车工，试制丰收 -45 拖拉机，一去就是 3 年；回忆石屏年届不惑还去跑"三线"，一脚踏入湘西大庸（现张家界）的深山老林里，他垦荒种菜，她施肥浇水，甚至他学会了木工活。在夏夜露天的竹床上，同孩子们一道从繁星密布的银河系中辨识各种星座。这样，一晃 5 年也过去了。

这辈子欠她的，太多太多。

以前，石屏总是同妻子设想，等不那么忙时，带她出去走走，走亲访友，看看山水，特别想重访一同待过的老地方。可石屏永远没有时间，不能兑现，徒留下最后的遗憾。

刚结婚时，两人收入不高，床和桌椅板凳都是从公家借来的，而多年来石屏给母亲寄钱却雷打不动，有时还给兄弟和姐姐寄一点。妻子从无牢骚，而且这些钱都是经由她寄出的。自己过得紧巴巴的。为了省钱，石屏和妻子总是互相给对方理发。毛衣全是妻子手工织的。

他俩同为飞机设计师，妻子对石屏的饮食起居照顾得无微不至。石屏有午休习惯，她总是将水果削好皮，切成小块，放在他醒来伸手可及的地方。41 年来，从未红过脸，吵过嘴，相敬如宾，同甘共苦。

石屏料理爱人后事，回到家里总是止不住地流泪，消瘦了不少。他失去了寄托，失去重心。朋友建议他去疗养。可是，石屏不想独行，原本他跟妻子约好了一道出去的。他必须回到工作中，才能稍稍冲淡一点郁积的忧伤。

张雪佩曾说，人家都叫你石总，你也得有个石总的样子，走路要少低头想事，不然别人跟你打招呼，你也不知道。头发也要理一理。

爱人走后，石屏学着照顾自己，听爱人的话，把烟戒了，不再总是不修边幅，出门也会好好整理一下头发。他没有什么爱好，就打打太极拳，以前爱听的音乐，爱人走后，也就不再听了。

2016 年 5 月 10 日，石屏追随张雪佩而去，在南昌逝世，享年 83 岁。

四

石屏历任洪都飞机设计研究所设计员、设计组长、副所长，K-8 和教8 飞机总设计师，中航工业洪都总设计师。

参与设计的初教 6 飞机荣获 1979 年国家质量金奖，强 5 飞机获 1985 年国家科技进步特等奖；主持设计的 K-8 飞机填补了我国基础教练机领域的空白，开创了我国飞机出口纪录，荣获 2001 年国家科技进步最高奖和一等奖；教 8 飞机荣获 2006 年国家科技进步奖二等奖；荣立部级一等功4 次。

初教6荣获国家质量金奖（1979年）

该架K-8是洪都集团生产交付的第5000架飞机

1990年K-8首飞成功后，石屏在机前留影

此外，他还获得了"全国杰出专业技术人才""全国劳动模范""全国优秀科技工作者""航空工业有突出贡献专家""航空金奖""江西省科学技术特别贡献奖""第四届航空航天'月桂奖'终身奉献奖""新中国60年来江西省60位最具影响力的劳动模范"等荣誉称号……

2003 年，石屏当选为中国工程院院士。是我国教练机领域唯一一位院士。

陆孝彭在推荐信中称，石屏"是新中国培养的飞机总设计师。"

石屏常说："是国家一手培养了我。"

石屏所走过的路径，和同龄的许多科学家不一样。他并非出身书香门第和官宦之家，没有海外留学背景。他出自寒门，完全是土生土长、由我国自己培养出来的杰出的飞机总设计师。

他说，他从中学就享受国家助学金，没有国家的培养，就没有他的一切。所以他一辈子都甘愿报效祖国，为国争光。

就像他村后的那株百年老香樟一样，石屏深深地扎根于泥土，叶叶心心永远向着高远的蓝天，无限地舒展开去，而把阴凉留给了这片他深爱着的土地。

八角亭中的回音

洪都老人，是我们采访的重点。找到他们，就找到了开启历史的钥匙。

颜振汉，1944年5月入国民党空军第二飞机制造厂服役，担任过课员、技术员等职，1949年2月在广州投诚起义。新中国成立后，他曾在解放军某部工作。离休前在内蒙古包头市标准计量局任高级工程师、政协委员。

1984年冬，颜老罹患脑溢血，右半身瘫痪。凭着顽强的毅力，他坚持用左手撰写回忆录，于洪都的发展历程而言，无疑是一段珍贵的记忆。

一

自孙中山先生倡导"航空救国"后，北伐时期始重视航空工业。曾在广州试造"罗莎蒙德"号双翼机，该机试飞员是前国民党成都航空研究院院长黄光锐

立合同

Società Italiana Concessione Aeroplani Italiani per la Cina

介言

中华民国国民政府（代表人财政部长孔祥熙博士）意大利中国航空协会（代表人阿幹波勒工程师）

中国政府兹愿于中华民国国土境之内设立一厂嚴慕俊製造意大利式飞機之用意大利四公司（即 Società Italiana Concessione Aeroplani Italiani per la Cina, Società Anonima）爰是聯合設立「意大利中国航空協會」此項德合合員名額如縮整方同意将予增加

中国國民政府（以下简称政府）典意大利中国航空協會（以下简称協會）

第一条　今因雙方同意订定作為如左

（甲）本合同簽字後五個月内協會如于中國境立一有限公司命名為意大利國家飛機中華民國國民政府各依

第二條　公司之成立

亞洲公司

（乙）兹為協會合作想見協會代表人阿幹波勒工程師得全權

（丙）茲食食典公司合作得全權

代表協會食於公司

第二條　政府典公司所订合同

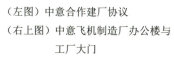

（左图）中意合作建厂协议
（右上图）中意飞机制造厂办公楼与
　　　　工厂大门
（右中图）中意飞机制造厂鸟瞰实景
（右下图）中意飞机制造厂采用当
时世界先进的航空工程技术，生产设
备为国际一流

将军。

1931年，在上海，国民党海军由海军飞机制造工程师曾贻经，主持设计制造了江鹤号、江风号水陆两用教练侦察机。

1933年，在上海，国民党海军由留美航空工程师马德树，主持设计另一架水上侦察机"宁海2号"，同年8月在上海高昌庙试飞成功。

1933年，蒋介石与墨索里尼共同签署成立中央南昌飞机制造厂（中意飞机制造厂），由意大利菲亚特工业集团承建，设厂于南昌市东郊老营房。该年秋动工兴建，1935年春建成开工。中意员工各半。

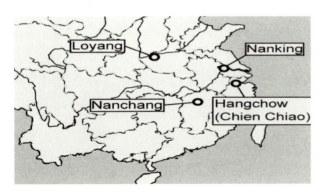

美国研究人员总结1936年前的国民党空军
四大基地：南昌、杭州、南京、洛阳，其中南
昌不仅是作战基地，还是训练中心

自开工到 1937 年"八一三"淞沪抗战爆发，该厂曾仿制莎伏亚重轰炸机，另有菲亚特双翼战斗机，尚未大批生产，就遭日军轰炸而停工内迁。

1937 年初秋某日，日本海军木更津航空队从台湾起飞，庞大的机群携带重磅炸弹，直指南昌中意飞机制造厂空袭，这个相当完备的飞机厂遭受了重创，几乎是"弹无虚投"。全厂一片火海，瞬间变成瓦砾。

淞沪抗战甫起，意方人员已全部返国，只剩下中方员工由航空委员会接管。

吊诡的是，在被击落的日机中，发现有意方人员，让人为之瞠目，原来在空中为日机指示目标的竟是意大利人，真是莫大的讽刺。

轰炸之后，制造厂接到航空委员会西迁令，员工们匆遽掩埋死者。一边防空，一边昼夜拆装可用机械，配成一套制造飞机不可缺少的设备。

1937 年冬，西迁员工、家属千余人，冒着凛冽寒风，浮赣江，出鄱湖，溯江而上。屡遭空袭，时有伤亡，一些器材因遭轰炸而沉入江底。其中，不少人员和设备由木船运载，时走时停，直到 1939 年初才陆续到达重庆。

1939年初，日军攻占南昌后，中央南昌飞机制造厂人去楼空，荒烟蔓草，一片废墟。

1938年初，先遣重庆的航空委员会，决定将战前与外资合办的飞机制造厂、其他军事航空工厂加以整顿重建。

中央南昌飞机制造厂迁到重庆后，改为第二飞机制造厂。

二

中央南昌飞机制造厂迁到渝后，几经寻觅厂址，但均不够理想。1938年春才勘定重庆东南经綦江县、川湘公路拐入一个叫丛林沟的地方，距离重庆200多公里。

那里有一座天然大山洞，是古代内陆海的遗迹、钟乳石形成的溶洞。溶洞有50多米高，纵深约有300多米，宽10多米，处处悬挂着光怪陆离

海孔洞位于海孔村的崇山峻岭之中，由一个天然溶洞改造而成

（左图）洞口有摩崖石刻"豁然开朗"四字
（右图）海孔洞内通往研究中心和实验场的通道

的石钟。一股清澈的溪流从溶洞深处淙淙流出。

此处当时有座寺院，晨钟暮鼓，香烟缭绕，人们叫它为海孔洞。洞门口有不少文人骚客的题诗铭刻，"豁然开朗"四个大字悬刻在极高处。从洞门往外看，山下"阡陌纵横，芳草鲜美，落英缤纷"。

选择这个偏僻的山洞来作厂址，一是防空，二是应对持久抗战的形势。

于是，动员民工从川湘公路修了一条5公里的盘山公路，抵达海孔洞。两边厂房的中间，可停放20多架战斗机。生活区远离厂区，虽然简陋，但功能基本齐全。还有文体设备，一方天然游泳池。洞外建筑屋顶上，都用松枝铺盖作防空伪装，敌机难觅其踪。

该厂集中了不少航空工业界的学者、工程师、技术人员，虽然物质条件极艰苦，但为了祖国航空工业的未来，恪尽职守，勇担国难。

经历1939年重庆"五二""五四"大轰炸，以及后来几年中的狂轰滥炸。

1941年夏，日本空军为寻找这个"月产20架"的飞机制造厂（其实一年也不过 20 多架教练机），某日整队机群徘徊良久，仍未侦破目标。一怒之下，竟把全部炸弹倾泻在离厂 30 多公里、一座不设防的南川县城，整座城池遭到严重破坏。

三

从 1939 年建厂，至 1948 年 12 月迁台（1946 年迁回江西南昌三家店），前后 10 年间，该厂共进行了下列几种飞机的制造或试造：

1939 年，中央南昌飞机制造厂迁渝后，设计先已开始。国民党空军接受了苏联援助，航空委员会也有苏联顾问。

1939 年初，国民党空军为了训练驾驶 E-16 机的飞行人员，航空委员会机械处决定第二飞机制造厂仿制 E-16 驱逐机，并将它改成双座战斗教练机。那年正是民国二十八年，故命名为："忠 -28 甲式教练机"。飞机从测绘设计到准备生产，仅用了一年时间就开始试造。1940 年首架试成后移交部队使用。1941 年开始小批生产。为时不长，日军已开始使用新机种，忠 -28 甲式教练机即迅速落伍。

截至 1943 年，共生产 20 多架这种教练机。太平洋战争后，美机 P-40、P-51 陆续来华参战，这些教练机存放仓库，已无人问津。1944 年拨一批给各大学航空系作"实习机"，其余的在战后销毁。

虽然如此，但通过这批飞机的制造，培训了一批航空工业员工，新中国成立后成了航空工业的骨干人员。

1943 年初，结束 E-16 教练机生产后，设计了木质中小型双发运输机，定名为"中运 -1"型。

当时确实没有直接参战的军事价值，而且大批性能优越的美制 C-47、

（上图）空军第二飞机制造厂员工在海孔洞工程门口与"中运-1号"合影

（下图）空军第二飞机制造厂大门外的"中运-1"运输机

C-46 运输机，越过喜马拉雅山的驼峰而来，"中运 -1"还能担当些什么任务呢？

但中国一群年轻的航空工业工程技术人员，仍然像对待自己的毕业设计一样，勤奋细致地工作着。经过一年多的试造，终于在 1945 年 5 月试飞成功了。那种因地制宜，想方设法，克服困难的精神，世界航空工业史上也是罕见的。

前面说过南川丛林沟海孔洞离重庆 200 多公里，制成的飞机分装在十几辆卡车上，运往白市驿机场，装配后才能试飞。同年 11 月，"中运 -1"式从重庆长途试飞，到成都的太平寺机

（上图）"中运-1"在重庆白市驿机场试飞成功

（下图）空军第二飞机制造厂制造"中运-2"运输机在机场重新组装

场，只用了 58 分钟。

那时重庆白市驿机场，是中美空军混合大队基地。"中运-1"试飞期间，不少美军飞行员围观，面对这架木制飞机议论纷纷。直到某晨，加大马力、升空、爬高，乘风而去。一位 20 多岁的美空军少尉飞行员，望着越来越小的机影，竖起了他的大拇指，大声高呼："OK！"此机后移交空运大队。

抗日战争胜利的前一二年，欧洲战场激战方酣。国民政府航委会派遣不少制造人员，到英美各国一些飞机制造工厂实习，培训航空工业员工。

"中运-1"未出厂前，已着手研制"中运-2"式双发中小型运输机。该机 1948 年 2 月 19 日在重庆试飞成功。它比"中运-1"机有了不少改进，起落架采用 P-40 美制驱逐机的着落装置，改进了液压系统，外表光滑美观，性能亦较之前有所提高。

四

空军第二飞机制造厂，于1946年决定迁回南昌。1947年底，人员、设备、器材分批迁走。"中运-2"试飞成功后，国民党空军忙于内战，无暇发展航空工业，这架"中运-2"哪个空运队能接收？

厂长马德树下令，直接在渝拆卸，原车运到南昌青云谱机场新址。

抗日战争期间，空军第二飞机制造厂除上面介绍的两种飞机外，尚制造过几架仿德 H-17 高级滑翔机、荻克生初级滑翔机。有部分荻克生曾供给成都附近空军幼年学校学生实习之用。

1948 年 11 月中旬，国民党在淮海战役失败已成定局，其驻徐州的空军作战部队，仓促逃离，直飞南昌三家店机场（青云谱机场）。某日晚一大队机群载着伤员、家属突然降落，狼狈不堪。

那时南昌三家店机场，驻有 316 空军地勤中队、航空研究院和空军第二飞机制造厂。这群残兵败将下机后却要求三个单位立即腾房，首先解决食宿问题。宿舍被挤出不少间，食堂被占，连办公室也搭满行军床。作战部队长官在巡视厂房设备时，不屑一顾地说："什么时候啦？还造啥飞机！好戏在后头呢……"

乱糟糟的成一锅粥，谩骂声、叹息声、哭声混成一片。

1948 年 12 月 1 日，天气阴霾，雨夹雪，全厂员工齐集在八角亭的大厂房内，队列欠整齐，值星军官也没佩戴黄色披带。稍停，马德树厂长登上讲台，行礼如仪，开始讲话：

"现在我宣布：本厂奉周（至柔）总司令手令撤销迁台,除'中运-3'（1947年开始设计的全金属中小型运输机）设计人员暂并航空研究院外,其余人员不愿赴台的,可调为部属附员。允许调到昆明第一飞机制造厂、贵州大定航空发动机制造厂或广州航空发动机制造厂,别无出路了。各位在本厂服务多年,袍泽感情玉笃,我们厂是对航空工业有过光荣贡献的单位,祈诸君无论在何处,要继续发扬'二厂精神',努力工作,不负本厂长的期望,诸君再见啦!"

这天早晨老厂长服装整齐,佩着全新的"空军上校"肩章,左胸前挂满了五颜六色的勋奖表。奇怪的是,与他那文质彬彬风度不相称之处,腰间还别着一支左轮手枪。

空军第二飞机制造厂,从此在国民党空军的建制中消失了。

当时一架接运机就停在厂门口,留守人员机智地以一排枪声,谎报"解放军已进厂",飞机仓皇起飞逃去。留守人员把南昌机场等三单位完整地交给解放军,这就是后来的洪都机械厂。

历史在1500米飞机跑道上延伸,在八角亭式的厂房中回响……如今嬗变出的一座现代航空城,早非昔日可比。

曾经的飞机跑道融入青云谱
都市产业新城建设中

八角亭式的厂房

第一代航空人苏荣富

受访者：

洪都机械厂苏荣富，1932 年生。

2019 年 4 月 15 日，在洪都老干部活动中心采访苏荣富。老人双手颤抖，吐音含糊。口中的血管瘤，已折磨他多年了。

老人在写一本回忆录，尚未定稿，记录从童年、学徒到参加空军几十年间的人生历程。他是南京 22 厂老员工，合并来洪都，是新中国第一代航空人。

上

苏荣富祖籍湖北，1932 年生于上海。1937 年 8 月他随父逃亡武汉。父亲是一名产业工人。日军占领武汉后，又逃回上海。整个童年是在战争的颠连中度过的。

1939 至 1940 年，在上海沦陷区读书，快毕业时，又躲反，小学文凭都没拿到。

1947年，他在上海开始了痛苦的学徒生涯。小作坊老板雇请少数技术工，招来大部分学徒工。学徒没有钱，不能跑，还要找人担保。仅能混一口饭吃。

他学机械加工。早上6点起来，晚上9点半下班，忙时到晚上12点，一年到头见不到太阳。睡的是地板，脸是花的，像戴了眼镜，领子像是围了围脖，衣服上沾满了油腻，用锯片一刮一层油泥。3年学徒，只洗过两次被子。听说外面有老板会给一块肥皂，让理一次发，洗一次澡，就羡慕得不得了。

一次传闻外面的学徒有月规钱，他们就向老板要，不但不给，还被暴打一顿：学共产党罢工啊？

苏荣富的师傅是一名地下党，常跟他讲些党的活动，后来又介绍他参加了地下外围组织。

新中国成立后，他通过该组织负责人的介绍，报考南京空军22厂。1949年11月12日清晨，他从上海来到南京，这天恰好是提倡"航空救国"的孙中山先生的诞辰，一个令他终生难忘的日子。

22厂在南京雨花门外，与金陵兵工厂相邻，属中国人民解放军华东空军工程部管辖。前身是国民党组建的一个空军配件厂。国民党撤退时，留下部分设备和员工。人民空军接管后，"空军配件厂"更名为空军22厂。技术工人中绝大多数是来自从上海。

刚到南京时，国民党的飞机还不时来侦察、袭击。警报一响，大家便放下手中的活计，跑到野外防空。次数多了，有人就干脆带着象棋到雨花台山上去下。

1951年4月，航空工业局决定将22厂迁往南昌，组建南昌飞机修理厂。

1953年江西棉纺织印染厂奠基典礼大会（图片源于网络）

听说要迁往南昌，大家都议论纷纷。本地人一般都不想离开南京，从上海来的人则认为，在南京才刚刚适应，又要去南昌，简直是每况愈下。

时任航空工业局局长作动员报告，他说，南京是近海城市，不适宜建立军事工厂，在南昌建厂有许多有利条件。

局长还说，要在南昌厂的邻近建一座纺织厂，一是解决家属就业，二是纺织厂的女工多，便于小伙子找对象。当时 22 厂只有极少的几位女性。他说两个厂的宿舍可以盖在一起，还可节省国家的建设资金。男同志在飞机厂上班，女同胞到纺织厂去上班，多好啊！

最后，他风趣地说：将来你们退休了，和儿孙们谈天，就可以吹牛说，我是造飞机的老祖宗。

局长描绘了一幅美好的远景，大家颇受鼓舞。

除个别人，全厂 261 人同意迁到南昌。接着便着手准备，对全厂 347 台机床设备和 1000 多吨物资进行装车。分期分批从南京出发，经宁沪、浙赣铁路到达南昌。最后一批抵达的，是 1951 年 7 月 15 日。

而苏荣富还要晚一点，他是 8 月 1 日到的。当时，22 厂有台能磨削 3 米长工件的外圆磨床，借给了南京永利化工厂使用，厂里派他与一位老军工去讨要，直接将这台磨床运到南昌。

下

到了南昌，在火车站理发室，一条狗蜷缩在门边。苏荣富惊讶地看到一个老古董——一台手拉风扇：天花板上挂着一片布幔，一根绳子经小伙计一扯一摆，布幔就开始鼓荡着扇风。而在南京他们早就用上了电扇。

厂子附近是三家店，有3家小店，卖糖果、香烟、饼干，在第五医院过去一点。当时洪都房子没建好，苏荣富在那里住过好几天。

洪都机械厂一带还是郊区。1951年8月1日，才开通了与南昌城区公交。从莲塘到南昌有两三部车路过洪都，四五个小时一班。汽车烧的是木柴。新中国成立前夕，南昌仅有5辆汽车。

他们大部分时间都是步行去南昌市区，有时坐马车到老福山，去看电影，玩耍。

南昌的电影院，东湖边上一个，叫百花洲影院，还有个爱国电影院。那时放的片子是《青年近卫军》《斯大林格勒保卫战》《白毛女》《上饶集中营》等。多少钱一张票，苏荣富已不记得了，不过也不在乎，他工资较高，来时有60多元，1956年工改时80多元。

苏荣富颇有感慨地说，从南京来的260多人，现在剩下的不超过10人。想找个人说话都不容易。

厂子初建时条件艰苦，

南昌早期的木炭汽车

都航空飞机总装厂

洪都飞机总装厂老厂房

吃的是井水，洗的是塘水。洪都人曾睡过草地，仰望着青天，耳听着清风，想象着如何造出飞机来。之后，搭竹棚，食堂可以吃饭。修铁路月台，到月台上下卸苏联来的设备，不分工种，无人叫苦。苏荣富来时，自来水刚好从市里通到厂里。

对这段历史，他情有独钟，是很愿意讲一讲的。

他曾经担任洪都副总工程师、分厂厂长兼企业管理办主任。

苏荣富没有文凭，但酷爱学习。他在南京自学初中，学代数、几何、三角，跟有名的西南联大毕业的飞行专家学业务。快毕业时，迁厂了，第二次文凭又吹了。第三次是他在洪都上夜大，一年多，学苏联，大专快毕业了。那时他23岁，当车间主任，还是部里颁发的委任状，时间太紧张了，任务完不成，每晚加班到12点，只有牺牲学习了，第三次文凭梦又破灭了。

苏荣富的职称是航空部授予的高级经济师。

他有5个儿子，其中一个在洪都退休，一个在上海无线电厂，一个在常州航空发动机厂。他第一个老伴在南京认识的，在247技校工作，后改512厂，合并到洪都机械厂。

妻子过世后，他找了个老伴，互相照顾，七八十了，就不办手续了。两人一个锅里吃饭，她生病，他照顾。他工资拿得多，她只象征性地出一点。

退休后，他着手写一本回忆录，还绘影绘声，辅以图片视频。他说，活着时不想给谁看，听说洪都老厂在办航空展览馆，等我走后，就转交给他们。他一生都在航空，结果发现，一个硬盘就装下了，还绰绰有余。

特等功臣刘庆福

百岁老人刘庆福

受访者：

洪都机械厂刘庆福，1918年生。

2019年11月4日，按约定时间，我们随社区书记来到刘庆福家。老人1918年生，三位特等功臣之一，是厂里的百岁老寿星。

其时，老人坐在卧室靠墙的一张桌子边，桌上摆放了一些香蕉。老人仰靠着椅子坐着，两条腿伸展开去，老顽童似的。说到高兴时，他左脚在地上拍打着。

他几次发香蕉给我们吃，自己嘴里一直也没闲着，在嚼着什么。他小儿子告诉我们，是一粒桂圆。他习惯这样，口里得含着点什么。

上

1950年春，刘庆福来到洪都机械厂，是厂里最

20世纪50年代的八一广场

早的职工，南京人。他是随南京22厂整体搬迁到南昌的。如何进22厂的？老人说是考进去的，钳工出身。

老人印象中，当时洪都一带还是石子路，晚上没路灯。附近只有三家店，平房，坐北朝南，买东西的人不多，主要是买吃的。周边全是稻田，一片蛙声。

他们来洪都时，就住在地主家，地板很厚实平稳。大女儿还记得斗地主的情景。

厂里有一溜刚盖好的平房，还有一名日本医生，不久也搬走了。

那时没有汽车，洪都地处市郊，得坐马车到南昌，走的是石子路，丁零当啷。八一广场还是一片池塘，那边也是"唧唧呱呱"，听取蛙声一片。

刘庆福家有少量的土地，土改划成分是小土地出租。他有3个哥哥，两个姐姐。他来南昌时，哥哥都去世了，只剩两个姐姐，她们一直在南京。

1954年，洪都第一架飞机上天后，评出3位特等功臣，他是其中一位。他所在的型架车间也评为厂先进集体。当年，他还被评为南昌市劳模。

他立功的原因说来有点蹊跷。

第一架仿制苏式飞机型架出了问题，老是扭曲，苏联专家以为主要原因是气候所致，南昌潮湿，是潮湿造成的，无法解决。时年37岁的刘庆福提出，我来调试。苏联专家不相信他能做好，因为飞机标准型架要求非常精准，难度很高。刘庆福不爱说话，他一出手，就让"老大哥"服气了。

刘庆福一般不接受采访，有两件事他不想重提。

飞行学员登上初教5飞机

　　按说中华人民共和国成立前参加工作的，就可以算离休。他是原国民党空军配件厂的旧职员。1949 年他被遣散回家，厂子更名为空军 22 厂。刘庆福在家里曾多次打听 22 厂何时复工。

　　不久，《解放日报》发布一则通告，通知遣散人员于 9 月 20 号报到。结果因开国大典不得不延期，再上班时，刘庆福就成了中华人民共和国成立后入职的。

　　那时办理离休干部资格有关手续，也简单，找两个人证明一下就可以了。刘庆福快到龄时，找的那两个人一直没联系上，遂无法证明他是老员工。

　　1981 年他办的是退休。不过，慢慢地他也看淡了。他很乐观，不争。

　　他 60 岁退休后，留用了一年，为的是生产民品，就是俗称"大头苍蝇"的摩托车，这是从法国引进的"红菱50"，声音大，但产量高，且便宜。这是厂里派

原名"红菱50"，后改称"洪都48"，
俗称"大头苍蝇"

他去北京同法国人洽谈的项目。之所以生产它，因为当时飞机市场不乐观。

从 2018 年起，政府每月发给老人 1000 元，作为百岁老人的福利，这样，养老金 3000 多，劳模津贴有一点，厂里还有一点，一起就有 6000 左右，也够用了。

可是有一件事他感到遗憾。洪都举办航空事业 30 周年庆典时，为 30 年以上工龄的老职工颁发纪念章，他差一年，与纪念章失之交臂。

中

刘庆福的长子 1938 年生，2018 年从老福山坐车来看望老父，挂着手杖到洪都，人家问他去哪里？他说去看爸爸。人家好奇地问，你多大了？我 80 岁，老爸 100 岁。

刘庆福富老人记忆力好，身体没啥毛病，但他所谓的养生之道，和常人的观念大相径庭。如果说他有什么健康诀窍的话，那就是顺其自然。

他个子不高，偏胖，很随和。基本能自理。

去年给虫子叮咬，起了红包后溃烂，做了个小手术。从大腿边取皮贴上，好了。住 1 个月院。起初医院不敢做手术，毕竟老人 100 岁，是老人自己坚持要求做，他也真的就扛住了。

他早上 8 点起来，自己叠被穿衣。老人很看重吃，喜欢吃糖，不吃保健品。不消化的不吃，嚼不烂的不吃。到南昌来就不吃辣椒，连花椒都不吃，也不吃香菇木耳，喜欢萝卜和莲藕，最爱吃的是山药排骨汤。老人喜欢鸡蛋与牛奶，原来每天要吃 4 个鸡蛋，现在改成 2 个，原来 4 瓶牛奶，现在 2 瓶。每餐没肉不行。

一天，小儿子起来，想到冰箱剩两个鸡蛋，准备去买点来。结果打开一看，一个也没有。老人笑着说，昨晚有点饿，睡不着，爬起来吃了。

原来每天早上跑步，坚持了很久。很早就买了辆大头苍蝇，到前年才不骑，改骑三轮电动车，从不爱走路。100 岁时他都还骑车出门，半年前才不让他骑。为防止摔跤，儿子帮他买了推车。

老人睡觉时间并没有什么规律，早点晚点都有，有时 8 点，有时 12 点，有时下午 4 点。天天看电视，玩手机。拿手机拍照，居然还发朋友圈。百岁宴时，用手机摄像。

他对新闻了如指掌。他从手机上看气象，听音乐，什么都会。为了把稳，他有两个手机，万一哪一个没电了，另一个可以接上。他每天有事打发时光，一点都不感到寂寞。

笔者注意到，老人两手总是按在腹部，似乎里面有个突起物。他小儿子解释说，父亲年轻时患盲肠炎，做过手术，起初还蛮好的，后来吃什么吐什么。一检查，原来是出现了不应有的医疗事故：医生缝针时，腹部肌肉竟少缝了一层，造成呼吸时薄弱处如青蛙似的鼓包，又不便重新开刀，倒也无大碍，只好随他去，所以每次鼓包时，老人就用手捂着，就像按住

一个淘气的孩子。

老人现在住的，就是 1950 年最早盖的一区的苏式建筑，从没挪过窝。除有点啰唆外，老人也没有别的不良习惯。能做的事情都尽量自己做。起床穿鞋时，用自制的一个长柄鞋拔将踢到远处的鞋子，一点点地拨过来，然后穿进去，慢慢拔上，有时要完全穿好，得花 1 个小时左右。

老人经常在阳台上晒太阳，这是必须的。背对着阳光，身子慢慢松弛下去，迷迷糊糊就睡着了。

洪都早期宿舍有很多苏式建筑

下

2017 年冬，小孙子结婚，小儿子问老人，准备去海南，你去不？没想到老人竟说，去啊。他有钱，取出 2 万元给儿子。

去时买了飞机票，连儿子儿媳一共 4 人，老人换了机场轮椅登机。乘机人员需提供身份证复印件，办证人发现是位百岁老人，怕有风险。可民航并没有规定百岁老人就不能坐飞机。老人发躁，小儿子急得发脾气，以至于拍桌子打板凳，负责人来了。最后，儿子、媳妇写了免责声明，才让他们登机了。

到三亚海边玩，人家问他，你有 80 岁吗？他说，有；有的问他，有 90 岁吗？他也说，有。就是不肯说自己有 100 岁了，许是怕惹麻烦。

据统计，青云谱有 12 个百岁老人，36 万人，比例是 3 万分之一。

老人 6 个子女，3 男 3 女，两个不在了。老大 80 出头，小儿子也有 65 岁。母亲因操劳过度，不到 80 就走了，去世一二十年。

小儿子叫刘文禄，1954 年生。他一直陪父亲住，至今 30 多年了。他在象湖边上买了房子，接老人过去住，才住了 3 天，不习惯，闹着要回来，觉得还是老房子住着顺手。刘文禄也跟着回来了。

这个小儿子也是老人最疼爱的人。那时母亲看着父亲辛苦，一年到头加班，单独替他订了一份牛奶。每次牛奶来了，父亲总是让小儿子先喝一口。夏天的时候，父亲总是让他跟自己睡。

刘文禄说，尽管自己现在也是一个老人了，但是父亲更需要照顾，照顾父母也是天经地义的事情。

洪都情怀

受访者：

洪都机械厂孙玲、刘华南、李韶华、余传祎、熊敏、苏荣富、王莉华。

一座洪都大院孕育了多少情怀？

最终人们会发现，几十年过去后，唯有情怀才弥足珍贵，它像水一样柔软，能趟过岁月曲折的河床，执着地抵达未来。

一

那天，1931 年生的孙玲老人，拄着手杖到洪都公司老干部活动中心来开支部会。她是苏北人，1946 年 6 月参加新四军。她说，那么多人牺牲了，活到今天真不容易。

她说，厂里有 200 多离休老干部，我都有名单，哪年生的，哪年死的。如今还剩下 45 人，非党干部还有 4 人。周二学习，雷打不动，不学干嘛，在家稀里糊涂的。

她说，老伴是八路，已经死了，当晚就送火葬场，什么事我一概从简。4 个儿子结婚时，我只请厂领导在招待所吃了一餐饭。

她先是从厦门调到江西农学院。老伴在洪都保卫处，她调洪都时，是在人事科杨大姐手里报的到。国庆 35 周年时，杨大姐对她说："你过来吧！"孙玲就调家属委员会了，专司洗涤工作服，她任副主任。后来，"杨大姐""孙二姐"，在厂里叫开了，再后来人们都尊称她为"孙姥姥"。

二

刘华南，1949 年生。1965 年初中毕业进南昌航空工业技术学校，毕业分到洪都。他对昔日的洪都充满怀念。

他说，那时职工生老病死，厂里全管，大家把洪都当成真正的家。洪都有大中小学、报社、广播、电视台、食堂、医院、书店、商店、公园、体育馆、供电、邮政、银行、派出所等，什么都有。洪都有家属分厂、农场，解决户口。洪都的冰棒特好吃。

对此，李韶华也颇有同感。他说，我从技校毕业后，洪都给我发了一个铁饭碗。那时

洪都圆盘道路中的标志性雕塑

洪都职工医院现在是南昌三三四医院

洪都体育馆

洪都小学的长廊橱窗也有浓郁的航空特色

洪都职工安心工作，基本终身制。子女可以顶职，也是国家编制。那时福利好，看病不要钱，分房不要钱，免费上学。大家收入都相当，干好干坏都差不多，干得好无非是评个劳模，得个表彰，有点奖金。差别不大，大家也就不争什么。

熊敏是洪都的子弟，父母都是长航（技校）的学员。1954年他在洪都职工医院出生，在洪都大院长大、读书、结婚、退休，一生就没出过这个门，大院囊括了他整个人生轨迹。

同学除当兵走了的，其他也都在厂里，一起长大，一起变老。现在有一个好处是，聚会方便。可这些人身体越来越不好，有的就已经拜拜了。

王莉华常以自己是洪都子女而自豪。父亲王炘明，1933年生，是1951年从江苏常州迁来南昌航空

（上图）王莉华父母合影
（下图）王莉华的母亲胡富娣

制造厂的，原一设计所四室主管设计师，主要研发发动机，曾荣立二等功。

母亲胡富娣，在洪都做过描图员、车工和保管员。年轻时很漂亮，拍的照片曾放在上海照相馆的橱窗里。母亲说，洪都的工具很多，要记住名字真不容易，她都能在第一时间送到需要的地方。

王莉华至今都没弄清，洪都大院到底有多少大门，至少有9个吧，都通往哪里，也不知道，但知道哪一个都不容易进去。尤其是厂区一般进不去，充满着神秘感。她记得读小学时，打扫卫生，才第一次进去。里面竟是那么大，还看到一架飞机，银光闪闪，庞然大物。

南昌飞机制造公司厂门

熙熙攘攘的上班人流

她印象中，洪都完全是一个自足的小社会，除火葬场外，什么都有。长期生活在相对独立的天地，赋予洪都人不一样的个性特征。洪都人操着一口带有吴越口音的"洪普话"，立身行事中规中矩，一板一眼。尽管过去多年，他们还较多地保留了计划体制下的一些思想观念，很好地秉承了传统，但却较难适应时尚潮流。

老洪都人需要时间来习惯新的一切，但是他们的时间也在一天天失去。

三

1930 年生的余传祎老人说，怀旧是必然的。上海籍的洪都人拥有一个微信公众号叫"洪都情怀"，就是以怀旧为主题的。

他手里用的杯子有 40 多年了，上面是一幅"江山如画"的绘图，南昌保温瓶厂制造的，是他当教师的爱人 20 世纪 70 年代单位发的。

1942 年左右，余传祎与父亲在昆明，父亲在铁路工作，后调西南运输处。日军占领越南，从那里起飞轰炸昆明。他读 5 年级，上课一听拉警报，就赶紧躲起来。有一次警报响起来，飞机没有来，就回去上课，一刻钟不到，警报又响了，且是紧急警报，当时防空洞灌满了水进不去。

大家跑到开阔的操场趴在地上，一二百人，斑斑驳驳，好大一片。27架双引擎护卫机，向周边扔炸弹，就是没炸操场，也不知为何。事后他捡到一个弹头，六厘米高，三四厘米直径。上面写了"昭和××年"字样。本想留作纪念，走的地方多了，就掉了。

从小他就想当飞行员，后来到了洪都，也算是满足了凤愿。几个子女原来都在洪都上班，他叮嘱他们，你们不要怕苦，有工作干就是幸福。我为航空做了一辈子，希望你们接好班。

他说，现在厂里进不去了，本来有通行证，收走了，有些失落。但出于保密需要，我也理解。

四

苏荣富老人回忆了洪都电影院的点滴。

建厂初，放映队找块平地放露天电影，看电影要自带板凳，早早地去占个位置。南昌市也就百花洲、爱国等不多的几家影院，去南昌又不便。

工会主席周维，一个抗战时期的地下工作者，以工会名义筹款，盖了个能容纳 800 人的电影院。经过多次维修，扩容到 1000 多人，座位由长板凳换成了木靠椅。

1963年参加厂文艺会演荣获优胜奖的单位代表合影

1967年8月1日，海燕文工团歌舞团在原老灯光球场举办的纪念建军四十周年联欢会上演出大合唱《长征组歌》

影院启用那晚，全厂中层干部和职工代表都来观摩。海燕文工团歌舞团的 10 位演员演唱了《十夸新郎》，另外表演了一支流行的荷花舞。

除放电影，海燕话剧团曾在这里上演曹禺的《雷雨》，还有《雷锋》《东进序曲》等话剧，受到职工的普遍认可。

上海的滑稽泰斗姚慕双、周柏春来此演出，笑破肚皮。著名表演家秦怡、著名京剧演员赵燕侠，都曾率团在影院演出。

如今，历经 40 多年的洪都电影院即将拆除，旁边办起了旺中旺超市。

五

暮春，于采访的间隙，笔者走进了洪都城。20 世纪 80 年代开展厂史教育时，有过一个统计，洪都职工达两万多人，家属 6 万多人，加上周边居民，共计 10 万人。看上去，洋洋大观，堪称一座规模不小的城市。

在生活区，一眼望去，都是二层平房，青砖红瓦，充满历史感。虽说

洪都特色美食街一片烟火气息

洪都美食街的标志也颇具航空特色

洪都老别墅区

这些20世纪50年代营建的洪都生活区，一眼望去，都是二层平房，青砖尖顶，充满历史感。

老房子砖块上的字

多半还住着人，但已被青云谱区保护起来了，不准拆除和维修。穿行其中，宛如穿行在时光的隧道中，让人想见其往日风华。

别墅区散发着夹竹桃淡红色花朵的气息。

走马观花，我们一连看了上十栋房子，直看到编号70字样，也就是说，光是这种别墅式的房子就有70多栋。这都是1952年左右营建的欧式建筑，尖屋顶，木地板房。最初由苏联专家居住，后来则分给了寻常百姓。

在一栋老房子前，我们遇到老工人齐茂盛。他1944年生，原在一车间当漆工，现已退休。住这里已40年，房子是1952年建的，46.7平方米。他是余干县人，1964年在空军

（左页图）青砖红瓦，树影斑驳，置身其中，宛如穿行在时光的隧道中，让人想见其往日风华

洪都体育场是洪都人共同的美好回忆

洪都公园

服役，被评为"五好战士"，嘉奖 3 次。1969 年退伍进厂，为导弹、飞机喷漆。两个儿子，一个在洪都上班，一个在外打工，还有两个双胞胎孙子。

他们在吃午饭，两只黑八哥在笼里上下蹿动。

随后，笔者又来到洪都公园。正值桐花开放，浅红色的花瓣树上一半，地上一半，弥漫着淡淡的香气。走到一个长长的花架下，可以看到一棵硕大的紫藤，根部约有脸盆一般粗，藤蔓牵满了整个架子，编织成一个绿色的穹顶，开满了淡蓝色的花朵，馥郁芬芳。

紫藤花之蓝，恰如天空之蓝。它深植大地，志在云天，具有超强的韧性，一直奋力向上，就像洪都非凡的意志和辉煌的历程。

不做产品做买卖

受访者：

江西耐火材料厂曾春源，1943 年生；余共产，1950 年生。

2019 年 3 月初的一个午后，曾春源从正在装修的房子里走出来，四下里瞧了瞧，好像没别的地方好去，我们便在小区的一把长椅上坐下，斜阳照过来，暖洋洋地聊着江西耐火材料厂（简称"江耐"）的往事。

上

曾春源 1943 年生，曾任江西耐火材料厂党委书记、厂长。

1966 年，他从山东矿冶学院毕业，分到重庆一家军工企业。快元旦了，他坐了两天三夜火车到重庆，用冷水洗了个头，感冒了。同学帮他买稀饭，打开水。

他躺在床上，听到重庆山上山下持械相向的两伙人，用高音喇叭隔空喊话。山雨欲来之时，他特想回老家去。

一位分在江西的重庆籍大学生愿意跟他对换，这样，1968 年他回到江西，进了江西砖瓦厂。

那时大学生稀少，他直接分到机关，先后在宣传、保卫、生计科呆过。1973 年，他 30 岁时入党，下基层锻炼，40 岁提拔为副厂长，50 岁任厂长，一直都待在江耐。

曾春源说，早年一位德国年轻人在这里建了两座倒焰窑，烧砖。

之后采访的原政工干部余共产说，江耐于 1951 年建厂，收购了德国的两座窑，扩建成砖瓦厂，配合工业和城建，供应红砖红瓦。

余共产，这个名字时代气息浓郁。那个年代提出超英赶美，跑步进入共产主义。

他说，当时南昌没有工业企业，江西砖瓦厂就成为最基础性的工业企业。

厂区面积 249 亩，地皮之大在南昌市企业中数一数二。从南关口沿抚河往南走，到麻纺厂北，广阔的一片，一眼望不到头。仿佛预见到今后这里将成为一个大型的集散地似的。

那时，江西砖瓦厂工人很吃香，到南关口吃东西可以记账。

1958 年，大炼钢铁，遍地都竖起了高温炉，耐火材料供不应求。砖瓦厂从计划中找到了市场，不失时机地分离出耐火车间，因而"南昌耐火材料厂"应运而生。这是江西砖瓦厂第一次分化，后来又分成了几个厂，江西通用机械厂也是由一个车间分化而来的。

最跑火的时候，是 1958 年至 1962 年，成为全国耐火材料生产骨干企业。产品直接由冶金部调配，但首先得保证本省的需求。采购员把汽车开

老厂门

生产场景

到窑门口排队，砖还是滚烫的，戴着手套就抢上了。

江西砖瓦厂的窑以烧煤为主，煤炭堆成了山。1000多度的倒焰窑，20世纪60年代生产量全年万吨。耐火材料型号齐全，标准的，特异型的，全有。不但畅销省内，江西所有的钢厂，江钢、新钢、萍钢和南钢等，几乎都是这里供应的，行销全国十几个省份。

生产场景

职工食堂的菜票

光荣证书

　　1967 年，随着钢厂规模扩展，耐火材料满足不了需要，江西砖瓦厂遂新建 80 余米长的隧道窑，开始由烧煤改为烧重油（石油渣质）。

　　80 年代，又建造了 120 米长的全烧重油窑，生产量达 3 万多吨，一天上百吨。

　　1984 年左右，实行市场经济与计划经济双轨制，每年盈利 20 万元，在冶金厅下达的任务上翻了一番。1985 年达 50 万。1986 年 100 万。1987 年，只有 175 万，当时厂长想办法调来 25 万，也算完成了翻番。

　　那些年，江西砖瓦厂都是南昌市经济效益优秀企业。

下

　　可是，随着市场经济的推进，外地耐火材料的打入，各钢厂技术不断改进，对耐火材料的要求日益提高，江西砖瓦厂深感力不从心，逐渐退坡。

　　1990 年，更名为"江西耐火材料厂"（简称"江耐"），原属江西冶金集团总公司管，改由南昌市管。

90 年代，装修材料需求量大增，江耐想占领市场，建立瓷砖车间，但终因技术不够水准，资金紧缺，最终亏损，连设备被处理掉了。

1993 年左右，江耐下马。一方面是用作燃料的重油紧缺，同时存在大气污染问题。两根长达 50 米高的烟囱，常年烟尘四散，几无虚日。屡屡有人向环保部门投诉，责令整改，只好限产，效益遽减。

后来，以至于四五个月都发不出工资，甚至连 150 元的生活费也给不出，4000 元的电话费都付不起，电信掐断了线路，只剩一部电话对外。没有办法，只好另谋出路。

1997 年，香港回归，大家虽然兴高采烈，一连 9 个月却发不出工资，大部分职工下岗失业，不免让人黯然神伤。

这年，曾春源由党委书记接任厂长。

那天，他从钢厂催款回来，讨来微薄的债款，依旧是杯水车薪。偌大的厂子，过于安静。这时，有人来看厂子了，在厂区转了转，了解厂子的四至，点了点头。来人想买地或租地，建江西建材大市场。

买地显然不行，租地是否可以？班子反复磋商，意见难以统一。

但是厂里不能不配合南昌市整体规划和环保治理，以及花园城市建设的要求，不能不考虑市场的严峻。江耐需要逐步退出耐材生产。

持续讨论，仍争执不下，悬而不决。这可是一个难得的机遇，错过了，恐怕就没救了。

7 月 29 日晚，时已 10 点，在会议室，曾春源以法人代表的名义，拍板了，同意租借场地，与海南安华公司合作，共同兴建"江西省装潢建材大市场"。

会议提出，向安华公司借 50 万元，需现金支付。随后，双方签好租借合同。明确规定，江耐租出 70 亩地，平整土地，撤走设备，租借方每月支付 15 万租金，保住老工人工资。店面 20% 分成。

江耐成为建材市场

散会时，曾春源嘱咐一位副厂长说，今晚你得坐在派出所守住这 50 万元，出了事唯你是问。因为以前厂里的保险柜不是没被撬过。

30 日，向职工发放生活费。

江耐主动放弃年产 5 万吨规模的耐材生产及销售网络，炸毁了两根大烟囱和十几座窑炉，处置了上千台（套）生产设备。

1998 年，江耐顺利地完成"退二进三"企业转型，成为江西建材大市场，属南昌市最大的建材市场。

江耐的"退二进三"非常成功，成为老企业里效益最好的企业之一。离退休工资保住之后，每个节还发一点。租借方一年收入三四千万产值，也很合算，可谓双赢。

2008 年，江耐被下放到南昌国资委监管。2013 年始由南昌国资产业经营集团公司管理。

2017 年 6 月 30 日，20 年租借期满后，地面建筑归江耐，建材大市场租金归江耐。继而，成立了实业开发公司。

这样，江耐始终没有倒闭，国营企业的牌子依然保住了。尽管没有传统意义上

江耐立体公共停车场效果图

中部设计师产业园（江耐大厦）

建材大市场规划鸟瞰图

的生产，但转型所带来的效益，却与日俱增。

江耐实业开发公司建起了 24 层的江耐大厦，拟建立体式 8 层停车场。

负责人黄坚说，这个停车场是全国体量最大民生工程，可缓解周边停车难，可停 800 多辆车，实行智能化管理。

宣传部魏珍说，租借地 2017 年从安华手上收回后，做了水电网和下水管改造，将对 150 亩地逐步开发。成立了物业公司、合资公司，江耐控股。98% 就业人员都是原有职工，后面进来的通过招聘考试，内退下岗者优先，有近 30 人。福利待遇每年递增，在南昌属前三。

现在的江耐已全面退出了耐火材料产业，转型为一个利用土地资源进行租赁、开发、多元化合作经济成分参与的经济实体。年销售交易额达 100 个亿，可解决 1200 个员工就业。

笔者乘车在大市场巷道间穿行，各种建材门面，琳琅满目，进货的车辆来来往往，像是一座巨大的迷宫，不是轻易就能转出来的。早已看不出半点砖瓦厂的痕迹，这么繁茂的场面，很难想象当年一眼望不到边的情景。

然而，也并非无迹可寻。砖瓦厂也好，耐火材料厂也好，乃至建材大市场也好，都还是建材业，只不过是从生产，改成了做买卖，似乎万变不离其宗。

从大秤到计算机

受访者：

江西电子计算机厂李玉昌、王平、胡金泉、龚明根。

上

江西电子计算机厂的前身，为 20 世纪 30 年代国民党所建的度量衡厂，位于象山路福思路。

1949 年后，迁往龙王庙址，改为"江西省度量衡器厂"，生产大秤。第一任厂长张权德，是长征干部。

当时，青云谱还属南昌远郊。厂子是在 100 亩左右的田地上建起来的。仿照苏联企业格局，东边是 70 来亩的生产区，西边是 20 来亩的生活区。

1958 年，改为"南昌综合仪表厂"，继续生产度量衡，增加了机械的元素，故隶属于南昌市机械局。从农村大招工，有 300 多员工。

大炼钢铁时，该厂自告奋勇，成为南昌市第一家

南昌综合仪表厂工作证

大炼钢铁的厂家。其时，翻砂车间被分隔成若干车间，在厂后筑起了高高的炼钢炉。所有车间都停机，以确保炼钢用电；从三波电机厂调来猪肉，以确保炼钢工人精力充沛，等等，总之一切要为早出钢材鸣锣开道。

1958年10月1日，炼出了第一炉钢，铸成钢锭，是为南昌生产的最早的钢材。鼓声震天，抬着钢锭去八一广场游行庆祝。同时，厂里派出更多的人员走街串巷，收购破铜烂铁。

后来，不炼钢了，那些炼钢的工人调到了钢厂；闲置的车间给附近的村民拆去建房。算是人尽其才，物尽其用。

1964年厂子达到400多人。

李玉昌正是这年9月，以照顾夫妻关系的名义，从天津钟表厂调来厂里的。

他说，厂里的主业有三大件：摩托车仪表、航空接插件和导弹传爆管。

当时，南昌市综合仪表厂被三机部定为军工动员厂，开始生产地面军用摩托车仪表——速度里程表，图纸样品由国营北京青云仪器厂提供，供摩托化部队使用。而750摩托车则由洪都生产，航校从武汉迁来后，也生产750摩托车。

厂里技术力量薄弱，连李玉昌一起才两个大学生，还有中学生，共10几个人。对这支技术队伍政审却相当严格，谈工作都须用保密本记录，编号、盖章、存档，避免泄漏。

一年多的攻关，仪表试制出来了。经鉴定，可投入批量生产。当年经常能见到，军用汽车装载着崭新的摩托车，从大马路上威武地驶过，上面的仪表就是他们生产的。

他们是全国第一家摩托车仪表厂，生产出了第一块仪表。三机部很看重这个厂子，每研制出一种仪表，都会拨给经费。仪表是厂里生产的第一大件。

20世纪70年代，改名为"南昌电子设备厂"，被部队接管，也称"武字299部队5318厂"。生产瞄准器、导弹起爆装置、飞机接插件，另外生产航空仪表和导弹上的插头插座，此为第二大件。

胡金泉记得，60年代，原来有两条路穿过厂子，全堵死了。厂里装有警报器，每逢险情总是拉警报。

而从事热处理的王平则说，厂子跑火时，是在六七十年代，每人平均

南昌电子设备厂工作证

2万多元产值。不管早晚，银行都等着他们送钱过去存储。洪都机械厂一度想将厂子接过去，地方却不放手。

时有"大厂学江纺，小厂学电子设备厂"之说。省委书记亲临视察。厂里一天到晚都有参观讲用活动。《江西日报》头版整版登载长篇通讯《产量质量比翼齐飞》。

生产的摩托车仪表

下

20世纪80年代初，研制计算机，职工并不愿意，一是地方偏，一是资金投入大。可是，每个省都在搞，江西似乎没有不搞的理由。

当时，厂里有1100名员工，其中工程技术人员100多人。

之前，抚州有家江西计算机厂，撤了，部分技术骨干调来厂里。南昌电子设备厂遂改名为"江西电子计算机厂"。

当年，抚州地质学院（即东华理工），有50多位来自全国各地高校、多才多艺的高级知识分子。多为清华、北大、南京大学毕业的老牌知识分子。他们精通硬件、软件和集成，研究核弹、核材料，可以独立编程。这些教授落实政策后陆续都走了，但他们培养了一大批人才。从抚州调来计算机厂的其中十来个人，就是他们的高足。

1985年成立新星投资有限公司，技术、设备和资金都有限，寻求与香港合资，利用其技术资源，组装生产计算机，一年上千台。

江西电子计算机厂车间

　　1986 年，计算机厂生产出江西第一台电子计算机。虽未批量生产，但也算是江西首创。

　　一边生产计算机，一边生产仪表，但真正的当家产品，还是仪表，得靠仪表养活厂子。仪表产量产值属全国第二。充其量，计算机只能算是一个插曲。

　　而厂里生产的第三大件，则是导弹传爆管，导弹由洪都制造。传爆管呈六面体，10 厘米长，3.2 厘米粗，里面放置了炸药，属精密机械。

1999 年，江西电子计算机厂解散之前，把历年积存的传爆管集中销毁。每年的留二三十发，共 30 年，有 3 箱，不少于 500 发，一直放置在地下仓库。

龚明根是当年的保卫科长，他说传爆管属易燃易爆物品，也属武器装置，要销毁还得去派出所备案。他们是在厂车间后的空地上，用 1.5 伏电池引爆的，发发都响，一连放了两天。有的浸了水也能炸响。声音跟大爆竹那么大，说明质量绝对可靠。

2003 年，单位实行改制，职工买断，解除劳动合同，留下部分员工成立江西红光实业管理中心。2011 年底，省国控接管了中心，有部分人员留守。

李玉昌说，这个厂子，三大件都是洪都军代表验收的。原来效益很好，奖金高，福利不错。工作条件好，身穿白大褂，流水作业，轻轻松松。有门路的人设法把子女安排进来。70 年代中期，南昌市在此召开现场会，很多人前来参观。有人议论说，着力的不赚钱，赚钱的不着力。

江西电子计算机厂运动会

他感慨地说，他工作 32 年，厂子从物质材料、技术和资金都很充分，是第一个全国摩托车仪表生产企业。要是不改制，厂子保留下来就好了。

他说，江西计算机厂也曾与一个重大机遇失之交臂，至今仍让人为之扼腕。

60 年代，三机部决定将 4 个厂收归名下，都是搞仪表的地方小厂，涉及南京、合肥、武汉和南昌 4 个厂，江西没有同意。

而李玉昌反思说，计算机研制实际上是个失误。

当时几乎每个省都有电脑生产厂家。江西没有电子工业局，只有机械工业局。70 年代末 80 年代初，江西从机械工业分出电子工业，纯然是为了追赶时尚。

他说，组装的第一台计算机，主件是境外的（韩国和香港的）。一个曾在南昌做生意的人，改革开放前去了香港。1984 年，厂里通过他引进一条计算机生产流水线，花去 100 多万美金，生产的计算机，叫"苹果牌"，像老式电视机。

李玉昌说，1983 年，成立计算机厂，归江西电子工业局管，生产没有搞上去，没有效益，甚至把全厂的仪表都拖垮了。整个班子集体免职。老职工经常感叹，厂子垮了，很可惜。

然而，谁也不能抹杀那三大件所建立的功绩。

把服从当天职

受访者：

江西电子计算机厂李玉昌，1937年生。

李玉昌身上具有典型的科技人员的气质，有儒家建功报国的一面，也有时代所赋予的顺时应运的一面。

李玉昌，曾任计算机厂总工程师。

1955年，他毕业于樟树中学，考入山东大学机械制造专业。

他是村里第一个大学生。按照家境，根本没有力量供他读书。但当时上大学一分钱不要，大学伙食很好，讲义和书籍全发，南方来的学生有5元寒衣补贴。他花上5元钱就能买一件很好的保暖内衣。大学还发零用钱，每月1.5元，最多的有3元。

1959年，大学毕业分配前夕，他表态，党指向哪里，就到哪里。计划经济时代，人们都习惯这样：有困难，找组织，组织的需要就是个人的愿望，不讲价钱和条件。

当然，他很想分到江西工学院，但没有名额。当时已经确定了与爱人的关系，稍稍能得到一点照顾，可以就近分在合肥。

正当他去安徽报到时，甘肃工业大学校长带着中央的介绍信，前来山东大学讨要毕业生。这年在兰州创办甘肃工业大学。

班党支书找李玉昌谈话：你工作有变动，人家点名要换你，你有何意见？他摇头说，没意见。

他整晚没睡。妻子是小他5岁的邻家小妹，两小无猜，双方父母又是世交。虽与妻子还属朋友关系，但与定下终身一般无二。可他从小就很听话，听父母的话，听老师的话，听党的话。二话不说，他去了，分配到甘肃工业大学当老师。

之后，他从兰州调入天津钟表厂。妻子在南昌工作，不能去天津，他只有回南昌了。

1964年，他调来时，已生下第一个孩子，两岁多。

他妻子对笔者说，生第一胎，是他母亲颠着一双小脚，请接生婆来家生的。一周大出血，不能到医院，血是自己止住的。第二天捡几包中药吃，持续出血1个月，下不了床。

她说，生第二胎，他叫我到家里去生，我很生气，但没有办法。那天我从墩子塘搭车到广场，走到车站，一路呕吐，很烦躁。两个多小时到安义，他母亲说，你回来了？我说，你儿子要出差啦。他父亲在供销社上班，住在店里，一人一岗不能离开。家里还有一个十来岁的弟弟。住了十多天，阵痛了就去对面的乡镇医院生产。

李玉昌回忆说，那时加班加点，没有奖金。他很少过过完整的周末，

李玉昌的奖状和工作证

工厂不是统一周末休息，因为用电的原因，轮到周四休息。周末总是开会，或者去车间看看，晚上也是这样。

　　他是多年的先进工作者，5年的厂优秀工作者，2年南昌市的优秀党员，是省电子工业局的专家委员。

　　他说，妻子怀老二时，是去老家安义县生的。他2月出差，妻子3月临盆。他去陕西宝鸡国营212厂，接收航空仪表接插产品所需图纸和所缺设备。不去不行，等着生产。他是厂里仅有的3个大学生之一，其中两个政审没通过。他出身好，没问题。那时，人们对上级绝对服从。

　　他向妻子解释，厂里没人，不便推辞。没人照顾，妻子只好回老家。他连送一下都没空。其实，他根本没有和厂里讲什么，妻子快生产的事，谁都不知道。在路上，他心挂两头。

　　妻子原在化纤厂工作，80年代照顾知识分子，调到他所在的厂里上班。

"你们不能跟李玉昌比，他是技术骨干，作用大。"当时有人攀比时，厂领导这样说。

1966 至 1967 年最乱，车间不生产，李玉昌下放车间。

1970 年，在南昌生儿子时，李玉昌常去车间扫地。人家贴他大字报，称他"保皇派""反动学术权威"。幸亏他人缘好，乐于助人，特别是在技术上提携人，没受多大冲击。

利用停产，他开始学英语，后来英语达到笔译专业水平，以前学的俄语反倒忘了。他是厂里职改办主任，厂评审委员会主任。

1982 年，李玉昌生病了，市人委组织组两次询问他上班了没有，考察了他，确定为厂长候选人。可他还是想当技术人员，静待事情过去。病愈后，他 46 岁，已过了干部"四化"要求的年龄。老职工很惋惜地说，

计算机厂幼儿园

计算机厂老厂门口的职工合影

在计算机厂大礼堂举办的智力竞赛

你当厂长后,退休待遇会好多了。他没想那么多,只是对技术实在太过热心。

李玉昌退休后,有些失落感,好像没了组织。他想,如果厂子还在,他会去走走的;领导有什么问题需要找他,他也很乐意去做。

他很怀念过去的日子,感到从前企业就像大家庭,什么都具足;人与人之间没有那么复杂,单纯而友好。后来一切都让位给市场,让位给冷冰冰的金钱,连问个路都要给钱,否则会给你指偏。他到好晚才多少适应了一点。十几年前老厂子给卖了,变成了东方明珠城,想去走走都不行。只剩下生活区。

他的3个子女原来都在厂里,改制后自谋职业。儿子在4S店,两个女儿都退休了。

他常下楼散步,碰到熟人就聊几句,老职工走了很多人,熟人越来越少了。他为人低调,社区里的人大多不认识他。

90年代,他作为高工分到了一套90平方米的房子,对于80多岁的老人来说,6楼有点难爬,好在阳光还不错。听说要搞家装电梯试点,他满是期待。

拿得出手的重工

受访者：

江西锅炉化工石油机械联合有限责任公司万良彬，1944 年生；万士贤，1949 年生。

江西锅炉化工石油机械联合有限责任公司（简称"江联"），创办可溯源于 20 世纪 50 年代，由江西锅炉厂和江西化工石油机械厂合并而成。

江西锅炉厂创办于 1952 年，时称"南昌市白铁合作社"，1956 年更名为南昌锅炉厂。1982 年曾设计研发全国第一台 20 蒸吨循环流化床锅炉。2010 年成功制造全国最大船罐。80 至 90 年代，江西锅炉厂是国家机电部重点骨干企业。1990 年被国务院授予"国家二级企业"称号。

而江西化工石油机械厂则是国家化工部重点骨干企业，是全国十八大家之一。三类压力容器取证时，该厂排名第 10 位。1980 年被江西省政府授予"大庆式

原生产区大门

原厂大礼堂

企业"。

两家多项产品和技术被评为部优，获国家专利。

2010 年改制。江联分成两块，一为股份有限公司的江联重工，属私企，迁往进贤；一是江西锅炉化工联合责任有限公司，隶属国资委。

化机厂始建于 1953 年，原为南昌新生汽车修理厂，属劳改企业。

万士贤于 1968 年 7 月进厂。一道分来的 400 多学生，是南昌市四届初、高中生，分 3 个连队，培训 3 个月后，下到车间或科室。

万士贤保留的小型电脑

万士贤做冷作工（钣金工），干了11年，后到检验科当组长，干了8年，到车间当副主任、主任、书记。在几个部门任职，最后到江联机关综合部任部长，兼书记，直到2009年退休，留用到2016年，如今回家已经两年多。

1944年生的万良彬，1963年中专毕业分到江西锅炉厂。曾担任过设计科长、主管技术的副厂长。两家合并后，任常务副处长。

他至今还保留了一台小型电脑，dos系统的，带打印机，他见我们感兴趣，就从楼上拿下来展示。看不出这是一台电脑，顶多就是一台计算器罢了。可是，它却立了大功。当时锅炉厂研制130吨的锅炉，就是用它计算数据的。那是当时省里最大且是唯一的一台电站使用的锅炉。

万士贤回顾说，想当年，合并时尽管两边都不高兴，但也有一定的好处。1992年至今20多年，锅炉、化机均有萧条期，两边互补，虽说发展不是很快，但也不会很差，一直存活下来。原来各2000万产值，合并后达到5个亿，现在是十多个亿。

讲述厂史时，万士贤还讲了陈云下放的故事。

笔者采访期间，曾参观陈云南昌故居。故居在一个高地的茂密竹林中，青砖黑瓦，类似于北方的四合院建筑。

据《中国共产党江西历史》第二卷载：

"1969年3月18日，周恩来电话通知江西省革委会，中共中央决定陈云、王震到江西'去蹲蹲点，适当参加劳动'，邓小平也被疏散到江西，希望

陈云工作过的车间及铜像

江西省革委会妥善安置邓小平及其家属，在生活上要给
予照顾……"

1969年10月20日，陈云在秘书等人陪同下，乘火
车离京来南昌，开始了两年零7个月的"蹲点"生活。
11月3日，从滨江招待所移居青云谱的福州军区干休所。

11月12日，陈云来到江西化工石油机械厂"蹲点"。
一般每周下厂三四次，进行调查研究。此外，他还召开
各种座谈会，参加生产调度会和车间班组工人政治学习
会、评比会等近200余次。个别交谈100余次。他掌握
了大量第一手材料，对如何办好这个厂提出了许多建议。

1972年4月22日，陈云结束了在赣生活，返回北京。

2003年，江联给陈云铸一座铜像，时任省委书记前
来剪彩。

万士贤记得，2003年8月31日下午5点，胡锦涛
来江联视察。江西重工业很少，拿得出手的不多，江联
是一家。

技术为他赢得尊重

受访者：

江西锅炉化工石油机械联合有限责任公司章显汝，1937 年生。

有时，会错得蹊跷，好像有意制造某种反差似的。最初文字输入时，"章显汝"变成了"彰显如"，事实上，立身行事，他一定也不彰显，反倒是十分韬晦，是鲁迅说的那种"埋头苦干的人"。

上

1961 年，章显汝从哈工大以锅炉制造专业毕业，分到北京锅炉厂。

他一干就是 9 年，爱人在上海锅炉厂工作，长期分居，两地奔波。特别是有了孩子后，面临成长教育，心挂两头，不能照顾亲人，一直让他俩纠结痛苦。双方调往对方城市，几乎不可能，因为北京、上海两座城市户籍管理尤其严格，针插不入，水泼不进。

随着时光的流逝，他们再也不能承受分居之苦，到了非解决不可的时候了。不得已，想到了"曲线救国"的方式——通过夫妻一道去第三地，来解决两地分居问题。

他们用尺子在地图上比划，可能性较大，又比较就近一点的地方是江西，那里是老区，是鱼米之乡。

青年女职工工余学习

当时，国家正在建三线厂，需大量技术人才。如果他和爱人申请的话，便可以调入江西省德安县爱民厂。这是一个地处深山的军工企业，生产炮弹部件。

这边，爱人所在的上海锅炉厂同意放人，而那边北京锅炉厂则给卡住了。当时厂里正在抓产品升级，他是设计科组长，厂里的技术骨干。

原本盼望厂里会酌情解决户口，看来遥遥无期。现在爱人有机会了，往后就很难说了。他暗下决心，一定要把握住。

此时，北京锅炉厂安排他出差。爱人焦急地问他，怎么还不来？他这才明白，调令早就到了，已压了1个月。他找到厂政委（那时工厂实行部队建制）说：我一定要走。表现出从未有的坚决。这才放行。

1970年，章显汝和爱人分别放弃了大都市的通衢大道，一同乘车走进了逶迤的山沟中——调到德安爱民厂，他俩是大学同学。

不久，北京就放开了户口，章显汝在那里工作多年，又是技术骨干，解决户籍，无有难处。可是，太晚了，错失了。算了，既来之则安之，就在山沟里过好了，只要一家能团圆，和和美美，比什么都好，他们吃够了分居的苦头。

他家庭出身不好，父亲有历史问题，还不能直接到工厂上班，只能分在职工子弟学校当老师，教物理。学校人手不够时，所缺课程，都找他教。一教就是3年。

夏夜的星空下，他常听见青蛙的鸣叫，仿佛是黑夜之心在沉稳地搏动。

偏僻的三线厂，生活十分艰辛，种地、养鸡、砍柴、担水，两个重点大学的高材生，过的纯粹是农民生活，但他们感觉自己年轻，还能对付过去。但是看病难。爱人生孩子，不慎患了风寒，辗转多地看病，不见好转，去城里看病，需要申请。久拖不治，爱人遂瘫痪在床。

一位分在江西锅炉厂的同学，对他知根知底，于他的境况十分同情。恰逢江西锅炉厂转型为南方工业锅炉厂，亟需充实技术力量。

1973年，章显汝调入江西锅炉厂。对于业务，他驾轻就熟，深得厂

江西锅炉厂主体车间

生活区的江西锅炉厂影剧院

里器重。他从头干起，先是技术员，再是组长。

爱人从德安同他一道调到江西锅炉厂，做镟工。

1984 年，他担任江西锅炉厂副厂长。

1985 年他任厂长兼总工，成为该厂的第三任厂长。

随着市场经济发展，厂里不失时机地研究推出新产品，势头非常好，产值利润攀升，1989 年评为国家二级企业，全国 220 家锅炉企业，评上的不到 10 家，不发达地区能评上的更不容易。

他回顾说，90 年代，江铃不如我们奖金高，我们每月达到 80 元。可是，风水轮流转，后来江铃壮大起来，容量增大，需要向外扩展空间。有一天，他们找到我说，我们强强联合怎样？他们是看中了我们的地盘。

他说，后来上面要求我们让出地盘给江铃，出价 5000 万，人员分流500 人。我们把厂迁出去，与化机厂合并。当时没有人愿意去江铃，没有办法，只有抓阄。为此报纸上还批评我们"竟出此下策"。后来江铃发展起来了，没去的人又后悔了。

下

　　1992 年，江西锅炉厂和江西化工石油机械厂合并，搬来现址，成立联合公司。章显汝任首任董事长兼总经理。当时 5000 万用于基建，他让副厂长专抓。

　　他退下来后，由于是正县级，遂调南昌市电器仪表工业公司当经理。江联原生产科长接任厂长。

　　1996 年，离厂不到 3 年，似有不舍，他打道回府，又回调江联，到工业锅炉研究院当院长、总工，主持江联技术方面的工作。

　　当时，世界银行给中国 1000 万美元扶持，分几个大项目，9 个子项目。章显汝带队与国外谈判，据理力争，争到了 4 个子项，100 万美元，这对公司的发展至关重要。

　　公司要引进国外技术，先后有德国和美两家公司投标，也是由他谈判，难度很大，最后定德国公司，项目很成功。技术扩大创新，规模从小到大，

江西锅炉厂大门

江西化工石油机械厂东门

江联公司一角

从 15 吨锅炉生产线，发展到 220 吨。参与的专家获得国家奖多种，企业也呈现明显上升势头。

1997 年，章显汝年届 60 岁，厂里不让他休息，接着他又工作了 20 年，2017 年退下来。现在 81 岁了。

他说，本来此企业已非彼企业，给私人收购了，我懂技术，会谈判，还能创造效益，让人喜欢买我们的产品，老板看重我，却之不恭。退下来时，家里破破烂烂，我也没觉得穷，家人早已去上海了，住了 20 年的一套房子也卖了。我一个人就住在厂里，人缘好，待得下去，否则我早就走了。

有时，他会回头看看自己走过的路，认为这条路走对了。尽管曾经被免职，当时很气愤，后来技术给他带来的尊重又弥补回来了。

江联给他纯金纪念章，表彰其所做贡献。每年生日，公司领导都不忘记给予祝福。公司安排他住进了单人宿舍。他是股份公司的技术顾问，虑

江联公司生产的大型化机炼油设备

及他 80 多岁，公司一般也不劳烦他，遇有大技术问题，才请他出马，面承亲禀。

事实上，作为一个知识分子、技术型领导，他也一直在反思自我：

当时因为需要"四化"干部，需要有文凭、懂技术的，所以我上了。其实，我并不合适。如果让时光倒流，要我重新选择，我宁愿不当这个厂长。

当年，厂里获得国家二级企业的奖励时，允许从财务里拿一笔钱发奖金，我有支配权，但我有意淡化我个人所做贡献，没有享受丝毫特殊待遇，只是同大家一样加了半级工资。想到好多职工住城里，买了一部新的交通车，还有一辆跑运输的五十铃拖车，唯独没有小车。下来时，账上还有一些钱。

我姐姐在江西，女儿想调江西锅炉厂，我不同意。为此，我得罪了姐姐哥哥。本来很容易的事情，不用搞歪门邪道，可以正正规规地办，但我为了避嫌，没有办。

1953 年，章显汝在上海动力技校学习，这是一所有名的学校，3000 人考试，才录取 300 人，学制 3 年。1956 年毕业，因家庭经济拮据，他本想去工作，没想到被保送上哈工大。当时指标有限，学校直接在优等生中选择，保送了 12 人。

哈工大学制 5 年，班上 60 多人。他学得比较轻松，但成绩非常优异。毕业时，只有他与班长两人分到北京锅炉厂。后来班长当上了总经理，一直为他感到惋惜。

他在北京上班时，与爱人在上海结婚。

章显汝感叹道，人一生有很多机遇，但不是每次都能抓住的。

他都已经在江西锅炉厂当厂长了，北京锅炉厂还要调他回去。他拿着调令去找南昌市长。市长说，你是厂长，怎么能走呢？

对当年调动的事，他爱人一直都后悔，在北京，只要过一年，户口什么都可以解决。有时她还不免问他，那一年我们怎么就沉不住气了呢？他也不知道为什么，事实上，他们并不知道只要等上一年，万一等一年两年还等不来呢？怕的是"等待戈多"。

那个年代，严格户籍管理，控制人口流动，是国家一大特色。

采访结束，章显汝有些释然地对我们说，现在很快就可以回上海了。以前，两个女儿经常劝他回上海，公司留住不放。现在好了，他老了，老了就好了，终于可以回去了，一家人又可以在一起了。所幸的是，这次回去，无须解决户籍问题。

工具箱里的密码

受访者：

江西第五机床厂何万根，1934 年生。

如果不打开一只经年的盒子，永远都不知道里面会有些什么在等着我们。

1964 年，始建江西机床维修中心站，这是江西第五机床厂的前身。当时全国分布着 18 个中心站。

何万根，1966 年 4 月，从北海舰队转业到中心站。

他在部队身居要害岗位。作战训练时，他们在山洞里领航，飞机方向、速度、线路和开炮等，悉听其口令。可是，等到转业，和他一道来企业的另一名干部，因成分好，分配到政工部门。而他出身地主家庭，只能下车间，幸亏他是党员，才担任了技术组长。

后来，他才真正弄清楚，他家有 23 亩地，父亲不过是个小地主。祖上曾在长江马当一带捕鱼，带了 4 个儿子回老家。用赚来的钱，置地盖屋。村里的小河七弯八拐，俚语有"河湾十八弯，弯在河湾吃中饭"，形容湾流之长。河边地势低洼，年年涨水，但土地肥沃，插一根树枝都能成活。

部队转业时，他是 19 级干部，月薪 92 元，到厂里后，降到每月 74 元，也算是高薪了。干部最低 24 级，35 元，工人二级工 36.5 元。

这是一个小企业，站里 3 名领导，60 多名职工。一个金工车间，一个维修车间。

1966 年，社教运动。10 月他被派到山东搞外调，回来时，中心站转为第五机床厂。他担任厂办主任。

江西第五机床厂厂门

改制后，厂区厂房还在，车间还在，只是
化整为零，分隔成许多小厂

何万根说，1966 年前，厂里生产挺红火的。每月维修 6 台机床，1 台
收入 2000 多元，利润虽然不高，但无须上交。日子也挺好过的。

1968 年，增加到 200 多人。1971 年，400 多人。

他的同事王琦是 1968 年进厂的，他说五机厂奖金很少有，但福利好。
食堂不错，养的猪职工可以分到肉。

2009 年，第五机床厂参与最后一批改制企业。该厂与通用机械厂、
第四机床厂等一起并入凯马公司，余事交由留守处管理。所幸厂区厂房还
在，车间还在。后来，化整为零，分隔成许多小厂。

其实，第五机床厂的这些基本情况，资料上都有，也许是时间关系，
他有些轻描淡写，我们为没能详谈略感遗憾。看上去，他不想讲得太多，
似乎该早点结束，将它翻过去，尽快进入下一个节目。

何万根是丰城人，爱人则是青岛人。

之后，这位个头不高的老人，让我们看到了他人生的另一面，一改政工干部严肃刻板的印象。

时近中午，谁知他拿出儿童捉迷藏般的劲头来，笑着征询，你们可有兴趣到顶楼看看？我们看了一眼时钟，机关食堂已在排队买饭了，去晚了，恐怕菜没了。但毕竟盛情难却，迟疑了一下，还是愉快地接受邀请。

老人在前引路，"咚咚"地走在楼梯上，精气神十足。

他家住五楼，室内陈设异常简陋，倒是他的顶楼却是别有洞天，异彩纷呈。那是他的后花园，有瓜果时蔬，有花卉草木。用来种植的器皿，各种材质都有。甚至还喂养了飞来飞去的鸽子。

似乎意犹未尽，他又带我们参观他的楼梯工作间，可称之为密室。只有三四平方米的空间里，更是琳琅满目，五花八门。有书架，有工具箱，都是他收集来的车间使用过的旧工具，一架小型早已淘汰的黑白电视机，一台老式双喇叭的收录机，一只壁式小电扇，等等。有点像工业文明微型展馆。

在拉成对角线的铁丝上，悬挂着一本本花花绿绿的画册。他随手取下一本，翻给我们看，都是他作的笔记。还有制作精美的影集，有旅游的，有演出的，还有他创作的歌曲，制作的光盘。

他甚至把初恋的女友照片都给我们看了。笔者问，夫人是否知道，他调皮地眨眨眼说，哦，她知道，没事的。

我不得不叹服，老人竟是这么活跃，把退休生活过得活色生香，有滋有味，可谓善养生者。

此时，老人接到一个电话，从对话内容看，似乎是就即将举办的演出活动进行对接。

我们该走了，不能过多地打搅他那很有秩序的小天地。

笔者倒是想找个时间再访一次，重新观赏一下他的小制作，不妨请他谈谈他的作词作曲，文艺演出，哪怕是花鸟虫鱼。如果他愿意，还想请他谈谈他一点也不避讳的初恋情人。

这样会使访谈变得轻松愉快一些，与我们的写作初衷也不矛盾，他们青壮年时拼命地干，到老年时能够安度晚年，本是题中应有之义。毕竟生活需要激情，需要过下去的理由。

然而，一段时间过去了，笔者发现，老人那些艺术化的生活固然吸引人，但他小阁楼中的那些曾经在车间里使用过的旧工具，总是浮现在眼前：那些拳形或是 F 形的扳手，那些手柄磨烂了的螺丝刀，那些脱去胶皮的老虎钳，还有一些叫不出名字的工具。有的装在打开着的工具箱里，有的散放在室内的各处。

老人至今仍保留这些工具，我想并不能证明老人离不开它们，兴许他会找机会偶尔使用它们一下，但并非完全有必要。

他只是出于某种习惯，想唤醒已经睡去的记忆，这或许是工具箱中的密码。他不过是想重温一下工具在握的感觉，是那种过去的感觉，那种令人怀想的感觉。

我想，即使小阁楼的门是关着的，没准他也能听得见那些工具闲得发慌，不甘寂寞，自己会动起来，会发出"叽叽嘎嘎"喧嚷的声响来，犹如往日的重现。

四
处
游
走
的
水
箱

受访者：

江西水箱厂杨先义，1950 年生；黄淑玲，1962 年生。

假如将一只汽车水箱背在身上，会怎样？会跑得像汽车一样快吗？是的，江西水箱厂的人最初就是这么干的，他们一度总是走在别人前面。

一

2019 年 3 月 7 日，我们来到江西水箱厂，办公大楼有些空旷，只剩下一个留守处。黄淑玲接受了采访。

她介绍说，江西水箱厂于 1969 年 6 月挂牌。前身是 3 家手工店组成的合作社，已知的其中两家，有制绳社和电器维修社。后来生产水箱，即汽车散热器。最早一批水箱，是手工敲出来的，品相不好，难卖，老师傅背着它们像背着发报机似的，四处游走，上门推销。

厂子比较兴盛的时期，是全国散热器常务理事单位，全国散热器年会在江西召开，厂里主办。

产品销往古巴、伊朗等国。全国各地来厂进货要排队，一早他们从附近招待所过来就问，今天我们的货发了吗？职工通宵加班是常事，工资5000元一个月，堪比深圳同期水准。有几个去深圳的都回厂了。

黄淑玲说，那时大楼人气很旺，往来穿梭，摩肩接踵。楼下是全自动化车间，在岗职工470多人，临时工也请了80多人。

厂里有几件事颇值一提：

1987年，是全国实行养老保险试点单位，一起试点的有4家：江铃、百货大楼、亨得利和水箱厂。试点完后，在全国推广。养老保险费，需要交少量的钱，工人不理解。厂长就说，不交就不交吧，厂里全垫着。

江西水箱厂厂区远眺

1989 年左右，在全省率先实行工资与效益挂钩。1993 年实行岗位工资制。1994 年，在全国率先实行 5 天工作日制。1998 年，在全厂禁烟，违者罚款，待岗。1999 年，在全省全市最先实行医疗保障措施。

黄淑玲说，厂里没有不发的东西，大米、油、肉、酒、西瓜、煤气罐等等，福利好得很哪，很多人站在大门外朝里望，想进厂。

后来，不到 4 年，就换了 5 任厂长。一度似乎很茫然，都不知道生产什么好。有个时段生产暖风机，还有一阵生产三轮车，跳跃性之大，中间没有过渡。在南昌开设了好几个销售部，同一个厂家，却营销着关联不大的产品，让人闻所未闻。

2005 年 7 月，改制时，工资奖金照拿，一时还没感觉到什么；可是，等到 8 月份再去工资科时，就什么都没得发了，大家就傻了眼，才多少明白一点改制的含义。

改制后，由合资企业买断经营权并接管所有生产设备，土地由江铃集团收购。江西国企再无此厂，南昌只有一家私企散热器厂。

黄淑玲高中毕业，1981 年招工进厂时 18 岁，在车间当电焊工学徒。她不善言表，却写得一手好字。团支书评价说，她不疯疯癫癫。1984 年工业普查，有大量的文字材料，需两名打字员，上面看她端庄，坐得住，嘴巴又紧，就调她去了。

二

采访时，黄淑玲谈到两位新中国前的旧职员，一位叫卢昂，一位叫蔡新。

蔡新，南昌县人，个人成分旧职员，家庭出身破产地主，文化程度高中。1948 年春，经人介绍参加了青年党，没任职，但有借该党之力办《一鸣报》的想法，并未如愿，遂与青年党无关。该报共存活月余，亏本休刊。系私人办报，蔡新为兼职的撰述主任。

卢昂，1924年生，江苏武进县人，个人成分是旧技术军人，中专毕业。父亲是一位老教员，早逝。母亲随妹妹和妹夫去往台湾。

抗日战争期间他曾逃难至香港，在香港汽车厂工作。考入国民党航空机械学校，在四川空军入伍，加入国民党。

曾任西康西昌航空机械大队机械士。调入四川双流驱逐训练总队时，遭国民党特务逮捕入狱3个月，罪名是"思想左倾，赤色嫌疑"。

在印度卡拉奇接收新飞机并受训练。曾开小差脱离国民党空军返回上海。新中国成立后，在重庆利民化工厂工作。之后，辗转多地，1976年再到江西水箱厂。

卢昂有一个十分复杂的社会关系，如国民党身份、海外关系，还有他始终找不到证人证明，那一年他确实开小差脱离国民党空军。这些都让他够呛，很多波折都与此有关，"文化大革命"中也曾因此遭受不公正待遇。1978年10月，撤销对他所作的政治结论和处分决定，恢复其名誉及中教7级工资级别待遇。

可是，卢昂博学多才，乐于助人，且他的热情感染了所在班组，使之富有朝气。让人怀有好感。

在我们眼前，立即会浮现出一个戴罪立功的身影来，那些年，卢昂一定把头低到尘埃里了。想来他的人缘不差，受打击也不会太严重吧。

之所以要写这两位老职工，是想说明，历史是连续的，很多的国企最初吸收了一些旧时代留下来的员工，即使是水箱厂这样一个不算大的企业，也是藏龙卧虎之地。那些旧职员，为国家的初期建设，也付出过很多。

三

采访时，黄淑玲提得较多的是厂长杨先义。

我们在南昌县一个小区里，找到了杨厂长。其时，小区正开满了玉兰花，树下也落一地。在南昌最早打破三铁，全省率先实行 5 天工作制，都是他手上的事。

1983 年，鉴于企业亏损，工资发不出，水箱厂在全省较早实行承包制。老班子靠边，由几个人承包。不同岗位贡献不一样，待遇就不一样。从基本工资砍下 40%，设立 15 个岗位，干部 15 级，工人 12 级。

对此争议很大，好在有老书记牵头拍板，市机械局坚决支持。

承包的第二个月就扭亏。班子 5 个人各有分工，上班做事，下班开会，每天七八点回家。他们要对四五百人吃饭负责。

为此，《江西日报》还在头版头条报道过该厂。省社科院还列入研究课题。

江西水箱厂大门

江西水箱厂生产区

1989 年，杨先义去德国考察，看到人家工作就工作，休息就休息。回国后，就搞 5 天工作制，江西省第一家，当时全省 6 天工作日。好几年之后，全省才实行 5 天工作制。《南昌晚报》也作了报道，社会反响很大。

这一年，他引进德国设备——管袋式水箱，改变原来窗片式水箱，效率提高 20%。水箱销售喜人，辐射全省各地，还出口美国，江西仅此一家。利税一年 100 多万，在青云谱属大户。

1992 至 1993 年，江西水箱厂划归江铃。

如今，一个最初背着水箱四处推销的厂子，一个在很多事情上先走一步的企业，已经走得很远了，远得早已离开了人们的视线。然而，它并非没有留下一些什么。

红土地的记忆

受访者：

南昌通用机械厂林远，1949 年生；沈仲谋，1937
年生；雷良驿，1941 年生。

上

1955 年，沈仲谋从上海考入北京钢铁大学（即后
来的北京科技大学），学制 5 年，冶金机械专业。

1958 年大炼钢铁时，这些天之骄子自觉自己的时
代到来了，怀着舍我其谁的使命感，纷纷开赴全国各地，
用其所学，支援钢铁生产。

沈仲谋去了青海，同去的有 97 位同学。当时，从
兰州到西宁没有修筑铁路。

这年 9 月，他们坐上插满旗子粘满标语的敞篷车，
一路西进，红旗猎猎，风雨无阻地颠簸着往青藏高原
驶去，消失在汽车卷起的尘埃中，将车载收音机里播

放的歌曲抛在后面："……你们青年人朝气蓬勃，正在兴旺时期，好像早晨八九点钟的太阳……"

几天后，到达西宁，沈仲谋等7人继续前行，他们要下到遥远的互助县。很快，他们在山沟里架起了小高炉，拉开阵势，将带去的器皿摆满一地。引来许多少数民族同胞围观，他们连轴承都没看过，也没见过这么稀奇的物品，不知道来者意欲何为。

学生们住在村民家里，这种房子楼上住人，楼下养马。他们不懂当地语言，好在有人陪同，当翻译。

炼钢铁，干的是力气活，学生们生活十分清苦，吃了3个月的土豆。村民将土豆切成小块，裹上青稞粉，跟浆糊似的，煮熟后食用。他们被高炉烟熏火燎得乌漆墨黑的，整整3个月，没洗过澡。

沈仲谋说，也没觉得有多苦，对大学生也许是个锻炼。

年底，他们准备打道回府。可当地政府希望他们能留下来，不是为了保持较高的钢产量，乃因西北大学生稀缺。实际上并没有炼出钢铁来，只不过是将废铁熔化，使之改变一个形态，铸成了钢锭的样子。

1959年1月他们回到了北京。

接着，又参加十三陵水库劳动，从学校到工地，要走几十里路。他们推着小推车，在尘土中奔跑如飞。北京的春天刮着大风，裹着沙粒，午餐设在工地上，就着咸菜吃窝窝头，但热情高涨，因劳动而神圣。

1961年，沈仲谋分到南昌，同来的有10人。离校

十三陵水库劳动

之际，同学们身上出现了不同程度的浮肿。他们在南昌街头看到了蒸熟的红薯，香喷喷的，引逗得两眼发绿，一问，要1块钱1斤，很贵，便捂紧了干瘪的口袋。

下

林远回忆说，南昌通用机械厂（简称"通用"）是一家老企业。始建于1953年，前身为江西砖瓦厂铁工车间。建厂初称"江西第二机械厂"。1956年，与上海迁来南昌的4家小厂合并，称"南昌通用机械厂"。

南昌通用机械厂老厂房

起初，一无厂房，二无设备，十几名职工仅靠一个茅草棚和一把榔头起家。

上海迁来的有不少8级工师傅，还有一批优秀的管理人员。上海师傅负责机械加工、铸造，南昌师傅负责锻造、钣金、焊接。

第一任党委书记蔺进月，抗战老干部，十三级，南柴来的副厂长都起山任厂长。1968年至2009年，有1500人。最多时1800至2000人。

沈仲谋1961年9月分配到厂里时，还叫"南昌冶金机械修造厂"。刚来时，厂里尚无生产整机能力，只能做小件。那时，矿山还是靠矿工从山洞里背出矿石来，弯腰曲背，全身乌黑，且充满危险。国家希望能把他们从繁重的体力下释放出来。

傅景新，是东北华铜铜矿的老技师，他吃透了苏联设备，设计出一套轨道设备，可把矿石运到矿车里，得到机械工业部支持。南昌通用机械厂，及时地将这项设备开发抓到了手。沈仲谋进厂后，便参与其开发。

当时有三四十个技术人员。其中技术精英有纪英俊，1959年清华大学毕业；李鑫宗，也是清华生；施祖德，上海内迁来的8级车工。

1962年起，转产矿山机械，于同年生产出全国第一台华-1型装岩机。经国家鉴定，可投入批量生产，从此，通用开始走上了整机生产之路。

20世纪80年代前，该装岩机成为全国主要装备。80年代初引滦入京打隧道、引水洞，用的是通用生产的设备，工程部门送来过锦旗。装岩机成为全国生产标准。

1982年，研制出WJD-0.76铲运机，每台年出矿五六万吨，效能提高多倍，获得国家科技进步奖三等奖，成为20世纪90年代全国第一块铲运机牌子。

80年代末，又生产出第一台立爪式装载机。全凭着去国外参观回来的一张照片，在没有图纸的情况下，制造出来的，并开发出系列产品，属全国同类产品中最早的生产厂家。

通用开发了很多设备，开发装运诸多系统，金属矿、非金属矿各个系列，冶金工业部曾给予很高的评价。通用是长江以南较大的生产厂家，成为全国小有规模的中小型矿山机械生产厂家。

厂里的装岩机械，曾参加广交会；参加过全国重型矿山和农业机械展览会，反响都非常之好。

1988年，被机械电子工业部授予"国家二级企业"称号。拥有10个车间，一应俱全。内部管理严格，效益相当不错，每年给国家创造出丰厚的利润。

林远回顾说，1992 年他始任厂长兼党委书记，1993 年京九线隧道，产值接近 5000 万。1999 年下滑。2000 年恢复，略微亏损。通用不错，产品较好，着重生产中型矿山井下装载掘进机，同时生产铁路、公路、隧道掘进设备。

2004 年改制时，他带四五百人去了凯马公司，任副总兼采矿部主任。企业一度很有活力，连年盈利。2006 年盈利 1000 多万利润。后来，逐渐走下坡路。

在通用的前段时间，沈仲谋主要搞产品设计。他说，国家培养我们，应该做这些事情，学工的人不到实际工作中去，发挥不了作用。1984 年，他担任副厂长，管生产销售。退下前担任总工程师。1997 年退休。

在一栋 70 年代建的宿舍楼里，沈仲谋看着窗外蒙蒙细雨，搔了搔华发，感叹着自己老了。天气好时，他会沿着围墙走上 40 分钟，出去转转。他说自己现在真的不抱怨了。

有人对他说，你是上海人，从北京分到江西来工作，一步都没离开过。的确，他没有离开过一天，中间不是没有机会，但领导不放，看得起自己，他也就没坚持。正像他的同学所说的那样，他过得挺安心的，他对这里有感情，也就觉得没白活了。

爱人是 1958 年前进厂的，他来这之后才认识的，两人白手起家。两个儿子，一个华南理工大学毕业，一个江西中医药大学毕业。这些就够了，更有何求？很多上海人的户口都迁回去了，儿子也要他们去上海，他就说，他习惯这里。

厂里本地人学说上海话，达到以假乱真程度，根本听不出来，他们也学上海人生活习惯，大家相处很融洽，让他感到这里就是上海。

他说，我们现在还能动，希望自理时间长一点。工资低，够花就行，

南昌通用机械厂厂区

房子旧了，也不用再装修了。

像沈仲谋一样，当年上海来了很多支内的人员，通用机械厂便是典型代表性。他们把一生中最好的年华献给了江西老区，无怨无悔。

1941年出生于南昌的原厂工会主席雷良驿说，当年从上海迁来江西有许多家企业，他们为江西机械工业发展助了一臂之力，立下过汗马功劳。

是的，红土地是有记忆的，也一定不会忘记他们。

每日挖山不止

受访者：

江西采矿机械厂茅建中，1945 年生。

那时，人人都学《老三篇》，愚公移山的故事耳熟能详，采矿机械厂应该就是现代愚公，所生产的机器每日挖山不止。

上

1958 年江西采矿机械厂建厂，始称"江西重型机械厂"。

1961 年下马，1964 年重建。拥有江西最大的铸锻车间。厂制氧站建成时，邵式平还亲往剪彩。1969 年，生产出江西第一台挖掘机。1974 年，生产自重 100 多吨的牙轮钻机，属国家重大装备。

1981 年，更名为"采矿机械厂"，是国家机械重点企业，当时厂里生产两大系列：履带起重机、矿用牙轮钻机。15吨至50吨的履带式起重机，销往全国。是牙轮钻机专业生产厂家。80年代中期，是机械部生产牙轮钻机唯一定点专业厂，也是第一批替代美国进口牙轮钻机的生产厂。

全国大矿山、铜铁企业广泛应用，十大钢厂都采用该厂机械。产品曾占全国70%份额，直到2000年，都还维持这种局面。即使改制并入凯马公司，产品也成为凯马的主打产品。

江西省首台重型矿山工程机械一立方米机械式挖掘机

（左图）首台重型矿山工程机械一立方米
机械机在试机
（右图）机械式挖掘机试制成功后试铲

　　1986 年，KY-200 牙轮钻机获机械工业部科技进步三
等奖。1988 年，1000 万吨级大型露天矿成套设备研制，
获机械电子工业部科技进步特等奖。同年，KY-250 牙轮
钻获机械电子工业部颁发的一等奖。1991 年，评为国家
质量金奖。牙轮钻机专业性强，广泛应用于采矿业：有色、
铜铁、煤炭、非金属行业、石棉、水泥等。

　　茅建中 1970 年浙江大学毕业，精密机械专业，分到
九江 214 厂，是一家制造舰艇的三线厂。

　　1964 年始，国家出于战略考虑，提出大分散、小集中，
进行三线建设。江西是华东后方的战略要地，属于国家"小
三线"建设的重要地区。

（左图）工程技术人员和车间工人共同装配
江西省首台机械式挖掘机
（右页图）车间工人制造出机械式挖掘机的
回转大齿轮

　　采取以上海市对口厂包建形式，对落户江西的 20 个技术要求高的地方军工建设项目，实行由上海市包建包产的办法。其中位于瑞昌、德安、湖口长江沿线，都是上海市包建包产的地方军工项目。

　　建造了军工造船企业，用以装备海军，生产水面舰艇、水下舰艇等。哈工大、上海交大、哈精工、浙大 4 校 300 多学生应招进厂。林彪事件后，这些盲目上马的企业被精简。

　　那年，茅建中与浙大同去九江 214 厂的，有 70 多人。1972 年，从中调出十多人到江西采矿机械厂，这样，茅建中与爱人又转而一起来南昌了。

　　他是江苏启东人，来时 27 岁，厂技术员，参加控机制造；爱人浙大同班同学，江西进贤人，上海出生，厂质检员。

　　恰逢采矿机械厂发展时期，试制挖掘机。那时，东北有挖掘

机厂，负责东北一带；上海有挖掘机厂，负责东部；江西采矿机械厂，负责本土。规划年产 50 台，每月仅三四台，厂里正缺少技术人才，他们来得正是时候。

1974 年，生产牙轮钻机时，茅建中开始辅助零部件设计，后来进行中件设计。1981 年，任设计科长。1984 年，任副厂长，抓销售，推广牙轮钻机，省内外大矿山基本到过。因参与牙轮钻机设计，从助理工程师晋升到高级工程师。

技术出身的人，从事销售，产品介绍得清楚。同时，根据反馈需求，可以改进技术。还能够在主体不变的情况，可以满足个性化的需求。

起初，运输大型设备和原材料，得借用南昌火车站，装车至少两天，因属超限物资，车皮得铁道部批。后来厂里建有铁路专用线，就便捷多了。牙轮钻机在 100 至 105 吨之间，挖掘机也有 40 多吨。从青云谱货场到厂里，有两公里多铁路专线（现已拆除）。

1986 年，他个人获得国家科技进步特等奖，多次拿到省部级奖，个

厂里原来建有铁路专用线，从青云谱货场到厂里，有两公里多

人评为南昌市科技拔尖人才。1992 年享受国务院特殊津贴。1994 年，评为国家有突出贡献的中青年专家。

1995 年至 1997 年，他担任厂长。1997 年，矿山不景气，产品不好销售。他因伤辞职，转为总工程师。2005 年，60 岁退休，转聘到凯马上班，2013 年，退下来。

下

回首过去，茅建中有诸多感慨。

那时，他一心想为国家多干点事，炼钢采煤，开发资源，急需矿山机械助一臂之力，每当效率稍有改进，都让他产生很大的成就感。

开始，他们研造的牙轮钻机，结构不合理，一月掘进 1000 至 2000 米，虽比原

牙轮转机

来快多了，但与外国的钻机每月五六千米的速度相较，不可同日而语。于是，他们不断改进液压、电机系统等，攻克难关，提高水平，终于可以稳定在四五千米的水平。

虽与国外仍有距离，但是却有巨大的价格优势。国外是我们4倍的价钱，每台需1400万元，这对一个积贫积弱的国家来说意义重大，意味着降低了采矿成本。

茅建中记得，70年代，他们生产的100多吨的牙轮钻机，仅65万元一台。八九十年代，200多万一台。之后，才三四百万，大的也就500多万。

牙轮钻机是矿山一条龙生产的一个重要环节，三大件：钻机、挖掘、运输卡车。

牙轮钻机用于矿山第一道工序：穿孔。钻机所经之处，呈现出成片的孔眼，然后一一安放炸药。爆破时地震似的地动山摇，腾起一片烟雾，烟尘散尽，山体的形态瞬间改变了模样。钢或者煤炭等的产量，成倍地提高，完全颠覆了千百年来传统的采集方式。

作为主要的技术专家，茅建中经常上矿山体验，观察设备运行状况，以备改进。

第一代牙轮试验，需跟机作业。在首钢6个月，在河北迁安县大石河铁矿，晚上气温在零下20多度。在包钢则达到零下40多度。设备出故障须排除，并作详细记录。每次都是十天半月，吃住在矿山，年年如此。

有一次，牙轮钻机调试时，起来时是工作状态，钻架倒架时，是行走状态，两天两夜倒不下，结果，他们也只有硬陪着机器不敢休息，一项项排查，终于找出原委，解决了症结。

那些年，差不多每天，他在厂里要忙到晚上9点才回家，吃过饭后，还要工作两个钟头。没有娱乐活动，一天到晚都在厂里泡。两个小孩交给

职工大礼堂前合影

妻子管。当时技术人员也很团结，一心也都扑在工作上。

茅建中说，当年，大家都是视事业为生命，使命感很强，总是在比工作，比贡献，不谈钱事。几年才加一次工资，只想把工作做好。说实话，那时的领导喜欢有事业心的人，而不是别的什么。

他很留恋那时的人际关系。同一科室谁住院了，会派人去照顾家里。有很多的文艺活动、体育活动，增加人们之间情谊。凭票时代，物资缺乏，企业搞来副食品、肉类，分给职工，派车到山西拉苹果，一人30斤。厂里一般保持在1300多人状态。

他还记得，定点生产牙轮时，国家有关部委及省机械厅来此联合考察，确定生产，投资600万。

我们在留守处采访茅建中厂长，他带来了一点资料，穿着笔挺的西装，头发梳得很熨帖，精神面貌挺好的。看得出，他对自己的企业和产品，始终保持不变的自信和爱戴，就像对待自己的家和孩子那样。

全国劳模岳正梅

岳正梅

受访者：

江西八一麻纺织厂王新亚，1941 年生；徐立中，1961 年生；岳正梅，1961 年生。

1979年,18岁的岳正梅没有下放农村,被照顾留城,分到江西八一麻纺厂，在布机车间，做一名挡车工。

江西八一麻纺织厂，始建于 1956 年 11 月 17 日。1958 年 7 月 20 日正式投产，职工来源于军人，时值建军节，故称"江西八一麻纺厂"。

苎麻，织成的布匹称作"夏布"，粗糙，但透气性能好。

挡车工是最累的工种，原本胆小羸弱的姑娘，一时适应不了，以至于左耳发烧，耳鸣。工段长对岳正梅说，你这个人，还上什么班，趁早回家去吧。

十七八岁的姑娘，让人说得这么不行，满脸羞红，无地自容。她暗下决心，要争口气。挡车时，手上无力，

（上图）江西八一麻纺织厂
　　　　老厂大门
（下图）准备车间

就用脚蹬。她每天都在追赶，打仗似的，硬是让她追到前列。

第三年的五四青年节，她就被评为先进工作者。

麻纺厂最早由省纺织厅管，后转市纺织局。选址时，与九四医院对调，这里近水，有抚河和象湖。

1982 年，岳正梅 21 岁结婚，只休了 3 天婚假，以加倍的速度，将落下的工时赶回来。这年她又是先进。

10 月份生儿子，有 3 个月产假。她歇到 56 天时，车间人手不够，她问，可以提前上班吧？上班能喂奶吗？主任说，你产量高，提前上班当然好啰。

锯齿形厂房

要是有人多,你就喂奶;要是没人呢,就别喂了。她来上班了,让爸妈帮忙带孩子。

本来有 1 年的哺乳期,她也顾不上。每天,全车间 100 多人,产值数她最高。就是病了,也不敢歇息;小孩生病,也管不了。她把自己变成了机器的一部分,一刻都停不下来。

麻纺厂鼎盛时为 80 年代末 90 年代初,全国销售,一天卖过 5 万条麻袋。

1988 年,"青云"牌麻袋系列荣获纺织工业部部优称号。产品畅销到西欧、非洲、南美等十多个国家和地区。

1983 年,岳正梅评为厂劳模。事实上,她无意于劳模,她像墙头上跑马,只能朝前奔。

1984 年,又是厂劳模,且市劳模。连续八九年厂劳模,拿回来好多奖状。她搬了好几次家,许多的奖状和奖章大多没能留下来,再说,她也不知道有啥用。她总是被通知获奖，接着锣鼓鞭炮，喜报就送到了手里。

就连妈妈帮她带孩子都受表彰。妈妈在牛奶厂上班，常把孩子带去上班，放在干草堆里睡觉，孩子身上总是生些包包疖疖。

这里是江西规模最大的麻纺织企业，在黄麻纺织企业中全国第二。曾是全省、全市经济效益超千万元的重点大户企业。

车间主任说，你不想入党啊？她文化不高，从不敢奢望。她本来很会读书，在4个孩子中，她是老大。1959年，父母从江苏丹阳行乞到南昌，在牛奶厂挤牛奶。穷得连袜子都没穿过，没法让她读高中。

1985年7月，她入党了。又评为市劳模。一个机组4台车，甲乙丙丁，4个班，每天都在比拼，数她进度最快。

这一年，好事连连，岳正梅又是厂劳模加市劳模。她是满负荷工作者。

1986年，她只评了个厂劳模，好像为了迎接更大的荣誉似的。

果真，1987年她评为省劳模。在杭州参加全国织布比赛中，她夺得了第3名。更大的喜悦是，这年她是全国五一劳动奖章获得者。

岳飞梅荣誉证书

岳飞梅荣誉证书及奖章

厂里问她，有什么要求？她很实在地说，要有房子就好。厂里腾出一室一厅给她，算是物质奖励。

麻袋有 21 道工序，每条一公斤重。80 年代，丙纶兴起，编织袋只有 5 道工序，分量轻，又便宜。

1986 年成立苎麻分厂，搞服装，走出单一品种。但不管怎么努力，都将面临淘汰的结局。

1988 年，全国织布比赛在萧山举行。有人问岳正梅，你怎么又来了？竟然不想让她参加。她还是上场了。可是，重重设障，百般刁难。即便如此，她还取得了好成绩。规定一分钟 28 个结，她却可以打 30 多个。且是一边开车，一边在机上补结。规定 3 分钟，她两分钟就完成了。本来她可以稳夺冠军，遗憾的是，她却没有。

长时间她一人管 4 台车，全程的紧张劳累，强度几乎达到极限。那么大的个头，瘦得只剩 90 多斤，才一尺七的腰围，眼睛下陷，老是耳鸣，有时还发烧。那时，她年轻，还勉强对付得过去，可那是在透支生命。

1989 年的一天，她发现自己失聪了，身子也僵硬着不能动弹，坐在机子旁边，两眼发直。1.65 米个头，佝偻着。厂长见她说，你怎么啦？她说，我也不知道。显然，她已失神了。赶紧扶她起来，送往医院。一量体温，40.3 度，拍打耳朵，没有声音。

开会时领导说，岳正梅不能挡车了，会出事的。

她到化纤厂学了一年多，就去苎麻车间当质检员。这一年，凭着对产品一丝不苟的态度，她依旧评上了厂劳模。

1989 年，外贸不行，国外封锁，苎麻、麻袋没有出路。这年亏损。尽管想了很多办法，但国内萎缩，国外封锁，依然难挽颓局。

随之，国家开始实行市场经济。厂长不得不去云南推销麻袋。

1991 年企业限产，女工大量离厂，自谋出路。厂里从待岗到下岗，先走了 1000，后走一半，留下 1200 多人。

老厂办公大楼

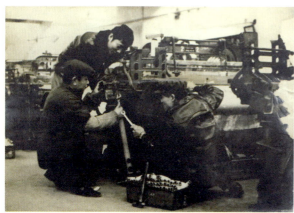

车间工作照　　　　　　　　　　　　厂第六届操作运动会冠军在比赛中

1991 年左右，岳正梅被提拔为工长。可她闲不住，谁没来上工，她就主动顶上去。忘了自己还是一个病人，不知不觉进入到要为人先的状态中，在四个班中，她的产量依然是最高。

进厂前，她曾在糖厂包糖拿过第一名；在罐头啤酒厂，剥橘子第一名；打毛衣两天能打一件，手都打烂了。样样她都要争个第一。

不久，她肠胃又患病了，住院时，她跟领导说，我听不见什么，不想当工长了。领导就说，你不要那么辛苦嘛。可她如何坐得住？

岳正梅说，做劳模，是我争气，爸妈受罪。人家 4 点半上班，她 4 点；人家 5 点下班，她就 5 点半。家里的事全推给了父母。

她总是说，只有逼死人，没有累死人。

1993 年之后，谋生存成为麻纺厂最突出的问题。两任厂长向政府呼吁帮助企业改进。时任省委书记前后 4 次来厂里，鼓励企业，跳出纺织，进行突围。

1995 年，八一麻纺厂全员下岗，车间关闭了。省里有文件，确保劳模不能下岗。岳正梅是厂里唯一的全国五一劳动奖章获得者，自然也在重点关照之列。

搪锅厂、煌上煌争着要她去上班，厂里不让，安排她在职工住宿区照顾生活。下岗3个月，她又上班了。她坐不住，爱干净，成天忙个没完。之后她又去上户抄表，收水电费。

2000年初，实行"退二进三"政策，与民营企业合作组建南昌迎宾国际家具有限公司，是南昌市最大的家具市场之一。之后，租赁建雪佛兰、丰田、凯迪拉克4S店，引进"好又多""沃尔玛"超市，开办私人医院等等。

2008年国家政策性破产。2009年，国企改制，更名为"南昌工业控股集团麻纺管理处"。从厂长到职工，身份置换，脱离与原厂的关系。

2011年，岳正梅50岁，办理了退休。

可她到底闲不住。她对门住着一对老人。老太婆叫她干女儿，一只脚瘸了，瘫卧在床。她送饭给老人吃，帮她洗衣服。服侍老人一年多。后来，老人由儿子照顾时，有好吃的她还给老人送去。

一次，她去看望老人，老人抓住她的手说："劳模啊，我一天都没吃饭。"

厂区地块上新建了多家企业

印有"中国大米"字样的麻袋

岳正梅好心疼，赶紧回家煮饭，烧好红烧肉，煎了两个鸭蛋，送去给老人。老人泪眼婆娑地说："你也挺忙的，两个孙儿读书都要你接送。"

后来，岳正梅要搬家，去跟老人告辞。老人说："马上搬走？""是，为了小孩读书，这里没有初中。""你走了，我怎么办哪？""我会来看你的。"老人握住她的手，久久不肯松开。

老人身上已生褥疮了，儿子天天帮她擦洗。岳正梅三天两头来看望老人，帮她晒被子。

麻纺厂曾在麻袋上印上"中国大米"4个字，50公斤一袋。现在，厂里再也拿不出这样一只麻袋来了。很多曾经拿过的奖状、领导的书信，也都不见了。

后来，有人从仓库旮旯里找到两只旧麻袋和一团麻线，没有标示，也不知是何年何月的，但散发的是苎麻那熟悉的气息。

2019年正月初六，老人在电话里对岳正梅说："你过来一下，帮我交党费。"老人四五十年党龄，每年要交120元，也是麻纺厂老职工。

1979年，岳正梅初中毕业时，通过丈夫的表弟，得到了八一麻纺厂进厂指标。丈夫大学毕业，在湖南工作，后来才回南昌。

那时，岳正梅干得很苦，也获得很多荣誉，外面说什么的都有，不免波及她的小家庭。而她婆婆则说，到哪去找这么好的媳妇哟？

婆婆70岁得脑梗，常住院，先后请了8个保姆，一天赶走两个。自从她恋爱后，就接手伺候婆婆。老公有眼疾，家里大小事都是她干。

2013年，麻纺生活区综合棚户改造项目立项成功，规划，拆迁，2018年10月，实施土地挂牌，11月由集团公司下属公司摘牌，目前按程序办报建手续。

　　笔者来到麻纺厂的宿舍区，走进岳正梅在一楼的房子，是 1979 年麻纺厂第二批集资建房。她家有一个不大的院子，房子只有 49 平方米，非常简陋。墙上贴满了孙子的奖状，还有儿子媳妇和两孩子的照片。她从里间提了一只袋子出来，里面全是奖状、证书和奖章。

　　岳正梅是江西省第七届人大代表，1989 年，省政府给她颁发"省级有突出贡献工人"称号。1987 年，全国总工会授予她"全国技术业务能手"称号和五一劳动奖章。

　　对于这些奖励，岳正梅虽说很看重，但不沾沾自喜，因为并非有意为之。就像一个爱赶早的人，总会遇见点什么意外的惊喜。

厂区鸟瞰

几把篾刀起家

受访者：

南昌塑料八厂万明、熊建华、万海红。

从传统的手艺人起步，办出有声有色的工业企业，在青云谱已不鲜见，而南昌塑料八厂比较典型。那里最初的一批工匠手握篾刀又砍又削，将"隔行如隔山"这一古训弄得支离破碎。

上

1958 年，由 3 家篾器厂，成立抚河篾器合作社，这是南昌塑料八厂（简称"塑八"）的雏形，手持篾刀起家。

1969 年，由 8 家手工业竹篾器厂（社、组），相继合并成"南昌竹器制品厂"，生产竹器制品，如蒸笼、竹缆、舟篷、竹篓，职工 200 多人。属西湖区管。

继而转产，从事机械制造，改名"冲压机床厂"。1970 年，迁往石港，生产螺丝、马铁和冲床。

1971 年回迁后，放弃机械，又重拾竹器生产。对于惯于同竹子打交道的人来说，似嫌机器太重了，又过于庞杂和喧闹。

事实上，像很多国企那样，并非一眼就能看清自己要走的路。起初这个厂也在探索，不知道做什么好，是铁的呢，还是竹质的呢？抑或是别的什么？往往跨度甚大。似乎手艺都差不多，差别仅在材质上。

1975 年左右，他们尝试着转产塑料，生产粒子和薄膜。原材料靠废旧回收，清洗后装进机器，然后就变成了粒子。这些清洗活，虽说整天把工厂弄得湿漉漉的，但却带出了一批家属工。

一年多后，经过观察，他们认准了塑料，就这个，不再变了。于是，在 1976 年，厂里增加一块牌子"南昌塑料八厂"，两块牌子一套人马。开始放手做窄薄膜、压沿薄膜和人造革。

删繁就简，之后他们放弃了一块牌子，于 1979 年 8 月 1 日，宣告南

塑料八厂老厂门

塑料八厂曾经是中国100家最大塑
料制品企业之一

昌塑料八厂正式成立。这表明，他们彻底告别手工业，向科技挺进。结束了多年的摸索，着力生产聚氯乙烯人造革，是沙发厂家的必备材料。采取压沿法，淘汰老式工艺，这是一次技术飞跃。此项产品填补了南昌空白。

80年代，他们做得风生水起，压沿薄膜兴旺一时，成了紧俏产品，不容易买到，有时还得托熟人。

1985年，该厂经济效益在江西轻工系统第一，全国人造革行业排名第五。

该年，购买京山现址75亩地，扩大15倍，生产提升。

次年，效益跃居全省轻工系统首位。解决了160多个家属就业。

1980、1984、1988年，连续三届获江西优秀产品，其中PVC斜面革，评为江西优新产品奖。由于厂子较小，影响力仍嫌不够。

1986—1987年引进香港生产宽幅人造革设备，这条1000多万的生产线，悉由自己安装，具备国际先进水平。加工能力跃上年产万吨的台阶，塑料八厂进入发展新阶段。

1990年，塑料八厂获"江西省先进企业"称号，属于国家大中型企业，县级企业。

1991 年，厂里实行"一厂两制"，与台资合作兴办江西华雄塑胶制品有限公司，生产宽幅压延薄膜，成了南昌第一家与台资合资的企业。同年，筹建了南昌华凯塑料集团。

90 年代，塑料八厂产值达 1 个亿。进入全国行业理事单位，在全国最大塑料企业 100 位中，排名第 59 位，江西省重点调度企业，南昌市重点企业。收入到江西人民出版社《南昌市老字号厂店》一书。

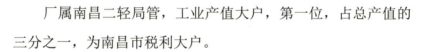

厂属南昌二轻局管，工业产值大户，第一位，占总产值的三分之一，为南昌市税利大户。

那时，银行主动找上门来；他们常帮别的厂家贷款作担保；树脂、增塑器等原料送来不需付钱，产品变现后再结账；购买者得先把钱打来，住招待所排队等货。省市领导频繁视察。

做人造革就像是开动印钞机，钱"哗哗"地流进来。职工们发钱，只顾签字，拿着，别多问，都不知道发的什么钱。

之后，兼并南昌市铸锅厂，成立华金分厂，另搞几家合资企业。兼并木器市场、电镀厂、版纸制箱厂、塑料七厂，频频接纳消化职工。还与南昌县武阳乡制革厂合作生产线。

势头十分强劲，拟建第二条生产线，向银行贷款 1000 多万，期间用流动资金预先先付，只盼着银行资金早日下来。不巧的是，遭逢国家银根紧缩，贷款一下被卡死了。

下

90年代末，被迫停产，流动资金断了。工人下岗，只留用部分职工。企业转型，土地租给远东集团，用于建心脑血管专科医院。与多家合作，设备租赁给外商。

那时，改制像一阵风刮过来，几乎所有的企业如草木般开始摇摆俯仰，发出呼号鸣叫。塑料八厂改制，照说是无可逃遁。

可是，厂里一班子人却顶住不干。理由是，这么多人吃饭，一改就乱了。后来，那么多塑料厂也改了，唯独这里侥幸保留下来了。

其实，没有改制，根本原因是企业大集体性质。这里的土地设备，不是国家划拨的资金，都是自有资金买来的，职工不同意就不能随意处置。

现有500多职工，在职180多人，含下岗1百多，在岗30多人，返聘了一些人员，现在还是党委厂长负责，还是塑料八厂的厂房场地。可是，到底是物是人非，已非昔日可比。

万海红12岁进蒸笼社，跟父亲学徒。手工业联社批准后，实行的是计件工资。万海红手上总是伤痕累累，他会做蒸笼。蒸笼大小不一，大的1米多，小的巴掌大。

他家是五代篾匠，从太公开始，可谓篾匠世家。当时有几个大家族：万、褚、周三大家，世代都是篾匠。随着时间的推移，几兄弟下来，繁衍生息，就嬗变成几十人了，逐步发展到塑料八厂，经历好几代人的努力。顶替，补员，还有家属工，企业带有很强的家族色彩。从最初合作社仅有200多人，到塑料八厂鼎盛时期，已达1400多人。

采访之余，我们随万明和熊建明两位负责人，一道漫步在老厂区，一边回顾着过去。

　　厂子最初买来时有 70 亩，城建修马路时，让出了一部分，现存 67 亩。车间还完整如初，机器设备在租户手里发出轰鸣。只是看不到工人忙碌的身影。

　　厂东边矗立着两根高高的烟囱，像那个年代两尊特有的红砖化石。有家房地产企业嫌烟囱有碍观瞻，与厂里商量，想拆毁它们，表示愿意做一些补偿，厂里没同意。

　　既然早已不冒烟了，就不再是烟囱，而是历史遗存。他们只是不想有所变动，唯愿一切保留初始状态，似乎还在等着有朝一日东山再起。

　　是的，一切保留原貌，这比什么都好。这样，一些老职工至少还可以进来走走。有了载体，就可以留下记忆。有了记忆，就留有一点念想，日子过下去也就不难了。

图书在版编目（CIP）数据

机声三家店：工业青云谱：全2册 / 政协南昌市青
云谱区第九届委员会编；杨振雩著. —— 南昌：江西人
民出版社，2021.6

ISBN 978-7-210-09907-9

Ⅰ.①机… Ⅱ.①政… ②杨… Ⅲ.①纪实文学－中
国－当代 Ⅳ.①I25

中国版本图书馆CIP数据核字(2021)第055597号

机声三家店：工业青云谱

责任编辑：章雷　　书籍设计：章雷＋同异文化传媒

出版：江西人民出版社　发行：各地新华书店

地址：江西省南昌市东湖区三经路47号附1号　编辑部电话：0791-86898860

发行部电话：0791-86898815　邮编：330006

网址：www.jxpph.com　E-mail：jxpph@tom.com　web@jxpph.com

2021年6月第1版　2021年6月第1次印刷

开本：720毫米×1000毫米　1/16　印张：31　字数：150千

ISBN 978-7-210-09907-9　赣版权登字—01—2021—43

定价：120.00元（全2册）

承印厂：深圳市精彩印联合印务有限公司

赣人版图书凡属印刷、装订错误、请随时向承印厂调换

行驶中的火车向外频频喷吐转瞬即逝的蒸汽

满眼林立、突突冒烟的大烟囱

满耳隆隆的机声和偶尔一声长长的汽笛

满街潮水般迎着朝阳、穿着工装、踩着单车去上班的工人

把人带入"工业革命"般工业化氛围中

令人无比眷恋那悄然隐入昔日的光辉

机声三家店

工业青云谱 下卷

政协南昌市青云谱区第九届委员会 编

杨振霄 著

江西人民出版社
全国百佳出版社

目
录

下卷

只此一家农药厂

受访者：

江西农药厂胡羊德、李元生、赖民。

那个年代常说，没有大粪臭哪来稻米香。事实上，又岂能离得开刺鼻的农药气味？

一

最初建厂的缘起似乎出于偶然。

1951 年，江西省大面积推广优良棉种，棉蚜虫突发成灾。当时由省农林厅厅长邓洪（后任副省长）负责，采取紧急治虫对策。

同年 2 月，从农林厅病虫害防治所抽调工程师胡惠恩、技术员杨格等人，招收了 7 名工人和 1 名会计，在南昌市子固路贺龙指挥部对面约 100 平方米的民房内，采取民间的土法，用豆油、棉油勾兑炮制而成棉

江西农药厂厂门

油皂（又叫杀虫皂），无偿地赠给农民使用，效果竟然不错。由此揭开了江西农药生产的序幕。

1952年5月，江西省农林厅用事业费投资，在南昌市欧家井购买一幢民房做厂房，挂牌开办江西农业药剂制造厂，生产杀虫皂和666粉剂，职工36人。1954年，江西农业药剂制造厂和江西化学品制药厂合并为江西制药厂。1956年初，正式命名江西农药厂。

起初，厂里单一生产"1605"，后来发展到十多个品种。曾是全国六大农药生产定点厂家之一，是化工部重点调度国有中型企业。属省化工厅管。20世纪80年代初下放南昌市管。

20世纪60年代江西农药厂工作手册

20世纪60年代江西农药厂代表参加党员负责干部大会的出席证

南昌市农贸大市场奠基典礼

1969 年，胡羊德从部队转业到农药厂。

他说，江西是一个农业大省，在计划经济时代，农药厂只此一家，别无分店，有多跑火，就不难想象了。曾有过吹吹打打报喜的热闹场面，也曾有过买农药的车子排成了长龙的盛况。

农药成本低，利润高。无非是一点陶土，一点粉剂，加上简单的包装，就能卖出好价钱来，所以厂里福利不薄。

20 世纪 90 年代市场化，私营企业逐步兴起，进口农药便宜，环保又高效，农药厂受到极大的冲击，萧条不堪；加上环保污染，限制生产，更是雪上加霜。

1993 年 3 月，农药厂不得不撒手不干，全面停产。

1996 年，农药厂拿出生产区 122 亩地，与南昌蔬菜副食品公司合作建立南昌市农贸大市场。

1999 年又与深圳农产品股份有限公司联合，建立南昌深圳农产品中心批发市场有限公司，后于 2008 年迁往昌南工业园区。2009 年在原生产区建起了江西最大的汽配市场——江西省运通汽配市场。

二

李元生，为照顾父亲，1982 年从南钢调来农药厂。当时交通不怎么便利，附近的公交车，有时挤得连玻璃都没有了。

他先后当过保卫科科长和办公室主任。参与订立了很多制度，二三本绿皮本子，专门组织人员起草。

他记得，那时每天早上，有人站在高处准时吹号，男女职工是踏着广播铿锵的乐曲节拍走进车间的。七点五十五到八点，到车间翻牌子。车间主任和副主任表情有点严肃，拿着笔，捧着本子，会准点守候在大门口，掌握出勤情况。

一车间生产井冈霉素 920，二车间生产 666 粉，三车间生产杀虫霜、

江西农药厂的产品标签

江西农药厂职工须知

江西农药厂生产区

杀虫脒，还有三间房，是用于维修。

农药厂是一级防火单位。多是易燃易爆品，车间是不许抽烟的。生产有毒产品，属特殊工种，易造成人血小板降低。车间发点营养费，每月配给半斤菜油，二两用于排毒的茶叶。

他记得厂里发过两次大一点的火灾，至于火警，则频频来报。他至少带人一路奔跑救过十多次，其中车间八九次，生活区二三次。还好没有伤亡，基本掐灭在萌芽状态。

三

赖民曾任纪委书记、工会主席。

他在这座高高的院墙里出生，1983年顶替母亲工作，学徒3年，每月工资依次为20元、22元、36.5元，一路上加。

农药厂是化工单位，开关、管道、阀门多，设备更新慢，跑冒滴漏在所难免。生产粉剂和水剂时，要戴上12层防护口罩。厂里有一个由武装基干民兵组成的防毒连，穿着白大褂，带着防毒面具准备随时冲进事发地。

厂里的药味无所不在，只是浓淡有别。呼吸的是农药，踩着的是农药，下班回家，衣服上、头发里、耳蜗子、指甲间，带回的还是药味。

由于是有害工种，职工可提前5年退休，或者连续8年在操作岗位上的，也可以提前退休。

赖民还记得，他给55岁的职工办退休，翻阅档案时，都闻得到一股呛人的农药味。那时已经停产多年，连厂子都快忘了，而农药味还在。

大风起兮药飞扬。从农药厂散发出的气味，上天入地，四处弥漫，空气中，地面上，瓦楞间，茶杯里，所在皆是。而且腐蚀性很强，附着什么，什么就迅速腐烂生锈或老化。

厂外的老干部有意见，附近的厂子有反映，周边的居民有怨气，路上的行人捂鼻子，纷纷要求农药厂搬迁，务去之而后快。

按说农药厂的职工家属住这里，如入鲍鱼之肆，可以久而不闻其臭。然而有时，他们也不堪忍受。

四

眼下，农药厂归属南昌工业控股（国资委），还剩下一栋两层楼的办公楼，还有十多间平房。办公楼于 1956 年建，杉木地板，人字屋顶。墙壁隐隐约约留下了用红笔框起来的毛主席语录，大门有"为人民服务"字样。

这座建筑列入青云谱区不可移动保护登记单位，2010 年立了牌子。作为 20 世纪 50—70 年代的房子加以保护，不能拆除，也不能装修。有一扇窗子在风中"吱呀"作响，眼看要掉下去了，想换成铝合金的，没能获准。

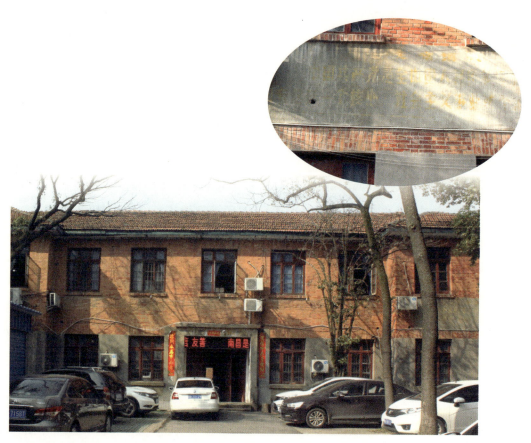

江西农药厂老办公楼以及墙上的标语

江西农药厂食堂饭菜票

江西农药厂冰室的托盘，满满都是怀念的味道

厂里还保存了 20 世纪 60 年代的会议记录，有早些时候的黑白照片，有八九十年代的彩照。

留守人员找到了一叠农药旧商标，一袋 920 赤霉素助长素，袋子上写有"1986 年 2 月 28 日化验品"。还找来了原来冰室里的 1 只圆形托盘。

赖民回忆说，当时这里的冰棒在南昌出了名，但不对外营业，单纯是厂里的福利。口感好极了，里面搁的是糖，不是糖精，也丝毫不含有农药的气味。

现在大家想来，其实，冰棒里只能是一种味道，那就是怀念的味道。

精神不倒则南缆不败

受访者：

南昌电缆厂贾炎生、余进华、罗文、章小兵。

上

1958 年，南昌电缆厂（简称"南缆"）建厂。

时值第一个五年计划，大地席卷着一股大干快上的热潮。各地大上工业，纷纷招兵买马。

这年 7 月，正在上海读初三的贾炎生，看到一则令人鼓舞的广告：贵州、陕西和江西三地联手招生。怀着一腔热血，他报名电缆厂。8 月下旬就盼来了录取通知书。

可是，学校不肯放，因为教育也在大干快上。贾炎生拿着一份电缆厂的录取通知书，交涉了两三个星期，终于放行了。9 月他到厂里报到。

此时，电缆厂还处于筹建阶段，机械部原本想投

（上图）1959年，南昌电缆厂派遣女职工前往上海实习合影
（下图）1960年9月，南昌电缆厂派遣职工前往沈阳实习合影

资3500万，建成部属大型电缆厂，可尚未上马就被砍了。

为培养技术力量，厂里把招来的生员送去培训；担心人跑了，又撤回来。政策总在变动不居之中摇摆。

起初，无厂房宿舍，从上海等地招来的人员，在胜利路杨家厂旅社住3个月，筹备处在时鲜楼组织生员学习。7个月后，每月发工资16元。

电缆厂一时还不能生产，为稳定队伍，也为了生存之需，带着大队人马去赣抚平原开渠，去乐化采石场采石运料。工地上，上海来的学徒用雪白的毛巾揩着乌黑的汗水，迷惘地望着天空，不知电缆厂何时才能开工。

1961年，中共八届九中全会正式决定对国民经济实行"调整、巩固、充实、提高"八字方针，全国工业建设大调整。电缆厂从中央部管下放到省管，列入地方建设计划，投资下调为350万。

这时，原南昌机床厂下马，电缆厂获准搬入该厂，即现址，总算有了自己的窝。他们对几栋尚未完工的厂房进行续建，这便有了后来的主体车间。从此，人们才感到自己真正在为电缆厂干活。

贾炎生忙活起来，算是有了目标。他跑物资运输，忙安装。可是，那些订购的电缆设备都发到了厂里，国家还在继续调整项目，规模自然是越调越小。

1962年春节后，厂里不得不精减人员。第一批工人回农村去了，有的人员被调往他处。一个不到300人的厂子，只剩下100人了。厂子由南

1962年南昌电缆厂建厂初期的玻璃丝包线生产设备

（上图）职工在厂房进行
生产作业
（下图）早期的电线电缆
运输车

昌市接管。这意味着没有列入机械部项目，也就没有计划指标。这样，电
缆厂要想生存，只能自找出路。

　　他们打听到，南昌市物资局仓库有一批从东欧进口的钢芯铝绞线，规
格过大，派不上用场，被闲置浪费。南缆想法子将它们弄过来，改成用途

较广的小规格线。

同时，继续找农活干，外加修桥铺路。到永修恒丰农场去挖红薯。

1960 年，参加修筑青山路到化纤厂之间的公路，挖土方，挑泥石，一天要干八九个小时，每天三餐都由厨师踩着三轮车送到工地；还参加了赣江大桥的建造。

那时，厂区四周都是农田和鱼塘，种着水稻、瓜果、红薯和蔬菜，上夜班的人饥肠辘辘时，难免干点顺手牵羊的事情。贾炎生个人也没闲着，在井冈山大道边上的泥巴地里，栽种红薯、小麦和稻子。

1963 年经济稍有好转。可电缆厂依然没被列入计划，拿不到原材料，也不能保证销售，只有依靠市物资局帮忙，继续改线。干了一两年，电缆厂实在维持不下去，筋疲力尽了，想撤。有专家也说，江西工业落后，要电缆厂干啥？可南昌市不同意，极力保存这颗种子。

这年，电缆厂仅剩 94 人，与江西电机厂合并，继续做小规格电线。

次年 11 月，两家脾性不合，又分离出来，成立南昌电缆厂，去跑北京找计划。

第二年，终于出现转机，钢芯铝绞线生产列入国家计划。之后，漆包线又纳入国家计划。

日子好过了一点，起码原料不缺了。

1968 年，上橡皮塑胶线。

很长一段时间，厂子叫南昌电线厂，由省机械工业厅管，后下放南昌市经委管，之后又由市机械工业局管。全民所有制单位。1985 年才恢复叫南昌电缆厂。

20 世纪 80 年代，电缆厂终于迎来自己的辉煌，成为纳税大户。1987、1988 年形势最好。

（上图）1983年，南昌电缆厂
漆包线生产场景

（中图）1985年10月，原南昌
电缆厂行政办公楼，现南缆集
团营销中心大楼

（下图）1985年，南昌电缆厂
第六届职工运动会

　　人们投以羡慕的目光。贾炎生记得，一次在机械局开会，回顾一年成就，旁边坐了3位邻厂的负责人，他们说，你们厂多好！老贾你们是富农，我们是贫雇农。

　　1990年左右，成为税利大户，超1000万。好景不长，10年不到光景，初现困难，电缆厂为打开销路，在市里开办销售点。第二年，又在广州设销售处。

　　1992年至1994年，贾炎生被派驻广州。随着改革深入，困难加大。厂里开始招商引资。去新加坡找项目，无功而返。

　　计划经济时，拨给资金，厂里生产，上缴利润。后来不拨资金，可以贷款了，不但还不起，还要上缴税收。电缆厂越来越难。

下

　　南缆现任工会主席余进华，1963年生，1982年由部队转业进厂，他印象中，刚来时形势挺不错，福利很好，什么都发。不算最好，也是之一。

　　1994年左右，情况急转直下，1500多人的厂子，富余人员猛增。

　　1996年，跌入低谷。亏损上亿元，工资都发不出，银行欠债1000多万。不得不贷款发工资。人员浮动七八百人。生产处于半停顿状态。

　　1996年初，南昌市政府派出"曙光行动计划"工作组，对南缆进行拯救。年底对班子进行改组，由葛彬林担任厂长、党委书记。企业迎来了巨大的转折。

　　他大刀阔斧进行改革，成为南缆第二次创业的带头人。

　　企业告诫职工："现在工作不努力，今后努力找工作。"

　　厂里召开多个座谈会，探讨企业怎么走？哪种产品能让企业走出困

1998年，南昌电缆有限责任公司（江西南缆集团有限公司前身）
揭牌，葛彬林同志任总经理（左三）

境？博采众议，集思广益。并确定将民用线作为主打产品，因为塑线资金
占有不多，可以现货现卖，是吃饭产品。南缆正是凭民用线起家的。

1997年中期，企业裁员，动员职工出资自救，二三线人员近200人
成为富余人员。打破国企人浮于事、因人设岗局面。

当时，余进华任人事部副部长，他至今还心有余悸，工人拿到烟灰缸
就砸，桌上的玻璃板换过多次。

年底重聘上岗，先确定各部门领导，按编制招聘部门人员，共108
人，这就是南缆史上有名的108将。公司靠价值60多万的物资、20多万
流动资金起步。

1999年底，失去的用户回来了，还带来了新的朋友，"赣昌"牌电线
家喻户晓，成为江西省驰名商标，并向国际市场挺进。之后年年向好。

2006年3月后，企业组建江西南缆企业集团，是以南昌电缆有限责
任公司和南昌安特有限公司为核心而成立的有机联合体，15个公司。虽没
有突破性发展，但能稳定在一定的增长幅度。

国外客户参观南昌电缆厂出口电缆生产基地

2008 年 6 月，电缆厂实行政策性破产。

2009 年 9 月，作为南昌市国企 52 户之一，南缆进行改制。涉及人员 1028 人，含在职、退休。参与改制的工作人员，把被子搬到了办公室，白加黑，苦干 52 天，年底结束。

2010 年 6 月 30 日，结束改制。7 月 1 日，所有人员重签劳动合同，重新上岗。

现在的南缆，400 多人，其中改制留下的只有 120 人不到，大部分是外面招聘的。余主席不无怜惜地说，为了企业的生存和发展，很多职工做出了让步和牺牲。

但是，走出来，也许会是另一片天地。

1974 年生的罗文，是南缆的子弟。1958 年建厂时，父亲就在厂里。他 17 岁从南昌市技工学校毕业进车间。1995 年，优化组合，他全国各地跑销售。

1998 年，他是 108 人中的一员，2010 年，他买断了，20 年工龄 2.6 万元。他自己凑了一点，在南缆门外开了个集团专卖店。店铺一年一个翻身，年销售额一个亿。

罗文说，改制后，别人有落差，我不会。我还把南缆当成自己的厂，感觉是企业一分子，还在厂里做事。因为我仅仅置换了身份，联系还是很紧密的。

他望着门外，无限留恋地说，那时四周都是厂区，如今老企业搬迁，走一个少一个，过一二年就没了。等电缆厂走了，老企业基本就没有了。

江西南缆集团有限公司现有在职员工550人。

"赣昌"商标被认定为"中国驰名商标"，成为国家级品牌。同时企业被评为"全国机械行业先进集体"和"南昌市重点工业企业单位"。进入中国电线电缆行业综合实力200强。

但是，由于地方的限制，没有发展空间，连两车间中间空地都用上了。2018年拍下罗亭工业园近250亩用地，拟将塑线、铜线迁去。

1990年进厂的省劳模章小兵，从江西机械工业学校分入，现任集团动力设备科科长，获得3次国家级专利。他至今还记得，1998年在老礼堂开职工大会时，总经理葛彬林说过的一句话：

"只要精神不倒，南缆就不会倒。"

2018年4月，南昌电缆厂60年厂庆活动，1958年建厂老职工合影

新中国第一台拖拉机

受访者：

江西拖拉机制造厂（简称"江拖"）周文臣，
1924 年生。

1958 年初，国家决定在北方与南方各建立一个拖拉机制造企业。

江西是农业大省，发展工业支援农业，是省长邵式平抓工业建设的一个重要战略思想。闻知此讯，他异常兴奋，立即向中央申请，喜获批准。

遂将江西农具修配厂改为"江西机械制造厂"，准备甩开膀子大干，制造拖拉机。这是"一五"期间江西省重点建设项目。

既然是机械厂，就不能像以往那样光知道敲敲打打搞修理，得拿出功夫，制造出像样的机器来。

中国工业企业大抵如此，从维修起步，再到整机制造。

老厂大门

厂里展开大讨论，一致表示，造出来的机器，一定要超英赶美。

厂里的底子薄，技术条件很差，只能生产一些简单的农机用具，如阉牛器、枝剪、牛车盘、喷雾器等，之后是手推播种机、轧花机、煤气机等。要说制造拖拉机，条件还很不成熟，就连起码的钢材也没有。

而讨论焦点是，如何拿出可行性方案来。可是讨论来讨论去，也没弄出个眉目来。从设想开始，到遇难而止。

邵式平就说：你们强调这么困难，那么困难，就不要搞了。是共产党员吗？有困难也要上，干革命就是要把没有的东西做出来，要有雄心壮志。有什么困难，我来解决。

1958年3月23日，邵式平在江西机械制造厂主持召开了拖拉机试制小组第一次会议。研究了试制计划、拖拉机型号和各厂协作等问题。决定拖拉机的电机由电机厂解决，活塞环由南柴解决，轮胎由南昌机械厂（江西公路局）解决，变速箱由洪都解决。各有分工，各负其责。

3月24日，厂里贴出了会议公报，全厂职工摩拳擦掌："邵省长劲头那么大，我们要加油干。"

次日，召开誓师大会，表示要全力以赴，保证完成任务。

群情振奋，纷纷向组织递交决心书。厂区拉出了横幅标语"完成五万匹（马力），造出拖拉机"。

几天后，第一机械工业部部长赵尔陆来厂视察，看到工人情绪高涨，便说："你们的劲头不小，省长又这样支持，什么都能造出来。"并给南京晨光机械厂打电话，请他们支持拖拉机测绘图。

要在一穷二白的基础上造出拖拉机，比登天还难，除非发生奇迹。

从哪里下手呢？得有所依凭。像中国制造业普遍所走的路径一样，奉行拿来主义——从仿造起步。

他们从上海买来一台英国弗格森牌轮式拖拉机，在没有图纸，又没有足够的工具的情况下，工人们将英国拖拉机大卸八块，解析到每一个零部件。

螺丝归螺丝，弹簧归弹簧，分门别类，一一标记。派专人看护，一刻也不眨眼地盯着。然后，分领任务，小心翼翼地拿着零件，分头去各个车间，照葫芦画瓢，依照实物的样子琢磨着去做。

从动工的那天起，所有职工不分黑夜白天，奋战在车间。有的连被子都搬来了，挑灯夜战，焚膏继晷。

胡春根老人曾回忆，由于设备不先进，即便仿制都不容易。工人们就算不睡觉，都想弄出来。在没有机床的情况下，工人们凭手工将高难度的曲轴、连杆锻等锻件，硬是一件件敲打出来了。钣金工用手工敲出了钢圈、罩壳和挡泥板等。

周文臣老人说，可是，一些关键的零部件，没有图纸还是不行。

厂里即刻派周文臣和另外 3 人，火速赴宁取图。

第二天，南京的王厂长就将 1400 张测绘图交给了他们。周文臣等人把文件袋抱在怀里，马不停蹄飞奔回厂。

这时已是 4 月 4 日了，厂里激战犹酣，热火朝天。大的零部件已做得差不多了，有了图纸，如虎添翼，势如破竹。

周文臣看到，有人手里捧着零件，像机器人般默默地走着，其实他处于睡眠状态。

中央关于召开八大二次会议通知发出后，江西省委常委讨论了拖拉机试制问题，决定加快进度，争取提前试制出来，参加北京的"五一"游行。

4 月 18 日，邵式平主持第二次试制小组会议，宣布了省委决定，研究落实各项具体措施。

交账的时间渐渐迫近。电机 1 个月拿出来了，变速箱也拿出来了，一台拖拉机的 1000 多零件也拿出来了……一切就像神助般，各就各位，各得其所。

19 日，发动机总组装。唯独油泵遇到困难。

邵式平说，拿不出来，就不要上北京了，一定要在 4 月 27 日之前拿出来。

日夜攻关，油泵也拿出来了。邵式平捧着沾满油渍的油泵到省委常委会议室，一进门像个孩子似的高兴得大叫："这下子拖拉机可以造出来了！"

4 月 25 日 9 时 20 分，随着王峰厂长拧完最后一个螺丝，装配车间响起了热烈的掌声。他环顾四周，并没有出现想象中的沸腾，原来工人们这里一个，那里一个，歪卧在墙角或车床边睡着了。从下达计划到大功告成，才短短 1 个月，大家食不甘味，卧不安席，白天黑夜连轴转，能不困吗？

就这样，意义非凡的新中国第一台柴油轮式拖拉机诞生了。

经过测试，性能稳定正常。周文臣甚至说，一些性能比英国拖拉机还要先进。对于这一点，仿制是否超过了原装？咱也不知道，咱也不好问。

然而，可以肯定的是，这绝对是一个奇迹，一个不可思议的精神力量创造出来的真实传奇。

周老自豪地说："最关键的是，连发动机都是江拖自己制造的。这么短时间造出拖拉机，完全凭的是一股子劲。"

这下好了，拖拉机提前完工了，可以进京献礼了。

4 月 25 日深夜一点多，省委还在开会，江拖锣鼓喧天前去报喜，拖拉机开进了省委大院。杨尚奎、邵式平几乎是冲将出来，欣喜万分（今天有谁敢把拖拉机开上大街？更别说是省委大院了）。

此时，头顶的星斗在夜空默默地行进。

邵式平说，拖拉机造出来了，不能没有名字，叫什么名字呢？周老回忆说，邵省长围着拖拉机转了两圈说，我们南昌是英雄城，是八一起义的地方，就叫"八一"牌拖拉机吧。

（右页图）支援农业机械化，八一牌
万能拖拉机大批出厂

拖拉机成批运往全国各地

　　后来，他听说这台拖拉机能抽水、碾米、运输、耕田，又在"八一"后面加了个"万能"。这才有了"八一牌万能拖拉机"的名字。

　　1958 年 5 月 1 日，中国首台轮式水田拖拉机，如期参加了北京天安门劳动节游行，接受毛泽东的检阅。

　　后来，该拖拉机正式命名为"丰收 -27 型"拖拉机。将防滑铁轮改为北京橡胶研究所试制的"人"字形高花纹橡胶轮胎，试制了30 台样机。

　　1962 年，该型拖拉机在农机部召开的拖拉机定型会上，被确定为国内 8 种定型拖拉机之一。

1965 年，丰收 -27 型拖拉机正式投入批量生产，国家科委向八机部颁发了丰收 -27 的技术鉴定书。它适用于南方小块水田耕作，也可以用于运输、抽水、发电等。是 20 世纪 60 年代和 70 年代前期中国水田作业拖拉机的主要机型。

1974 年，江拖对丰收 -27 进行改进，定为丰收 -27A 型。

谈到江拖的沿革，周文臣再清楚不过，因为他就是江拖历史的见证人。

1946 年，联合国救济总署江西分署，在南昌设立的维修援助农机具点——机耕队，是为江西拖拉机制造厂的前身。新中国成立前，称为"中国农村复兴委员会江西复耕队""善后事业委员会机械农垦管理处江西分处"。新中国成立后，更名为"江西机械农具修理厂"。

1950 年后，先后与江西省农业院农具工厂、南昌地区农具厂、抚州地区农具厂等合并，1953 年改名为"江西机械制造厂"。次年，工厂由南昌市象山北路迁至坛子口。1958 年命名为"江西拖拉机制造厂"。

接受毛泽东检阅

受访者：

江西拖拉机制造厂周文臣。

上

1958 年 4 月，第一台拖拉机造出来后，经过试车，还有些小毛病，5 月 1 日就要在天安门广场接受毛泽东检阅。邵式平省长下令，4 月 27 日一定要上火车，实在不行就是用飞机也要赶在"五一"之前运到北京。

工人们通宵加班，排除难点。27 日这天，只剩下刹车还有点情况，问题不大。

经过严格政审，厂里决定委派周文臣、胡春根和康伟民等人护送拖拉机进京。

邵式平专门嘱咐一路小心，万无一失，并要求铁路部门做好配合工作，确保 5 月 1 日前一定抵京。

4 月 27 日下午，江拖大门口，鞭炮齐鸣，锣鼓喧天，围满了欢送的人群，拖拉机佩戴大红花，周文臣等人开着江西生产的第一辆拖拉机，缓缓驶出厂门，沿途挤满看热闹的人。

下午 4 时许，来到南昌南站（青云谱），拖拉机顺着搭板平缓地驶入一列开往上海的特别快车腹内。任务移交给南昌机务段，由他们负责 3 天之内送到北京。

行程是先到上海，再挂车赴京。此时，周文臣等人已七八天没合眼了，一上车就睡着了，连到达上海转挂去北京的火车都不知道，直至南京渡口才醒过来。

周文臣看到滔滔的江水，听见渡轮拉响了汽笛，猛地一惊，问，有什么问题吗？有人告诉他，火车要渡江了。他想，到北京之前，拖拉机千万不能有任何闪失。事实上，到了北京更不能出问题，那是全国人民心中的圣地。

那时，还没修建南京长江大桥，火车需乘渡轮。看着起伏的江面，周文臣仍不免有几分忐忑。几小时后，平稳过江上岸，他才长舒了一口气。火车"哐当"作响，一路北行。

28 日，想到刹车还有些故障，周文臣一行人就坐不住了。检阅时可不能刹不住车，那会出乱子的。他们是被挑选出来的，都是技术能手，不仅代表江拖，还代表整个江西。得赶紧动手！

他们乘坐的那节车皮是邮政车，一半给拖拉机占了，前后有一定空隙。每修一次，就试着开一下，重复多遍，直到问题彻底解决。这样，到天津时，拖拉机都调试到位，没有顾虑。

30 日下午 3 时许，终于到达北京。岂料他们连同拖拉机一起被拉到了货场。周文臣找到在京出差的副厂长李德河，几经周折，下午 6 时，拖拉机被提货，开到了汽拖局。

汽拖局为拖拉机进行简单装饰，制作了一个标语牌。不慎又把排气管给弄坏了，等他们弄好时，全身给汗湿透了。

当晚，他们在一机部招待所住下来。

夜半时分，邵式平来电话，他已乘机到达北京了。叫他们马上把拖拉机开到七道口。

还好晚上无车。到七道口时，已是凌晨 1 点多。

接着，邵式平指令，车辆必须在早上 8 点之前准时到达指定地点，以确保 10 点开会。

凌晨 2 点，他们就进到了停靠点，开始静静地等候。

中

第二天，也就是 1958 年五一劳动节，上午 10 时整，检阅开始。

周文臣坐进拖拉机，开始点火，启动。走在前面的是天津拖拉机厂生产的两台煤气机，适合北方旱地用的履带俄式拖拉机。而江西是柴油机的，这让周文臣产生了某种优越感：烧煤气的拖拉机，能称作真正的拖拉机吗？

可是，就在接近天安门附近时，出故障了。前方天津的两台煤气机突然熄火，将长长的队伍挡在后面，落下一大节。时间仿佛凝固了。周文臣透过前方驾驶室的后窗，看到他们惊慌失色的神态。好在一会儿就点着了火，又重新上路。

周文臣平生最激动的时刻来到了。

经过天安门时，虽相隔很远，但他还是看到了城楼上的毛主席，顿时，非常激动，非常自豪，因为他开着的是新中国第一辆水田轮式拖拉机。

26 岁的周文臣，泪水止不住地流，他想汇入广场欢腾的人海，高呼"万岁"，但他屏住呼吸，保持镇静，不能有丝毫差池，异常平稳地开过去。

游行虽然结束了，而周文臣还一直沉浸在莫大的喜悦之中，那就是幸福，那种感觉是见到"红太阳"，同那片红色海洋经久不息的欢呼声一道营造出来的。他急着回去同伙计们分享，还想着尽快投入到生产中去，以回报组织给予的无上荣光。

5 月 4 日，参加全国农业展览。刘少奇陪同越南民主共和国主席胡志明前来参观，刘少奇介绍说："这是南昌制造的八一牌万能拖拉机，只花了一个多月就造出来了。"胡志明笑着用中文说："很好！很好！"

正打算第二天回南昌时，晚上，邵式平打来电话："你们明天 6 点前把拖拉机开到前门饭店停车场中间。"

次日，他们从和坊桥出发，花了 1 个钟头，6 点不到就开到前门饭店。此时，院内还是空的。7 点后，别的展车才陆续开来。场地上停得满满的，江西的 3 台拖拉机停靠在最中间，十分醒目。

这样，5 月 5 日到 23 日，在中共八大二次会议期间，拖拉机又接受了会议代表检阅。

早晨 7 时，省委书记、省长们前来开会，抬眼就看到了江西拖拉机，全围过来观看。邵式平兴致勃勃地介绍，八一牌万能拖拉机，是我国自己制造的第一台水旱两用的中型拖拉机，既能耕旱地，又能下水田。能耕能耙，且能施肥、车水、运输，还能发电、碾米、榨油等。

有人问周文臣："江西制造的拖拉机，中国第一辆轮式的，不错啊！是洪都搞的吧？"周文臣说："不是，是江西机械厂造的。"大家有些惊异，有人又问："江西还有个机械厂？江西老表能弄出个拖拉机，很不错啊！"

之后，应有关部门要求，这台新中国第一辆轮式拖拉机，被留在北京，一是用作参观，二是供研究。

当时厂广播播送新闻：喜讯传来，全体职工无比振奋，投入更大的激情，开始正式生产八一牌万能拖拉机。

八一牌万能拖拉机试制成功纪念卡

1958 年 7 月 1 日，该厂由此而命名为"江西拖拉机制造厂"。几百名干部职工参加了挂牌仪式。

1959 年"五一"，好像是为了回味上一年的荣耀，厂里还特意将八一牌万能拖拉机，开到南昌街头进行了展示。老人们还记得，拖拉机行驶在最前列，职工队伍紧随其后。从工厂出发，经八一礼堂、象山南路转一圈回来，沿途好多群众围观。

之后，经过改进，造出了"丰收"系列拖拉机。到 1988 年，拖拉机年产量达 1 万辆，江拖逐渐成为全国农机行业的骨干企业、中国南方最大

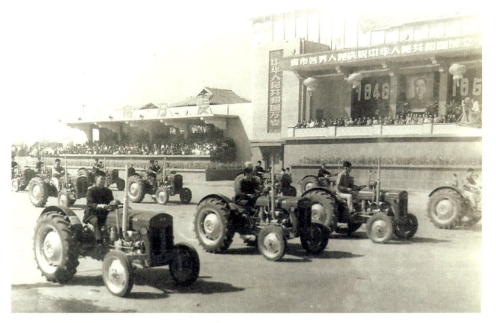

八一牌万能拖拉机接受检阅

丰收180系列拖拉机出厂

的水田拖拉机生产基地。

下

周文臣，江西广丰人。和普通农家孩子一样，他七八岁砍柴放牛。每天来回两个山头之间十多里路。他只在县城读过两年私塾。

1939 年，15 岁的他从乡村出来，到县公路局当学徒工，但没工资，自己管饭，每月仅有 4 元零用钱。1947 年 11 月，经人介绍到南昌莲塘农机厂工作。

1950 年莲塘农机厂合并到江西机械制造厂。

南昌解放时，周文臣在阳明路迎接解放军 37 师。部队驻扎在百花洲。赣江上的桥坏了，仅有的几条运输物资的驳船，也给国民党打沉了，灌满了水。周文臣被厂里派去维修登陆艇。

河岸双方的机枪扫射起来时，周文臣就把船盖起来，躲到一旁去，枪不响了才出来干活。那时下大雨，河水猛涨，船差点打到桥底下。他不会

驾船，也不太习水性，船横的竖的出入不定，时刻有溺毙的危险，但他顾不了那么多，得赶时间。一天干九到十个小时，天一亮到厂里，天黑才能修船。和他一同去的两人被抓走了，他侥幸躲过了。

周文臣（左）和老伴

解放第二天，厂里老职工把事先埋在象山路等地的 8 部汽车零部件和 700 多桶汽油，全挖出来，迎接南昌的解放。周文臣又被委派用枕木在驳船上铺设桥梁，让解放军渡河去西南。

1950 年 1 月，周文臣秘密入党，因有国民党特务潜伏，尚有性命之忧。凌晨 1 点多，举行入党宣誓。1951 年才公开。

他是一位实干家，搞新产品开发时，拿被子到车间睡。他是最早的总装车间主任。50 年代，他是江拖第一个市劳模。对拖拉机相当熟悉，闭眼都知道几千个零件。

1951 至 1953 年，他当了 3 年工会主席。一身兼任 24 个职务：工会主席、劳保主任、保卫科长、学校校长、妇女主任、区代表，等等，有开不完的会。

那天，我们走进了周文臣的家，老人坐在轮椅上，95 岁的老人，还算硬朗，头脑清醒。回忆起从前的日子，特别是如英雄般开着拖拉机经过天安门，还是那么神气十足，两眼燃烧着激情。

老伴 1932 年生，抗战时，她随兄躲难，回来家里房子给炸了。刚解放时，盛传共产共妻，她就想，早嫁早安心，18 岁嫁给了周文臣。1950 年生下长子，之后生有 3 个女儿。

一本未竟的厂志

受访者：

江西拖拉机制造厂朱惟冰，1951 年生。

一本厂志就是一家永不倒闭的工厂。

上

1971 年，南昌市将 350 名回城知青安排到江拖，朱惟冰是那批进厂的。之前，他先后在靖安、新建两县度过了 3 年知青生活。

这年 12 月，朱惟冰进厂做电焊工。因有文艺特长，第二年他加入厂宣传队。宣传队早先称"江拖艺术团"，20 世纪 60 年代中期称"毛泽东思想宣传队"，后期称"江拖宣传队"。这是一支有名的宣传队，外界认为，它是江西第二歌舞团。朱惟冰主要是吹大管和芦笙。

江拖艺术团汇报演出

1984 年，他调入厂宣传部，他电大学的是中文专业，宣传部需要文字功夫好的人。

朱惟冰办过很长一段时间的《江拖报》，从 1984 年到 2000 年企业破产为止。编辑部只有 4 个人，每版都是自己采写编，稿费三四元一篇。半月刊，四开四版。开辟副刊，名《铁牛文艺》，发表本厂文艺作品。报纸发行一二千份，到达每个班组、科室，并与兄弟单位交流。

每年都参加工矿企业新闻报道年会，编辑部轮流去。普法时，《江拖报》成为主阵地，省里号召普法学江拖，江拖也因此参加了全国依法治厂先进代表大会。

早在 1987 年，厂里就酝酿修志。编纂始于 1988 年 4 月。厂领导担任顾问，成立了厂志编纂委员会。各部门成立编志领导小组，每个车间科室行政一把手任组长。

李金楼时为厂宣传部长，任厂志主编，朱惟冰等任副主编。厂里还拨出 20 万元经费。

修志编纂队伍 200 多人，十分庞大。召集老同志座谈，与会者约有

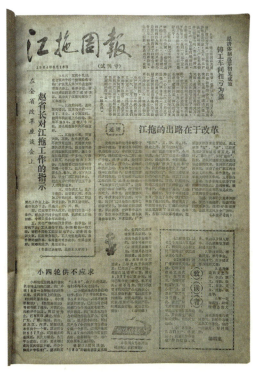

历年的《江拖报》都被细心地装订成册

300多人。有关人员还去外地走了一圈，郑州、洛阳、太原、西安、上海等地，历时数十日，分别到洛阳拖拉机厂、太原重型机械厂等十余家大型企业参观取经，带回来一大摞厂志。

志书凝聚着众人的心血和汗水，是建厂以来最具声势、工程最为浩大的一件事。因所跨年代久长，所涉人员众多，直到1990年，仍因材料不齐，无法收尾，迟迟不能付梓，所幸材料保留下来。

20世纪90年代厂子快破产时，朱惟冰将手里的材料，用报纸包裹，装进蓝色的资料盒，用绳子捆好，交给同在编委会的刘作枰，反复叮嘱，烦请妥为保管。时机一旦成熟，他会来找他的。

一位厂志副主编生计无着，厂志的命运又能如何？只有将材料束之高阁，以待来时了。

朱惟冰依依不舍地离开江拖，停薪留职去了南方，在熙熙攘攘的人丛中，开始了打工生涯。

奔波多年，当朱惟冰背着空空的行囊回来时，已到2012—2013年间了。他不想再出去了。找到刘作枰急忙询问，那些厂志材料可在？老刘说，还在。这些年出出进进，辗转迁徙，我总将它带在身边，不敢有丝毫轻忽。朱惟冰握紧了老刘的双手，露出了疲惫的笑容，眼睛在镜片后快速地眨闪，因喜悦而微微发红。

数日后，老刘将资料完璧归赵，朱惟冰打开蓝色资料盒，一见如故，各种信笺，不同的笔迹，很多字迹用圆珠笔写的，都是熟悉的笔画，见字如晤。让他久久不能平静。

多年来，打工之余，一闲下来，他就会摘下眼镜，躺在被褥上，眼睛在黑暗中睁开着，头脑里回响着机器的轰鸣声，想着厂里的事情，想着一些人，想着那个红极一时的厂子的走向。当然，他还会想到那本厂志。如果厂子不在了，人就走散了。要是那本厂志还在的话，那就说明厂子还在，人还在，至少证明那些也都曾经存在过，因为厂志就是一个永不消失的厂子。每想到这里，他就眼眶发热，背过身去，向着里侧，默默地躺着。

那些日子，他有多时不曾吹大管和芦笙了，可是那个副主编似乎他还一直在当着的，从来没有真正放下过。如果那件事放下了，就是废纸一堆，前功尽弃。他想，还是做点功德吧，江西现代工业离不开江拖。

幸好材料还在，又兴奋又忧虑，朱惟冰常常夜不能寐，因为他深知这份资料的珍贵。照此下去，再过数年，就无法卒读了，因为原稿不少的笔迹已漫漶了。毕竟至今已有20余年了，再不整理成册，就可能永远消失了，那将令他终生负疚。

下

他闭门在家想了好几天，终于痛下决心：他要把这些材料变成书稿，然后印刷出版，变成一本本书，那就是江拖，那就是车间，就是江拖人。不仅仅是留给江拖人，也留给历史。

再大的困难他都要克服，谁叫他是副主编呢？他把这些想法告知江拖的友人，都表示赞成和肯定。当时有人建议他以个人名义出书，他没采纳，他想要原汁原味地将那本材料呈现给大家，那里有大家的心血和智慧，他不想贪天之功。

朱惟冰将自己的设想，包括费用等诸般事宜，一并告诉了江拖老领导李金楼。他是北师大中文系毕业的，能写会说。在江拖担任过党委副书记等要职，对江拖非常熟悉，又是厂志主要负责人。李金楼对厂志抱以极大的热情，非常支持朱惟冰的计划，并答应想法子筹措资金，同意撰写前言。

这本资料是仅存的 44 个单位的原稿，其中缺稿有的是尚未撰写的，有的是退回修改而未及时交回二稿的。部分行文欠规范。于是他将书稿取名为《厂志存稿辑录》，也就是将原稿汇编成册。

即使这样，他仍花费了很多时间进行整理。书稿有 60 万字，需要一字字录入，花去了 1 年半时间打字，拿出了第一份较为完整的清样，送给老领导过目。在这个基础上编辑、审稿，又花去两年半时间。

2016 年，一本书名为《江西拖拉机制造厂厂志存稿辑录》的厂志在江拖破产十多年后，终于印刷出来了。

精装本，全书 500 多页，封面上有一台拖拉机，书名下方有 4 行引言："一座共和国农机工业建设史上的丰碑；一部从小作坊发展成为大型国企的兴衰史；一曲曾唱响红土地夹杂着叹息的壮歌；一首江拖人骄傲而又失落的情诗。"署名"朱惟冰编著"。

厂志出来后，在江拖反响之大，超乎想象。人们根本没想到这本半途而废的厂志还能出版，很是惊讶，继而惊喜不迭。厂志似乎把早已散伙的江拖人重新召集起来，在江拖原来的那块土地上立正稍息，内中收入的人名录好像在一一点到。从此江拖人拥有一本可以寄托怀念的历史书籍了，尽管它是一本未竟的志书，但它是江拖一座不倒的精神大厦。

李金楼在代序中说：这是一本没有完成的江拖厂志。实际上在江拖破产之前，厂志的编写就停顿了。因为厂子已经陷入困境，人心涣散，编写者不得不离厂自谋出路。直到 2000 年江拖破产，厂志也没能完稿，更别说付印了。

这本厂志共印了 800 册，其中平装 600 册，精装 200 册。有老领导看过厂志后，认为其中个别事实尚有出入，朱惟冰好事做到底，又将他提供的说明材料单独印成一册，附加在一起送人，也花去二三千元。全书共花费 7 万，其中青云谱政府出了 3 万，朱惟冰个人贴二三万元，光是快递费就花去二三千。各个省市图书馆、重点大学等都邮寄。

在志书的概述中，朱惟冰感叹时光荏苒：重读原稿时，不少撰稿人、审稿人，参与座谈会的人都已作古。活着的人，大多也已是两鬓斑白的古稀老人。能够看到这本书的出版，对自己、对那些老同事，都是莫大的安慰。

朱惟冰现在一家文化传播公司做了一份事，主要还是编书。我们在他的办公室里坐下来喝茶，室内堆满了各种各样的图书杂志。他显得很轻松

江拖艺术团成立五十周年纪念合影

江拖艺术团老团员联谊会

随意，似乎放下了一件让他一直有压力的重活，显然，厂志让他感觉自己做了一件事情，一件有意义的事情。

谈到他们一些老同事即将举办的文艺演出时，朱惟冰这位骨干分子说，这应该是第一次大规模聚会，都七八十岁的人了，到时应该多说点好的，不要牢骚抱怨，也不要见面就哭。

他说，当年江拖人笑得那么灿烂，那么自信。我想我们还应该这样的，大家都尽量高兴一点，活着就很美好，不是吗？

清华高材生项子澄

受访者：

江西拖拉机制造厂项子澄，1938年生，上海人。

两次采访项子澄老人，不仅因为他是一位清华大学的高材生，还因为他有故事。好像两次都下着雨，不知为什么。

一

他在清华大学学汽车专业，志在报国，干一番事业。

毕业后，他分配到江西省机械厅。1959年，江西拖拉机厂停产整顿。受机械厅委派，他去该厂设计科，改进拖拉机制造技术。

1960年，任务完成后，机械厅让他回去筹备华东交大建校事宜。想到自己的字不好，怕吓跑学生，他不想当老师。厂长王峰欣赏他，也叫他别走。于是，他就留下来了。

1962 年，干部下放劳动，他也就顺理成章地下放到了江拖。他是第一批摘除右派帽子的人。

他搞传动设计，是拖拉机的核心部件。江拖可谓人才济济，而项子澄则是拔尖人才。当时，他和爱搞技术创新的赵志坚要好。

1979 年，他在清华大学的档案寄到江拖。党委书记说，呀，你吃大亏了，本来内定你是留苏的。他回答说，现在不是很好吗？

这一年，厂里保送 6 名技术人员留美，项子澄是其中一员。需考数学和英语，他大学学的是俄语，又无暇复习，英语没能过关，留学落空。

1982 年，他当选为南昌市人大代表。

1987 年，机会又来了。高教部有个留澳名额给厂里，项子澄又被推荐。这回可不能让它跑了。他在北京语言大学恶补半年英语。

江拖厂区鸟瞰

次年9月，他去澳大利亚新南威尔斯大学，开始了为期两年的留学生涯。这批留学生60人，属高级访问学者，主要是教学、研究人员，唯有他来自工厂。

他表现很出色。他研究摘果机，发现理论有误，并提出了自己的观点。导师很赏识地说，你是对的，非常有逻辑。他不过是运用了自己在江拖所得经验进行设计。

国外客户试开江拖生产的拖拉机

1989年下半年，高教部代表团动员这批留学生回国。厂长也写信要他回来。因为研究的连续性，学校要他延期半年。之后，又要他留一年，这时，他已不想待下去了。

1990年初，他回国了。

留学生是可以自主择业的，他本想去深圳，最后想想还是回到了南昌，到了江西柴油机厂，担任总工兼副厂长。

1993年左右，全国200多家柴油机厂，江柴跻身国家扶持的20个重点厂家之一。他们兼并了江西客车厂。那年厂长获得了五一劳动勋章，项子澄也奖励到一套150平方米的房子。

二

江拖是项子澄人生最长的驿站。

项子澄是一位技术专家，谈到江拖，不能不谈产品。他对各种型号的拖拉机可谓了如指掌。

他说，丰收 -27，是最牛的牌子，牛在全国第一台南方水田轮式拖拉机，开进了北京城接受检阅。当时主要零部件是按照南京图纸生产的，但因技术不够成熟而漏洞百出，如后桥齿轮经常打坏等。

整顿时，他刚从清华分来，厂里把任务交给他，他把齿轮设计参数和工艺全都作了改进，生产齿轮过关了，从此没有出现过问题。

70 年代，生产安源 -70，要求研造最简单的拖拉机，只要两档，一档耕田，一档运输。当时有台日本的样机，领导对他说，照这个做。他将日本拖拉机的 21 个齿轮压缩到 13 个，继而到 7 个，最后达到 5 个。

团队原有一二十人，下放后只剩下 5 人，项子澄和刘东是设计主力。项子澄负责齿轮，一周完成图纸。

那时的劲头是，一天等于一万年。两周之内，工人们挥汗生产 50 台安源 -70 拖拉机，时速可达 22 公里。产品供不应求。一时南昌轰动。

大干快上，刻不容缓，要的是遍地开花。江拖奉命将安源 -70 的图纸复制几千份，迅速分发到全省各地，好让每个人民公社都能按图制造。山东还派人来取经学技，回去后，为适合北方旱地，将它改造成 7 个档位，火速投入生产。

1971 年，这种机型就停产了。

项子澄说，因人废事，这种情况不足为奇。生产的品种很多，不停地变换，不停地绘图，不停地生产。如果说有什么好处的话，就是我们得到了锻炼。

他说，安源-70也存在问题，耕田一个档是不够的，主要还是为了应付政治需要。从头到尾的方案都是时任省领导提出来的，所以执行起来相当困难，但是我们创造了奇迹。

时任省领导来江拖又提出，要研制转子发动机。这是德国人发明的一项前沿技术，并未成功。这种液压驱动太难了，国内根本没这个水平。可是这位领导要攻克最先进的技术，并批评江拖没有闯劲，坚持一定得搞，宁愿别的停产也要搞。江拖只好硬着头皮上。

可是，科学有自身的律令，不行的就是不行。转子发动油耗大，转不了多久就把油转没了。上坡时开始可以，后来油路就跟不上了。技术专家只好打马虎眼，用往复发动机代替转子发动机，用不能再少的13个齿轮代替液压驱动。就这样，井冈山-70在"两个突破"的热潮中狸猫换太子，巧妙地收场了。

井冈山-30型拖拉机

井冈山-70型拖拉机

直到今天，世界上都生产不出来转子发动机。

项子澄回忆，70年代，赵志坚回江拖当厂长，他是个产品狂，非常聪明，但他不用图纸，也不讲什么理论。我当他的助手，进行拖拉机改进。搞密封式制动器，把丰收-27改成丰收-50，改得非常成功。赵志坚去当南昌市长，后来搞盘式制动器，丰收-50就停产了，所幸技术吸收到了丰收-27。

猴子掰玉米，一轮轮地研制，一轮轮被扔掉了。

1983或者1984年，项子澄去八机部，部里说，整个拖拉机减少一个档，造18马力挡位的拖拉机，部里出点钱，你们干不干？他打电话给厂里，领导同意了。

刘东和项子澄两位担纲设计：整体上由刘东负责，项子澄主攻变速箱和后桥。调研了两三个月，方案定下后，设计仅用了两个月，加上生产，前后5个月，就生产出来了，这就是有名的180拖拉机。

项子澄考虑18马力功力小了，超前地设计到25马力，所以180拖拉

首届丰收系列拖拉机北京示范表演新闻发布会

机实际能达到 25 马力，变
速箱简单而性能优良。每小
时 24 公里，可用于耕田、
抽水、运输。这是一种相当
不错的机型，很有前景。投
入批量生产，年产达 2 万台。

后来江拖破产，常州拿
走 180 全套图纸进行改造，
结构大小不变，改成了 25
马力、35 马力，成了拳头产
品，直到现在还是该厂生产
量最大的拖拉机。

丰收-180型拖拉机及农业机械推广许可证书

安源 -70、丰收 -50、井
冈山 -70 等，乃至 180，都
是昙花一现。若每一口井都能深挖下去，必定十分可观。

项子澄说，当时江拖技术力量相当强。

三

采访中，项子澄谈到一件趣事，他曾与时任某领导有过一次争论。其
实也谈不上争论，只是不迎合而已。

约莫 1970 年左右，这位领导倾情于拖拉机研究。有一段时间，他常
来江拖琢磨一些事儿。

一次，他从正门进，项子澄就从后门溜。他感到和领导在一起颇不自

在。此时，厂长眼尖，忙喊住他，并笑着向他招手说，过来吧。

像往常一样，大家坐下来，开始商讨拖拉机。

领导喝了一口茶，说，拖拉机有四个轮子，前面两个小，后面两个大，对吧？我就想啊，为什么不能一样大？

这是一个非常独特的发问。之前从没有谁提出过，似乎天经地义，就像人是生来就是两条腿一样，是老天安排的。拖拉机嘛，本应如此，四个轮子一样大，那是汽车。

如今，既然有人郑重其事地提出来，那就得解释，何况面对的是一省之主官呢。事先专家们对此没有一点准备。

显然，要想回答这个难题，得回到最初设计拖拉机的原点。

刘东技术员首先说，轮子大，负载系数就大，云云。

接着，这位领导看着项子澄，很明显，那些科学术语没能把他说服。于是，项子澄说，拖拉机在田里耕作，中心会转移到后轮，容易下陷，所以后轮驱动一定要大，轮子大，爆发力强，阻力就小，小了就爬不动，在原地打滑……

项子澄有点累，仿佛耕田打滑的不是拖拉机，而是他自己。他掏出手帕，揩了一下额头，折好放回口袋。

这位领导说，没想到你还真有一套。脸色并不好看，可见他对这个解释仍不满意。

后来，项子澄才明白，他要的不是论证，而是执行，却无人意会。将拖拉机前面两个小轮换成大轮，不过是想让它跑得快一些，而那两个小的转上两三圈，才赶得上大的转一圈。他讲的是速度，是跑步前进，是大干快上。

四

1954 年，项子澄从上海吴淞中学毕业，16 岁上清华大学。他担任班主席。内定人选并非他，乃因得票最多，所以才当选了。事后，他并不认为这是一件好事，不如说是他倒霉的开始。

1957 年整风。项子澄被划成了右派。

作为干部，他已经很谨慎了。他细想，顶多只是在恋爱对象面前，表露出某种困惑。

那时，清华女生在校期间都想在本校找对象，因为出去后要找到比这更过硬的学历，就难了。对于谈恋爱，学校不鼓励也不反对。

一次有女生跑来问他，你对班长印象如何？他脱口而出，很好啊。以为她要入党，赶紧成人之美。实际是班长派人来探听口风的。她在两个恋爱人选中选中了他，照她的说法是，他要老实一点。她当时同他一样正统，他只是思想较独立一点。他俩谈了两年。

项子澄说，恋人这样做，也是出于对党的忠心。我理解她，不怪她。

毕业后，项子澄曾多次去清华，从没有见到过她。多年后，在上海偶尔的一次聚会时，才见过一次。他俩谈笑风生，那么多同学，数他俩谈得最欢，但绝口不提那件影响他一生的前尘往事。

他老家在浙江黄岩县。靠妈妈和继父的工资过日子，家境很穷，一家人住 8 平方米的房子。他不得不去父母办公室睡。

他的生父国民政府时期，担任过中苏友好协会秘书长，1945 年，重庆谈判，他父亲是会议筹备组成员。孰料重庆谈判半月之前，父亲染病去世了。那时，他很小，不记得父亲的模样。父亲是农工党创始人之一，他后来也加入了农工党。父亲还是一位音乐家，会作曲，弹得一手好钢琴。

受父亲影响，他很喜欢音乐，口琴吹得很棒，可同时交替吹奏两三把口琴，在上海市表演过。上大学后，他还考取了清华作曲班。他担任清华大学口琴队队长，编辑音乐欣赏讲义，安排节目欣赏。马思聪来清华演奏，是他去邀请的。

五

项子澄在江拖，一段时间是摘帽右派。他说，幸亏领导都能信任我，在技术上放心使用我。他们对我感兴趣，是出于尊重技术，是想干事，否则，我可能就是垃圾一堆。

丰收-180拖拉机在总装线上

生产车间

尽管如此，但是难免还会受伤。有一件让他尴尬的事情，至今难以释怀。

1964年，北京齿轮厂引进瑞士澳林肯齿轮加工方法，这是齿轮三大体系之一，比较前卫，也是项子澄喜欢的方法。他在江拖负责研发齿轮，带着两个工人和一个技术员前往北京观摩交流。那时政审严格，他将个人档案也带在身上。那边一看，就把他挡在门外，只让那三人进去了。

江拖有支宣传队，他曾经表演过口琴独奏。但没有心情，也没有时间。他原来要更开朗一些，后来为了自我保护，他从来不轻易交友。而江拖人对他不错，很友好，没有另眼相看，也没有挨过批斗。几任领导都曾保护过他。

1984年，项子澄任副总工程师。1990年，评为教授级高级工程师。

他没有一个春节不加班，都不是在家里过的，没有一天不是在十一二点以后睡的，没有任何怨言，以此为乐，尽管妻子有意见。在厂里，组织人员挖地洞，他一次都没有挖过；万岁馆轮流去劳动，他没有去。不是不去，而是没有时间去，每天都在厂里加班，太忙了。加班并没有什么报酬，有时有点肉饼汤，这还是难得的，不是每次都有。

项子澄说，我干劲很大，一分钱不拿不说，不让干还有意见哩。接到任务后，不知道为什么，总是莫名的兴奋，一定要干好，方对得起党和人民。

他说，曾经为了研发简易拖拉机，生产5个齿轮的时候，我在车间三天三夜连着干，干到呕吐、晕倒，患了美尼尔氏综合征。因为两周要生产出50台简易拖拉机。那时革命热情简直跟今天没法比，现在是钱字当头。当时想搞什么就能搞出什么。

六

项子澄现在的住房还算宽敞，当年他在国外打工赚了两万美金，回国后参加房改，就把这套房子买下来了。退休金 4500 元，在当时退下来时算高的了。妻子在江拖技术档案室，也退休了。他 2 女 1 男，或在北京，或在广州。

2009 年 12 月项子澄退休。直到 2018 年，他才真正离开岗位，但他研究的项目还在继续：齿轮无级变速。这项研究是退休后就开始了，至今已花费 10 年时间。这项成果，前阶段有人支持，已花去六七百万，后来他自己又贴上四五十万，退休的钱都用光了。

他花了 1 年半时间绘图，随后又花了六七年时间做出样机。他从三大定律开始研究，建立五六个定律、定义，700 多个公式列了 130 多页，电脑上做了十多个 G。

他说，这项发明是世界性的，以前搞的都是小儿科。他实现了理论重大突破：能取代变速箱。

现在要做的是，按照图纸生产出产品，做出两台样机和一个试验台，估计一年半到两年之间，就可见成效。

但现在他有些迷茫，不知道怎么办。但他最担心的是，在人们有耐心听他讲清原理之前，就给否决了，所谓的一个小学生把爱因斯坦给否定掉了。

没有了单位，也就没有了人缘关系，没法找人。国家有资金，他没有一项资质可以符合，难就难在他光杆司令一个。到处都是急功近利，不肯为一时还见不到利益的事情花钱，其实只要花点小钱就接近成功了。

泰豪集团曾经请来全国专家评审，项子澄口干舌燥向他们讲了三个多

项子澄的工作室在一个地下车库

小时，得到的印象还是怀疑的目光：世界大科学家都解决不了，你凭什么就能突破？不过他们还是建议立项，给予支持。

目前，他依然充满信心，他有一个6人组成的团队，也找到了年轻有实力的人，表示愿意和他一起干。

项老带我们去观看无级变速研发工作室。下楼时他跟老伴开了一句什么玩笑，乐呵呵地笑起来。老伴叮嘱他，记得带钥匙。

拐弯，过一条马路，工作室在一个地下车库。项老租赁了两个车位，一个季度租金1000多元，里面堆有一些从别处转移来的物件。他说，租这里，离家近。

室内设有一个操作台，与电脑连线。他说数据处理器是德国进口的，要十多万元。

他拿出一包烟来，从撕开的口子里颠出一支，衔在口里，笑着说，家里不让抽，我只能在这里争取一点自由。

一会儿，他合上了闸刀，开动了机子。指给我们看，电脑上显示出来的曲线，由零速到高速，无级换挡，直线上升。在电脑显示屏的映照下，项老的双目睒睒，不时兴奋地提醒我们曲线随着制动转换变化的情况。

项老说，理论上是成功了，但还需装上车子，进行大试验，如电控方面的协同。下一步试验电控。这样要求试验台增大。

再度走到室外，雨仍在下着。江西一直干旱，有多时未曾下过这样长时间的中雨了。

杨田福：我腰板是否还直

受访者：

江西拖拉机制造厂杨田福，1941 年生，江苏常州人。

杨田福刚从深圳回南昌，在家接受了采访。尽管他不常回来，但他对南昌很关注，特别是这次青云谱撰书，他抱以热情，愿提供素材。

一

1958 年，同学兼老乡从南昌写信给他，说江西机械制造厂（江拖）招工。

杨田福家非常困难。他只身来到南昌，放弃了两次考试，一次是南京师院艺术专科，一是县高中。此时离考试只有三四天时间。

当时允许老职工介绍进厂，经审核，杨田福被录用了。

初进厂，他看见还有一口池塘，后来的八车间就是把池塘填平建造的。人事科看他字好，就分在工艺科做描图员。师傅叫黄淑芝，她设计，他描图，用的是鸭嘴笔。描好图，再晒图。这一年，他学到了技术。

之后，他调党委宣传部任干事。他下车间收集好人好事素材，写成稿件，中午工人下班时就播放。

广播站是厂工会办的，高音喇叭覆盖全厂每一个角落。每天固定几个时段播放，从第一首曲子《东方红》开始，到结束曲《大海航行靠舵手》，全天的播音到此结束。

江拖有9个车间：一车间铸工和木模；二车间锻工；三车间发动机；四车间底盘；五车间总装；六车间工具；七车间机修；八车间热处理；九车间冲压。

生产八一牌万能拖拉机的车间

1955年，江西机械厂（江拖）和江西电机厂青年社会主义建设积极分子大会合影

当时厉行节约。翻砂车间的周德辉从翻砂倒掉的东西里，翻找出碎铁和钉子，一一回炉，不浪费一分一厘。他也采写进广播稿。他还给《工人日报》写小故事，介绍工人点滴先进事迹。他是《南昌晚报》的特约通讯员，也经常配合记者来厂采访。

他还做了一块板报，在工人下班必经的门口，用毛笔书写。下班时，工人吃完饭就围着看。内容也无非是些好人好事、技术革新等，每天及时报道，为生产劳动加油鼓劲，助阵呐喊。

在那个非常的年代，他曾下放车间劳动。每天重复着从翻砂车间搬运后桥半轴铸件，两人拉着一辆板车，到八车间矫正，再送到四车间底盘车间上机床加工。

现在想来，他觉得这是一件好事。他年轻时腰椎间盘突出，医生要他住院。而到八车间搞搬运，竟让他不治而愈。杨田福说，到现在都没有复发，你看我腰板是不是还挺直的？

他们除了上班，就是看书。大礼堂有舞厅，但他从来不去，从不逛街。他看哲学、中文和杂书。他在宣传部正好管干部学习，起草部长发言稿。除了自学，他还上南昌市夜大中文系，直到夜大停课。后来省政府还发文，补发了大专文凭。

二

那些年，实行粮食定量供应，他每月 34 斤，上午 10 点肚子就饿得"咕咕"叫。在食堂吃饭，没有油水，几毛钱的红烧肉难得吃到一回，而被称为"无缝钢管"的空心菜却久吃生厌。

食堂边有个小卖部，卖包子馒头，没有肉包子，用伊拉克蜜枣做馅，他一次买 10 个，一眨眼就干掉了。但不是每天都有这样的好口福。

他是团支部书记，中午提前下班，组织青年去帮厨。食堂里排着长队，买好饭的人从队列中挤出来，端着饭碗边吃边去车间，有滋有味。在饿得两眼放花的人看来，那种吃饭的姿势，着实令人艳羡。

每年开一次职代会，照例要聚一次餐，也没有什么好吃的，但人多，热闹，有点大家庭其乐融融的味道。对于饿汉来说，也能混个肚圆。

1960 年的一天，杨田福没想到的是，父亲突然从老家来到厂里，事先也没写个信打声招呼。

当时杨田福工资只有几十元，农村尚有老祖母、母亲和弟妹，一大家人，光靠工分是不够吃的。父亲是生产队里的会计，分的粮食根本不够吃，加上自然灾害，歉收。父亲来这里是想省点粮，但他又能咋办？几年没见过父亲，既高兴，又焦虑。

来就来了吧，总不能让父亲回去吧？跟自己在一起还有一口饭吃，他是老大，替父分忧，责无旁贷。父亲跟他一道住宿舍。还好他住的是大间，有空床位。

不知为何，宣传部长吴天佛知道了，他跟颜振谱书记汇报：小杨父亲来了。

令他感动的是，不久颜书记亲自去民政局帮父亲办了个户口，放在食堂里，这样父亲的饭票就有着落了，并且安排父亲到供销科仓库当搬运工。这下好了，父亲仍旧跟他住在一起，还可以上班，工余父亲可以帮他洗洗衣服。

约莫过了一年多，来了政策，要求农民工返回原籍。

组织部长委婉地对他说，你是否动员父亲回去？杨田福 1960 年 12 月入的党，领导了开口，还能怎样？何况家里有老祖母和母亲，没个男人也不行。

他跟父亲说了，父亲没吱声，就默默地背起布包回家了。

这件事想起来，他就后悔。父亲要是不走，到现在也是一名企业职工，城里人。他怎么就没想到，把父亲的户口迁到哪个人家去？那时实行户籍管理制，没有户口意味着黑人，没有粮食。当时他很单纯，只有绝对地服从。

不过，父亲当时没有一点犹豫就走了，说明他也很惦记家里。来江拖，能吃饱饭，把身体也养好了，回去做农民，也没啥不好。

三

杨田福同妻子是在 1969 年国庆结的婚。

党员登记时，支部讨论他妻子家庭情况后，不予登记。

妻子的外公，名叫蔡希欧，1902 年生，在九江大学当数学老师。他每月拿出工资的一部分帮助那些可怜的孩子，却被当作特务抓起来。

瘦弱而善良的外公，每天都在监牢里诵读《毛主席语录》。

杨田福正和妻子恋爱，不给他党员登记，他并不害怕，因为他知道事出有因，终会水落石出。有人劝他和妻子分手，他坚决不从。

恋爱时，妻子常去牢房给外公送东西，去农场看望劳动的母亲。她很痛苦，但他们的爱情则成为她唯一的支撑。妻子一边上班，一边不停地上访。

前后羁押 22 个月，外公放出来时，公安部门的人到女儿单位和居委会开会宣布：外公的问题子虚乌有，纯属学雷锋做好事。

外公回家来，更加憔悴清瘦，走路有点歪歪踩踩，但像没事人似的，依然没有半点埋怨。得知外孙女结婚了，非常喜悦。

杨田福同妻子结婚时，因受牵连，没有鲜花，也没有酒席，只在居委会打了个证明，就算是合卺了。江拖在坛子口有宿舍，他分到了一间，自己加盖了一间厨房。

妻子高中毕业，人很漂亮，身段就像《红色娘子军》里的吴琼华似的，是江拖子弟学校的老师。杨田福单身宿舍的窗口正好对着她的办公室。他和室友经常偷窥，指指点点的。尤其是下雪天，她看过去，那种朦胧的美，是少女的童贞散发出来的光芒，使他目光炽热，令他心醉神迷，值得为她刀山火海。

后来机会来了，杨田福到江拖夜大代课，讲毛著，她当班主任，他俩自然就认识了。

1968 年的一天，她找杨田福讨要毛主席像章。他是宣传部的，厂里可以制作像章，正好手头有一点，她挑走了最好的一颗，不多话，扭头就走。

之后，他琢磨着，她拿走的可不仅仅是像章，还有别的什么。是的，她拿走的东西恰好是他正在获得的东西。他忍不住再去找她，把两人间正在发生的事情往前推进。一来二往，事情就这么成了。

第一万台拖拉机下线盛况

（右页图）江拖女工

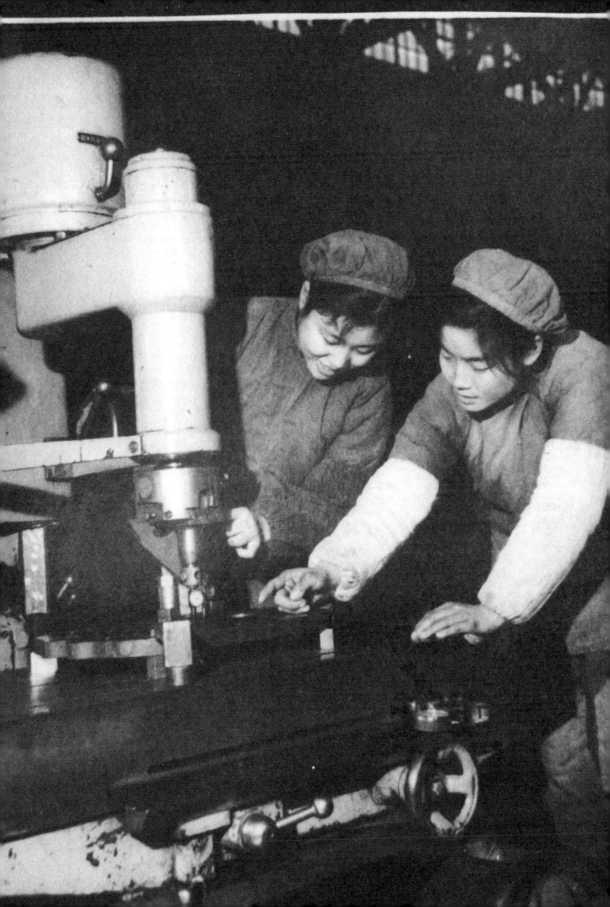

四

在江拖工作 20 年后，他调往别的单位。后来，他还当过黄智权省长的秘书。

去年，他做了 3 集《难忘江拖》的视频，寄托他怀有的一份感恩之心，江拖毕竟是他成长的地方。

十几岁来这里，他原是家乡的一名乡村教师，当年也算是知识青年进厂了。1960 年他在江拖入党，分别在宣传部、党办、组织部等要害部门都待过，都是领导信任的地方。即使离开了几十年，却令他永生难忘。他很怀念老领导、老同事，所以想用视频将过去的一些事情记录下来。一些老同事看后，都感同身受，一致称赞，且留下感言。

杨田福说，南昌的大厂，除了洪都就是江拖，其次才是南柴。

江拖生产的是南方水田拖拉机，属于国家布点的大型企业，包括邵式平在内的革命老前辈非常重视。

丰收180-3型拖拉机在上海郊区进行水田作业

他很有感慨地说，职工们发扬了吃苦耐劳的精神，发挥聪明才智，最初弄一台英国进口拖拉机做样机，拆开来，没有图纸，一样一样地仿制，才造出了第一台拖拉机来，这就是八一牌万能拖拉机，即丰收 -27。

　　不能不记住，有一批老工人，有的是举家从上海迁来支援建设，有一批技术人员从洛阳拖拉机厂来，从事设计工艺专业，另外还受益于苏联的援建，加上本地原来修理厂的技术人员，诸方因缘具足，多方面力量的组合，才使技术有了保障。

　　1958 年，江拖招工，从上海招来一批的学徒，文化程度较高，成为江拖骨干力量。他最初所在的工艺科长倪福根是无锡人，他是从洛拖过来的。党委书记颜振谱，是部队少校。组织部长梁衍胜，是南下干部。

　　他记得邵式平来厂里，一般不打招呼，直接开车到车间。他来过多次，他很重视产品质量，那台德国进口的精密机床，便是邵式平亲自赴京要来外汇购买来的。

　　杨田福说，曾在中苏友好馆（省文联内）听邵式平做报告，讲哲学，讲猴子变人。邵式平大块头，中山装。八一大道、八一大桥、江西宾馆、省府大楼等都是他主持建造的，雄伟大气，富有前瞻性。他去世时，人们自发走到八一大道给他送葬，中央领导人送了花圈。那天人很多，杨田福也去了。

　　最后，杨田福笑笑说，唉，一切都过去了，时间过得真快。往事如烟，我们唯一可做的就是记住它们，别忘了。

江拖俱乐部

赵志坚 一生执著在机械

受访者：

江西拖拉机制造厂赵志坚，1935 年生。

在一栋普通的宿舍楼里里，我们轻轻地叩开了赵志坚的家门，室内朴实无华，但干净整洁，赵老精神矍铄，腰板挺直，头发纹丝不乱，采访就从问候身体进入话题，以下是口述记录——

一

我退休 20 多年了，现在身体还好。

我是 1951 年 11 月 15 日报考江西省工业厅第一批招考的工厂企业学徒工，被录用的有 30 名，分配到当时的江西省农业厅农具工厂。

这厂的前身是联合国善后救济总署（江西分署）的机耕队，解放后只有几辆拖拉机和一些维修设备，还有几名拖拉机手及维修人员，在象山北路还有一处场地。

接管后，为了支援前线，工厂接受维修枪支的任务，我进厂时还看见过一些枪支的零配件、试枪的掩体。

厂子逐年扩大，工程技术人员不断招收进厂，购进的设备也多了，产品也由原来生产的车牛盘（抽水用）、喷雾器、轧花机、中耕器等简单的农用机械，转为生产 120 马力的煤气机、30 马力的柴油机。

原来厂子面积很小，主管部门决定重新选择新厂址。1954 年，南昌市张云樵市长带领王峰厂长及有关部门负责人来到市郊选址（现在叫坛子口的地方），张市长指着铁路西侧一块有丘陵和水塘的空地说，这块地就划给你们建新厂。

迁入新厂后，全厂职工增至 400 多人，生产 120 马力的煤气机，30 马力的柴油机等一批新产品，不仅可以供农用排灌动力，还可供船运动力，厂名也改为江西机械制造厂。

毛泽东作出"农业的根本出路在于机械化"的指示，1958 年，厂里提出制造拖拉机的设想，很快得到省市领导的支持。

生产什么样的拖拉机？怎样生产拖拉机？一段时间成为全厂职工关心和议论的问题。

有些原在机耕队工作过的职工了解拖拉机技术要求很高，厂子现有设备和技术水平很难造出来，再说连图纸和技术资料都没有，怎么办？

当时负责全厂技术工作的曾昭明总工程师提出：解放前机耕队留下几辆英国产的弗格森牌拖拉机，体积小，重量轻，转弯半径小，灵活机动，很适合水田耕作，建议选这种机型。

厂里采纳曾总的意见，决定制造这款水田拖拉机，没有图纸，就把拖拉机解体，测绘全部零部件，全厂总动员，为早日造出中国第一台水田拖

1965年，职工们研究新产品开发问题（左
二总工曾昭明，左五副总工赵志坚）

拉机而奋斗。

各车间都组织车间技术骨干攻关。如铸造车间解决气缸
盖的铸造问题，第一道工序是制造木模，这个零件很复杂，工
人把汽缸盖解剖成很多小块，把图纸和实物对照加工木模，机
加车间遇到半轴齿轮齿形加工问题，因为厂里没有创齿机，车
间就组织5位8级工，号称40级技工，攻克了这一难关；弯
工车间加工轮毂，材质是合金钢板，厚度0.8厘米，压制成锅
形，没有大型冲压设备是加工不出来的，怎么办？工人就打地
炉，炉中烧的是焦炭，将铁板放上去烧红，再把烧红的铁板放
到模具的下模上，上面用粗螺杆吊起，再用4根导杆控制的上
模块向下压，四五人围在一圈，拉住扳动粗螺杆的大手轮，喊
着号子把上模块压下去，将钢板压成锅形，拖拉机的轮毂就做

八一牌万能拖拉机接受检阅

成了。

　　拖拉机后轮胎买不到，邵式平省长就请轻工业厅厅长前往南昌橡胶厂动员职工攻克难关，结果也解决了。全厂日夜加班，不知疲倦，没有一点私心杂念，一心想把拖拉机制造出来，支援农业生产。

　　人心齐，泰山移。克服重重困难，拖拉机终于总装完成。

　　开始试车，开出总装车间不到100米，发动机循环冷却水温升高到沸点，冒出蒸汽。工人们就端着脸盆往水箱里加水，让它冷却。工程技术人员和驾驶员琢磨，是不是机体和气缸盖的循环冷却水道堵塞了？把机器拖回到总装车间，拆开来检查，终于找到原因，是冷却系统出了问题，立即着手改进，经过多次试验，终于获得成功，全场欢呼雀跃。

一天晚上，省领导正在开会，我们把刚试制出来的拖拉机开过去报喜，领导和机关干部们都站在办公室门口迎接，一看见"咚咚"作响的拖拉机，个个都非常高兴，给予我们极大的鼓励，这是新中国造的第一台南方水田拖拉机。

今后厂子怎么发展？当时农机部部长陈正人主张在江西建水田拖拉机厂，邵省长高度重视并支持，同意将江西机械厂扩建为水田拖拉机生产基地，并批准厂子改名为"江西拖拉机制造厂"。

从接管机耕队，到1954年扩建新厂，再到1958年造出拖拉机，建成江西拖拉机制造厂，实现了几次大跨越。

1962年，赵志坚业余学习技术

首任厂长王峰是位好厂长，他特别爱惜人才，哪里有大学生就千方百计去哪里谋求。初期进厂的工人文化水平普遍较低，为提高职工的文化水平，厂里创办了夜校，从扫盲到高中开办了许多班级。为培养熟练的技工（5级工以上），又创办了业余大学，我就是其中的受益者。

我把所学的这些知识运用到工作中，取得了一点成绩，受到了上级部门的肯定，并参加过两次全国劳模表彰会。后来又破格提拔我这个8级技工为江拖副总工程师，主管新产品的开发。

王峰厂长特别关心职工的业余文化生活，参加文体比赛的名次都位居

1977年，新产品试制成功

全省前列。王峰组织篮球队跟其他企业比赛，赢了就奖励去浴室洗澡。工人上晚班，馒头稀饭凉了，厨师不想熬夜，找王厂长，王厂长半夜三更到厨房，蒸馒头，热稀饭。厂里凝聚力强，大家养成了有事找王厂长的习惯。

江拖破产时，王峰厂长流下了眼泪。

江拖破产前，市领导到我家做解释工作。我对来家里的领导说，虽然我对江拖破产不理解，但也无权改变市政府的决定。我想提点意见，江拖工艺水平、设备落后，可以进行改造，但是江拖这支既有技术又有管理人才的队伍，是从老爷机床上和一把锉刀、一把榔头中慢慢锤炼出来的，从40多人到四五千人，涌现出很多技术人才，其中高工就有200多人，还有一批技术熟练的工人，直到今天依然有相当强的实战能力，而破产导致的人才流失，对我市以后的工业发展不利。

二

　　江拖建厂以来都是师傅带徒弟的形式培养技术工人。我学徒时，师傅是当时厂里最高的8级工，他叫黄鹤龄，他问我，长生，你在家里时，钉子不用工具能取下吗？我说，可以，我先弄弯，再慢慢摇晃就出来了。师傅点点头说，你懂了，我告诉你，加工超过机床尾座长度的零件也是这个道理，一头卡紧，一头支撑，转转就下来了。

　　师傅用的是启发式教育，他传授的这个技术让我受用了一辈子。江拖带徒弟的师傅都是这样，好多优秀的工匠都能毫无保留地传帮带。

　　"文化大革命"开始不久，江拖的小车库门上，从上到下贴了一张硕大的大字报，写的是："赵长生狗胆包天，革命群众天天高喊毛主席万岁，你却天天叫长生不老，是何居心？！"

　　我原名叫赵长生，是父母取的名字，从出生就这么叫，从没想过这也是罪过。第二天，厂里的另一批职工以同样大小的大字报贴在这张大字报

1960年，赵志坚攻克技术难关

的旁边，建议我在这种不讲道理的人面前要坚定一点，干脆就叫"志坚"吧，就这样，我把名字由赵长生改成了赵志坚。

1966年国庆节，各省选出各界代表组成观礼团去北京观礼，我很荣幸地参加了江西省观礼团。此前报批的名字是赵长生，江西省观礼团到达北京之后，负责接待的人员发现名单中没有赵长生，于是前来询问，我听到后连忙回答，我来啦。代表团其他人都帮我解释，赵长生是之前的名字，而我也将改名的始末，向接待人员作了解释说明。

1967年2月我以"工贼"的罪名被关进了南昌市公安局老福山看守所，27个月之后，从看守所放回厂监督劳动。在监督劳动期间，有一个军工企业委托江拖协作加工军工产品，加工时出现了状况，时间又紧急，眼看任务不能按时保质完成。

当时厂革委会负责人找到车间负责人，让他找我来做，车间负责人是我的师兄弟，他来找我，说明来意，我拒绝了，我说我经不起这种风险。车间负责人找我多次，最后说，他相信我能按时保质完成任务，如果真出了问题，他承担后果。

我只好同意了，但我提出一个要求，请他派一个他们信得过的人来监督我，任务接下来，我就一门心思想干好，没想过别的，很快任务提前完成了，质量也确保，军工企业表示要送感谢信。

1970年，我全家下放到宁都县农机厂，1973年才恢复了厂副总工程师的职务，新任命为革委会副主任。时隔不久，我再一次被撤职，直到"文化大革命"结束才恢复工作。

1970年，赵志竖下放宁都农机厂，用蚂蚁啃骨头的办法生产出150千克的空气锤

三

　　萌发对自行车的创新是 1977 年，我在南昌市政府工作，家还在江拖职工宿舍，每天都有小汽车接送上下班。我在车内经常看到骑车的人等红灯时摔倒，我就想，如果设计人员把车轮改小，鞍座放低，骑车人就不容易摔跤，多好呀。

　　从此，我便在业余时间思考这个问题，并着手设计一种小轮车，虽然车轮小多了，鞍座放不低也不行，最后想到用前蹬驱动，把鞍座调到和家用的椅子

研制无链条自行车

研制的小轮自行车

一样的高度，试制一辆样车，效果很好。接着江拖生产了少量样车送到广交会展示，引起外商的兴趣，积极购买，因为江拖没有量产的准备，没敢接订单。

为了满足外商的好奇，工厂参展的人员把样品都拆开，展示内部结构及主要零部件给外商拍照。两年以后，国内一家报纸报道一则消息，介绍国外发明了一种前轮驱动的自行车。我对这家报纸驻江西记者说，我们自己设计的产品没报道，而国外剽窃我们技术做出的产品，却在我们的报纸上作介绍。后来，这位记者写了一篇"我国又失去了一项专利"的内参。

之后，琢磨自行车就成了我的业余爱好。退休以后我有了更多的时间来研究，这既充实了生活，也能得到锻炼，有益身心健康。现在我在研究试验自行车一种新的传动系统，叫"行星齿轮无级变速系统"，它不同于现有的链条变速系统，不用链条。如果这种传动系统能成功，就能在传统产品创新上有一点突破，我会努力实现这个目标。

附记：

2019年5月8日，春末夏初，青云谱政协主席胥萍一行拜访了在家颐养天年的老领导赵志坚，带去了鲜花和水果，赵老和爱人热情地迎接了我们，他说，鲜花我收下，水果还是拿回去吧，我虽然老了，还是党员，不能接受礼品。

我们就在餐桌旁边坐下来，他爱人泡茶，然后拿来香蕉分给大家吃，赵老和颜悦色地接受访谈，还从他的书房找来了报纸和杂志，供我们参考，上面有记者或作家写的长篇报告文学。采访长达两个小时，赵老不曾起身，他一直在回忆往事，话语中不乏幽默，杂以笑声。

有关资料显示，赵志坚，1935年生，江西南昌人，全国劳动模范，历任江西拖拉机制造厂副总工程师、党委书记，江西省总工会副主席，中共江西省委常委，江西省革委会副主任，南昌市委第二书记，南昌市市长，江西省经委副主任，第三届、第四届全国人大代表，中共十一届、十二届中央委员。

采访结束后，他还兴致勃勃地邀请我们去楼下储藏间参观他的工作室，一打开门，里面充溢着一股机油和润滑油的气味，五六平方米的空间内摆满了各种工具，更多的位置让给了自行车，里面干干净净的。显然，赵老经常在此活动，这里就像是他的书房，或者是园囿，喜爱之情溢于言表。我们为赵老老有所为、老有所乐而高兴，祝他有志者事竟成。

要把招牌扛下去

受访者：

江西拖拉机制造厂邬桃英、胡荣俚、赵斌、邓玉梁、赵向荣、杨汉楼、熊明耀。

这次采访，很大程度上是抢救式的。再过去十多年，恐怕就难找到江拖变迁的见证人了，所以，我们感到前所未有的紧迫性。尽可能地多接触一些老人，哪怕是回忆一个片段，哪怕是三言两语，也都是吉光片羽，分外珍贵。

因为历史在他们血管里流动，人们可以倾听到那隐秘的回声。

邬桃英

2019 年 4 月 4 日，在江拖旧址所在的社区采访了邬桃英。

江拖建厂50周年暨丰收大楼落成庆典

她 1941 年生，1958 年初中将毕业时，从上海由江拖招徒进厂。此前，她丈夫 1956 年支内，早她两年进厂当钳工，参与了第一台拖拉机的制造。

50 年代末，邬桃英是优秀徒工；60 年代末，被评为省劳模。70 年代当车间支书；80 年代，走上厂领导岗位，任纪委书记。90 年代末退休。她见证了江拖兴起、发展、壮大，乃至衰落和破产全过程。

她还记得丈夫说过，制造第一台拖拉机时，把一台英国弗格森牌拖拉机给拆了，一样一样地仿制，工人们夜以继日地赶，兴高采烈地向省里报喜，然后是去天安门参加五一游行……

1996 年 11 月 18 日，江拖建厂 50 周年暨丰收大楼落成，江拖举行了一个隆重的庆典，之后不到四年就宣布破产。青云谱电视台采访她时，她流下了眼泪。她说，蛮好的一个厂子，就这样没了。

　　我们的采访时间很短，她没说下去，不得不草草结束了。这时，她突然想起一件好事似的，告诉我们，再过几天，将有100多人的聚会，是江拖老职工出于怀旧，自发组织的文艺晚会，她满是期待。笔者当即表示，也想感受一下。可是邬桃英没有告诉时间地点，好像她内心有一个桃花源，"不足为外人道"。

　　就此别过邬桃英。

　　正当我们在老厂区徜徉、寻找往日的蛛丝马迹时，邬桃英从回家的路上折回来，似乎有些过意不去，陪我们参观了生活区几栋老房子。一边看，一边跟我们介绍。有时，她不做声，只是默默地看着，似乎还在思考，寻找某个百思不得其解的答案。

江西拖拉机制造厂全景俯瞰图

胡荣俚

4月16日，采访胡荣俚。

他1943年生，1958年9月从南昌12中初中毕业，进江西机械制造厂当学徒。

70年代，他作为南昌市笔杆子，被选调到市委组织部重点培养，二三年之后，回到厂里。他曾当过赵志坚的秘书，胡荣俚认为，赵志坚是工人出身，搞了很多发明。当年做他秘书，让自己在运动中躲过了一劫。

全国拖拉机厂家在江拖开现场会，江拖在大会上推广经验，书记所做的报告就是他起草的。

2000年，他结束了自己的职业生涯，写的最后一篇文章是《江拖大中型企业为什么陷入困境》，全文刊登在《工人日报》上，以半版篇幅推出。

总厂办公大楼

他最引以为自豪的是，江拖是全国八大拖拉机制造企业之一。另外，江拖有三宝：艺术团、足球队和书画。

晚年，他不想出门，宅在家中看书，这成了他一大嗜好。他喜欢看《资治通鉴》，似乎想寻出一点兴衰成败的原委来。

赵斌

5月10日，采访赵斌。

几位采访对象大多是他提供的，基本都采访到了，只有江建林没能联系上。赵斌说，江建林是江拖最后一任厂长书记，任职时间很长，对江拖很有发言权，如今70多岁了，他是农机研究生毕业。破产时，他应该是内心最复杂的一个人。

本来赵斌属于江拖子弟，我们还想采访一下他父亲，据说他是上海同济大学毕业的，当年到南昌支内才进江拖的。出于某种考虑，他没有接受采访。

赵斌，1967年生，1984年进厂学徒，分别在总装车间、团委和劳资处干过。江拖破产后，2000年成立南昌机械新丰管理处，解决江拖遗留问题。另外成立新丰实业发展公司，两块牌子一套人马，归属南昌市工业控股。赵斌在管理处担任纪委书记兼工会主席。成立之初有33人，现在只剩下10多人，自然减员，只出不进。

新丰解决遗留问题，压力很大，往往是苦涩面对。因为遗留问题委实太多，还有疾病、劳保方面的问题。生病了的，不能退休的，江拖丢不掉的，全在这里管。

管理处化解矛盾，帮助职工排忧解难，召开过各种座谈会，分头做工

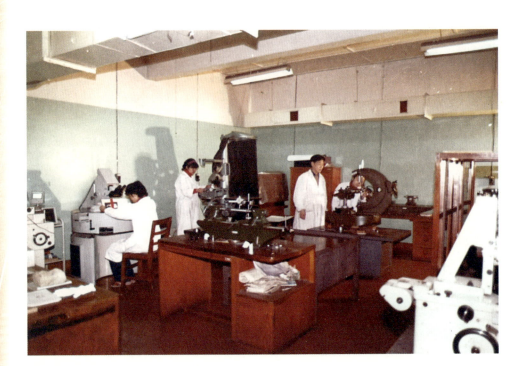

江拖检验室

作。十多年过去了，江拖在慢慢地从企业过渡到社会。

老人们还会有一些活动。当年江拖的生产区变成了楼盘，有时在一个小饭馆里聚餐时，大家坐下来第一句话往往是，这里曾是什么车间？

赵斌说，如今破产 20 年了，再过 10 年，大多数老人差不多都不在了。

是的，也许时间是一个最好的留守处，它会医治一切创伤，解决一切问题。

（右页图）江拖发动机总装车间

邓玉梁

11 月 28 日下午，采访邓玉梁。

他 1940 年生。1958 年进厂自费学徒，1962 年在省军区参军，1968 年回厂到政工组和工会工作。之后到党委宣传部，直到退休。

他说，江拖和洪都的宣传队不相上下。如果有什么不同的话，洪都的或许要洋气一些，统一的西式服饰，吹奏的是西洋乐器，大合唱较强。江拖要本土一点，跳舞、二弦三弦较强。江拖的队伍尽管是业余的，但达到专业水准。职工四五千人，加上家属，共计上万人，每场只能一二千人观看，需要演出几个场次，才能满足全厂的需要。

江拖的足球和文宣队，公认是两张王牌。足球队和省队、洪都队老拿前三名。

约在 1969 年春节前后，省歌舞团团长带队，江拖宣传队代表江西省，

原江拖艺术团千禧年聚会合影

20世纪60年代的江拖艺术团部分团员合影

前往瑞昌县码头公社演出，慰问"五七"大队（干部到农村接受贫下中农再教育）。那里下放的都是省文艺单位的，有的是知名艺术家。

那天，鹅毛大雪纷纷扬扬，荒山野岭，白皑皑一片，只有山雀在蓬间起落。他们走在山道上，用装道具的箱子当雪橇，一路滑行着。路边草丛里，露出一些红艳艳的小果子，增添了点点暖色。

"北风那个吹，雪花那个飘，雪花那个飘……风打着门来门自开……"谁带了一台上海春雷牌收音机，播放着郭兰英演唱的歌剧《白毛女》选段《北风吹》。

走了很久，才到达村里。狗不停地吠叫，孩子们全跑出来了，一时大家成了山村的稀客。

去了30多人，邓玉梁负责领队，演出持续半月之久。过年都和百姓一起吃忆苦思甜饭，吃得无人再敢回到解放前。记得其中有舞剧《一只破

088

邓玉梁拍摄的获奖照片

碗》，有独唱《苦菜花》《红梅赞》。

邓玉梁搞了几十年摄影，但他像很多发烧友一样，不愿使用数码相机，他获得过江西省第十二届摄影赛金牌奖。一个俄罗斯人坐上他们的拖拉机，他事先守候在那里，当老外伸出大拇指时，他及时按下了快门，该片也获奖了。

1991年，他办内退，照片都交了公。回家开了一个小店，赚点钱给儿子结婚。

邓玉梁说，江拖破产都这么多年了，听说还有人对它感兴趣，我很愿意接受采访并提供线索。他有慢性病，12点出门，从凤凰洲坐公交，下午2点到社区，比约好的时间提前半个小时，一直在会议室等候。

赵向荣

赵向荣，1940年生，江拖生产计划科科长。

1958年，他通过南昌市自费学徒考试进江拖，在机修车间做钳工。1960年保卫科干事。1964年，任生产计划科科长，直到1994年退休。在厂里工作30多年，几乎见识了江拖兴起和破产的全过程。

他说，什么是江拖精神？

首先是自力更生、艰苦奋斗精神。从生产农机15马力的柴油机，到30马力的煤气机，到生产第一台水田轮式拖拉机——八一牌万能拖拉机，

江拖生产的拖拉机在上海郊区进行耕作表演

乃至一系列型号不同的拖拉机，是一串了不起的成就，厂子从小到大，到全国有影响的大型企业，都是建立在依靠自己、奋发图强基础之上而取得的。

其次是敢于创新，勇于拼搏。设备、模具，在别人的基础上改进，重新设计。如拿英国旱地拖拉机进行改进，重新设计，经过几年的攻关，终于实现了旱改水的重大突破。

其三是无私奉献、当家做主的主人翁精神。生活艰苦，工资收入低，月薪一般都是 30 ～ 40 元，经常加班到深夜，没有加班报酬，无非是 3 毛钱一碗面。虽然如此，精神面貌好，积极向上。人际关系简单而纯洁，团结互助。干群关系和谐，干部经常参加劳动，每周去一线劳动两次，党员吃苦在前享受在后。

谈到破产，赵向荣不是滋味。他说，转眼间，生产区变成了生活区，车间变成了高楼。

回想从前，他进江拖时，满眼是一片田地，厂房、车间、宿舍，一幢幢建起来，还有修筑大马路，都是他亲眼目睹，并参与了建设。很多车间最初就是茅棚。

厂里最初生产八一牌万能拖拉机，之后是 180，之后是 30 拖拉机、50 拖拉机、农用车、水陆两用坦克部件、矿山机械、水电站设备，还生产过步枪部件、无链自行车等。

厂里曾提出的经营方针，半碗饭在国内，半碗饭在国外。提出年生产万台拖拉机，江拖每月生产 800 到 1000 台。这些目标江拖都是跳起来摘桃子，先后都达到了。江拖在生产和管理方面在全省数一数二。

杨汉楼

杨汉楼心中满怀昨日的激情，也许还有一丝淡淡的伤感。

1958 年 5 月，江西机械制造厂试成立，便到各地去招生。杨汉楼在上海报的名。10 月进厂，到车间做模具钳工。

半年后，增加科室人员，从工人中挑选。杨汉楼高中文化，能写，被选中，担任团总支宣传委员，后调人事劳资科，直到退休。

他说，1958 年建造第一台拖拉机后，江西机械制造厂知名度很大，两年进 1000 多人。1959 年，达到 5900 多人。

神速之下出现了奇迹，却埋下了诸般隐患。因拖拉机技术问题，1961 至 1963 年间不得不停产整顿。

史无前例的年代，尽管单位名头很大，闹得轰轰烈烈，但生产并没有完全停下来，工人坚守岗位。而单位效益，则在 1978—1979 年最好。

改革开放后，江拖每年上缴利税 1000 多万。

江拖曾经有自己的铁路专线

　　1999 年，江铃向江拖租赁场地，之后江拖又进入破产程序，是南昌市唯一一家政策性破产单位，在岗人员划归江铃重组。江铃又引入印度工业企业十强的马恒达公司合资，进行第二次重组，依然没能重振雄风。

　　杨汉楼感慨地说，从翻砂到组装，从钢材到开出拖拉机，发动机、底盘全都是江拖制造。江拖具有强大的研发团队，精干的技术队伍。

　　工人穿的是工作服，口袋上有拖拉机标志，戴一顶帽子，走在大街上，自信满满十分自豪。晨时上班，从大门进来，浩浩荡荡，如大军过境，雄师绝江，前后持续达半小时之久。

　　他说，那时的生活有一种平淡的快乐。思想单纯，没有奢望。工资不

江西拖拉机制造厂厂歌

高，但福利好。

江拖发苹果，是用列车运来的，双职工发两份。有一年从山东运来几车皮，其中一次是猪肉。每年都要在职工食堂举行年终聚餐，以车间为单位，六七千人欢聚一堂，热闹非凡。

子女大学毕业，可进江拖；还可以顶替自然减员指标，每年四五十人，职工无后顾之忧。

江拖有两个食堂，不以营利为目的。有职工医院，可以独立完成手术，医务人员就有七八十人。有电影院，每周放电影。

杨汉楼说，那时过年，有几件事情要做，其中洗澡，有浴室；理发，有理发室。厂里有锅炉，有开水房，家里不用烧水，起初不要钱，后来才一分钱一瓶。周边争着到这里洗澡，人多时还要占位子，有洗澡票不一定有位子。衣物存放间是一格一格的，有锁。浴室由"豆芽"守门，她是位瘦如豆芽的女性，原则性极强。

理发师邹文程，原是胜利路东方红理发店的高级理发师，水平高。

理发室有一把转动的椅子，带扶手，分几节，可以躺下来。他理发时，一根短发都不会落到脖子里。完全靠手工剪，发型根据人的脸型、年龄、职业、性格等来定。手法轻柔娴熟，剪，理，刮，掏耳朵，剪鼻毛，如游鱼戏草般轻缓。躺在那里，不知不觉就会睡着，简直是一种享受。他时常征求意见，用镜子照照，行吗？不行就修。他用心做简单的事情。而且不管对什么人都是平易、热情，一视同仁。

"李老头"老婆早丧，两个侄子，一个侄子过继给他做儿子，也不知道他真名。原在门房搞收发，一个厂子那么多订报，那么多信件，尽管他没啥文化，每个科室都可以准确送达，全凭着好记性。订单贴在墙上，哪个部门几份，了然于胸。

后来他调到浴室，住平房第一间，另外还搭了一间厨房。他非常负责，年轻人在浴室有谁不守规矩，拍拍他的肩头，就管上了。发现谁在浴室洗衣服，马上把人拉出来，一点都不留情面。全厂人都服他气。

他还有一件事是，上下班在生产区门口打钟。钟身有一尺来高，中间有一只铃铛。他打得非常准时、响亮、威风，打了一二十年。打钟时，他的身子微微摆动，目光一边注视着铃铛，一边如雷达般大范围扫视、搜索，此时，人们的脚步或许显得有些凌乱，但没人敢有半点迟疑。

熊明耀

熊明耀，1941年生，1958年进厂，江拖足球队前锋前卫。

他说，江拖与洪都都是老牌足球队。1953年江拖就成立了足球队，老队员曾代表过江西省到全国参赛。1956年后，王峰厂长更加重视足球。在南昌市举办足球赛，江拖一般都是冠军。

全厂有十四五支足球队，职工不是队员，就是球迷。每个车间都有足球队，每年举行职工比赛，然后组成联队，再与外面的球队比赛。厂里有两个足球场，总厂分厂各一个。

熊明耀1958年进厂就进了足球队，当时有两个队，他在二队。1960年他进了一队。担任过足球队长。比赛只是业余的，而生产才是主要的；

（上图）江拖足球队在市足球
赛夺冠照

（中图）江西省第三届工人运
动会足球赛由江拖组队加南
柴、四机等厂个别队员组成

（下图）江拖厂足球队一队20
世纪50年代到20世纪60年代初
的队员

比赛他们是冠亚军，生产中也是标兵。他很敬业，年年先进工作者。

江拖破产后，老队员每年都要聚会一两次，10年一大聚。大家回忆球队南征北战的日子，回忆生产生活中的点滴细节，相互慰问和鼓励。近几年，他们还建了一个微信群，彼此联络。

值得庆幸的是，江拖足球后继有人。

尽管厂子早已不在了，可江拖的子女却自发地成立了海峰足球俱乐部，一直还活跃在省里。"海峰"是江拖子女办的实体，这支球队有20多人，40到50岁的都有，四处征战，常拿冠军。熊明耀的两个儿子也都在海峰俱乐部，老大50岁，老二46岁，十足的一个足球世家。

江西省足协一位副主席曾在场外鼓劲说，你们这些江拖职工子女，只要人还在，就要坚持把这个牌子扛下去，打出父辈的威风来，毕竟它曾经辉煌过。厂子虽然不在了，但一定请牢记，江拖的精神不能倒。

这些年来，江拖子女正是这样默识心领地去做的。

原江拖足球、篮球队队员六十周年联谊会合影

地下侦察员印余生

受访者：

南昌保温瓶厂印余生，1931 年生；高德宝，1934 年生。

上

南昌保温瓶厂的前身，是私营企业伯特利玻璃厂，于 1937 年 8 月在浙江宁波创办。抗战时期，先后迁往泰和、吉安和乐平。1946 年 2 月，迁到南昌市。1954 年公私合营，易名"江西玻璃厂"。1975 年 5 月，定名"南昌保温瓶厂"。

1979 年，本着哪里需要去哪里的原则，印余生以洪都机械厂军代表身份转业到南昌保温瓶厂。

保温瓶厂属副县级。起初他任办公室主任，一年后企业整顿，任副厂长。领导班子 1 正 4 副。当时没有厂长，他主持工作。

保温瓶厂老厂房

印余生说，因得到组织信任，他拼命干。早上 6 点之前上班，晚上 8 点之后回家，朝出暮归，披星戴月。

这是江西省唯一一家生产保温瓶的厂家，属国家确保单位，1500 多人，厂子穷，意见大。印余生贷款 380 万对工厂进行扩建，同时建造家属宿舍。不久产量上去了，达到年销售额 200 多万。第三年利税 100 万，列轻工单位第三名，在青云谱排老大。最高峰时，有 2100 名员工，1981— 1983 连续 3 年境况很好。

1983 年换班子。曾出现过"保温瓶不保温"的现象，被《人民日报》曝光，责令退货，产量直线下降。前后 10 年间，更换了数任领导，厂子面临崩溃，不得不彻底改组。

厂里生产需有煤气包，属易爆品，加上烟尘大，又在铁路边，有关部门责令迁厂或下马。于是厂里谋求出路，对外承包。设备是保温瓶厂的，需聘用 70% 的工人，对方投资 70%，国家投资 30%。

来了 3 批承包人，走马灯似的。每回只干一年，就干不下去了。最后一位是湖南老板，赚了一点，迁到小蓝工业园，保持原来的厂名。由于生产成本的增加，不堪承受，不得不关门大吉。

为管理退休工人工资，保留了一个班子，但保温瓶厂由副县级单位降到科级。

印余生见证了保温瓶厂前后 40 年光景，他说得简明扼要，就像保温瓶一样，直来直去，没有弯弯绕绕。保温瓶厂的式微，除了人为因素外，是否还跟人们的需求发生变化，也就是跟市场有关？

人们把开水装进一只双层的玻璃瓶胆，延时使用，数小时不会冷却。最初发明保温瓶的人，想必是很富有幻想色彩的。

以前每家每户少不了有几只开水瓶，成为居家待客不可或缺的必需品。年轻人去单位上班的头件事就是提着几个水瓶，去水房打开水，成为路上一景。可以说，勤于和巧于使用开水瓶，是较好地迈出人生的第一步、获得晋升的第一个台阶。保温瓶维持的温情岁月，以及一贯的成人之美，其惠泽可谓由来已久。

后来，保温瓶突然从人们的日常生活中消失了，更便捷的方式比如饮

南昌保温瓶厂地块开发效果图

水机取而代之。这样，即使保温瓶厂是江西省唯一一家生产厂家，也难救衰局，不能不让人为之慨叹。

当年，该厂产品质量曾达上乘，1956年，套料磨花玻璃茶杯评为全国第一名优良产品。1958年，5P竹壳热水瓶质量超过英国"首马狮"热水瓶。

下

倒是印余生富有传奇色彩的个人经历，让人更感兴趣。可以看出，最初的国有企业管理者，大多从战场上走下来的，身上还带着缕缕硝烟，这一点较有普遍性。

印余生

印余生，1931年生。江苏扬州靖江县候何镇高河村人，属不富裕的苏北地区，但地处江边，为兵家必争之地。他出生在多事之秋，日本侵华之初。

家有兄妹6人，是村里最穷的人家。不过，母亲出身书香门第，与父亲争吵时，总是念叨着嫁给父亲亏大了。她非常重视教育，他得以读过几年私塾。

那年，新四军路过家门。一个地下党上门来，看中了印余生的机灵，就动员他去当兵。父亲说，他才11岁呢，能做什么？"老板"（当时他们这样称地下党）说，不用做什么，让他去卖烧饼好了，会有报酬的。不过要到黄桥去。

印余生去了黄桥，他舅舅家也在那。他穿得破破烂烂，在碉堡壕沟边提篮叫卖，卖的是烧饼和麻圆。伪军常招他过去买点吃的。而日军拿了东西不给钱，跟着讨钱，便遭恫吓。有一次，日军用刺刀把篮子挑过去，在空中晃悠两下，"咚"地扔下来，东西洒落一地。

实际上，他是被安排到那里探听情报的，每周汇报一次。有时把老板画好的图夹在烧饼里，送到城外指定的地方，有人接应。

后来又安排他贩卖柴禾，便有机会进入日据点，厨房里的情况便摸得一清二楚。两天去一次。因为扩大了活动范围，可以提供更多的情报。这样前后有一两年。

当时新四军主要打伏击，见日军少时就打，多时则疏散。阻止日军下乡掳掠。新四军有两个团在县城边转。在一次攻城中，牺牲了几百人，主要是装备不足。

后来，新四军和百姓发动联合攻城。为打好这一仗，他受命去城里刺探情报。他妈妈是城里人，他语言地道，一身褴褛进城，频频地带回情报。几天几夜的鏖战，终于攻下来了。"老板"满意极了，奖给他一套缴获的衣服。

一天，日军一夜之间就杳无踪迹。他卖饼回来问"老板"，怎么回事？"老板"说，这两年你是新四军的地下侦察员。别问了，日军投降了。回家去，什么都别讲，要守口如瓶，不要暴露身份，马上又要打仗了。果如所言，战争爆发了。

1946年印余生担任地下交通员，因他熟悉路况。1947年初，他被编入独立连侦察班。这年新四军反攻前夕，他提供了重要情报。

1948年6月，16岁的他正式入党。

后来，印余生随部驻扎上海。中国与苏联谈判，开始组建空军力量，招收国民党空军遗留人员，有5人报名，让他们来教解放军学开飞机。挑出十几个人，印余生也被选中。

当时，上海机场只有两架飞机。先学理论，第二月再上飞机。

之后，苏联派来一个团的空军到上海，组建航校，印余生遂进入航校工作。

1967 年他从福州空军调往南昌，任洪都军代表。后来，他就转业到南昌保温瓶厂。

印余生一直铭记地下党嘱咐他的话，"要守口如瓶"。但他怎么也没想到，这个瓶不是别的什么，是只保温瓶。

如今，辗转之间，这只瓶最终还是给弄丢了，也许它注定是一种易碎品。他深感惋惜，又无能为力。他不明白，自己以往的经历，跟保温瓶是否有着必然的联系，也许就像当年学开飞机那样，他只是被选中了。

砖瓦曾作金石响

受访者：

江西晶体建材厂曾安克，1954年生。

初夏的一天，曾安克在江西晶体建材厂一间办公室接受采访。墙上悬挂着一些精美的摄影作品，署着他的名字，看来这位企业家还是位摄影发烧友。他原是教师出身，难怪显得文质彬彬。

窗外是象湖，好广阔的一片水域，周边的城市显得旷远，有点"乾坤日夜浮"的味道。一股好闻的草木气息，不时踏着湖面的涟漪飘来。岸边的柳丝轻拂着水榭，亭台在水中宛然静立。

上

他从窗口看出去，告诉我们说，1947年这里曾是一家私营企业，叫三星砖瓦厂，由三兄弟建造。实际上，三兄弟分别在相隔不远的三处，如三颗星星一般相互拱照着，各自都建有自己的窑厂，对外则是一家，合称"三星"。

可以想见，当年这三兄弟的艰辛。一年到头，他们或许大多都是光着膀子，两腿裹泥，在湖边披星戴月地劳作着。

1950年，省军区警卫连从三兄弟手上接管了三星窑厂，更名为"警昌砖瓦厂"，成为部队的一个窑厂。有段时间，市民们经常看到那些新兵蛋子卷起袖子，打着赤脚，下地揉捏泥巴，学做砖瓦。傍晚收工时，他们便下到湖里去洗澡，激起一湖浪花。那时的水很清澈，市民们可以放心地浣洗或者游泳。

窑厂由部队经营几年后，交给地方，1952年由建华砖瓦厂与警昌砖瓦厂合并，改名"江西砖瓦厂"，归省建材局管。1976年改名"江西建筑材料厂"。90年代初，江西省下放一批企业到南昌市，砖瓦厂被列入名册，从此归南昌市建材局管。

江西砖瓦厂，原来颇负名气，拿过金奖。烧出的砖瓦，质量上乘。敲打之下，琅琅有声，作金石响。窑厂从象湖中取土，黏土中含金属成分。

厂里曾做过高压人造水晶，从眼镜到电子元件，用途广泛，质量过硬，全国叫得响。另外该厂还探索生产预制板——格威板。

企业曾经历过两次分离：划出一厂为南硅厂，做建材产品；划出一车间，成立南昌水泥压力管厂。1997，江西砖瓦厂改为"江西晶体建筑材料厂"。

90年代，兴建南昌建材大市场时，高高的烟囱被炸，久积的尘埃从烟囱的下方喷射出来，几根长长的烟囱近乎垂直地慢慢塌下，不再成为一个简单的地标，像几支瞬间挥写完毕的黑色粉笔，只剩下岁月一地的破碎和粉尘，重又把平缓而柔和的线条归还给湖岸，宣告了窑厂的终结。

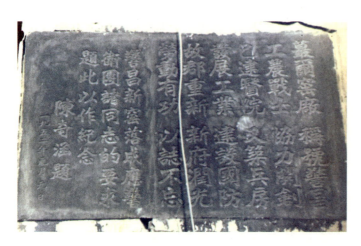

陈奇涵为晶体建材厂前身题字

仿佛古老的窑厂地下藏有宝物，人们把这片泥土普遍地梳耙了一遍，除了挖出了一个物件，别的什么都没有。那是一块砖瓦厂牌子，青石板做的。牌匾被当作文物，现存于区武装部。从上面的字迹可以认出，由陈奇涵上将题写。

陈奇涵是江西兴国县人，中国人民解放军高级将领，中华人民共和国成立初任江西省军区司令员，是中国历史上唯一一位军法上将。

下

之前，曾安克眼见过工厂曾经很火。1999年，他受命于危难之中，提任为江西晶体建材厂厂长兼总经理。此时建材大市场业已建好，而晶体建材厂已经停产。他的使命或许就是完成企业改制。

不久，南昌市进行企业改制，鉴于该企业被闲置的状况，南昌市建材局在此规划建立建材大市场，招商引资，将晶体建材厂土地出让给香港一家企业，资金用于改制。2001 年双方接触，出让土地 148 亩。

2003 年底改制结束。企业 1369 人，离退休 599 人。原在岗人员被返聘 100 多人经营物业。厂里 70 台生产水晶的高压釜，租赁给了四川方大公司。

企业职代会全票通过改制方案，实行土地变现，职工身份置换，非常顺利，无上访闹事者。

改制后，拆除部分平房，进行棚户区危旧房改造，成了南昌市当时第一号工程，被列为重点项目。涉及 100 多户工人拆迁，方案规定谁先搬谁先选。工人抢着动手，一夜就搬好了。300 多户住上了新楼。

南昌市联合 7 个行业办，组建南昌市控股集团，下属 133 个企业，晶体建材厂也在其中。资产收回控股集团，委托改制后企业留守人员代管，实行收支两条线。工资划拨。

等到曾安克顺利完成使命，心身俱疲地在沙发上躺下时，他也到了告老还家的时候了，2014 年退休。

南昌建材大市场原办公楼

南昌建材大市场

　　退休之前，他想了一年，今后干什么？有人叫他讲课，他从学校出来，轻车熟路没问题，但他不想去，学校按部就班，不想再受约束。老人文艺团呢？同样有时间要求，也不想去。他选择了摄影，一拨人出去玩，开开心心，自由自在。他喜欢拍鸟，到过很多地方，每年都去鄱阳湖拍候鸟，当然他最留意的还是象湖，落日余晖，花鸟虫鱼。

厂外原是抚河故道流经之地，后来漫漶开来，与象湖连成一体。附近还有个叫将军渡的地方，让人联想到这里曾是兵家争战之地。

据《青云谱区志》载："象湖位于市西南部，外湖水面120公顷，内湖水面23公顷，共计143公顷，有将军闸调节水位……百姓有口头禅：'东湖的鱼，象湖的虾，施尧的龙舟赛万家。'"

曾安克告诉我们，厂子搬迁过多次，老资料已经不见了。就是眼前的这个大市场也都马上要搬走，搬到新建区望城，一期工程开工了。南昌市将对这里重新定位规划。

江西晶体建材厂还在，没有置换，只是职工身份置换了，厂子的债权债务还由控股集团背着，明年也要搬走。

是啊，似乎没有什么是可以长久地占据一地，能够安然不动的。

眼下，这栋办公楼为大市场所建，尽管老厂房已了无痕迹，但生活区还在，占地70多亩，600多户人家。他们留下来，每天出入其间，繁衍生息，好像是为了佐证某些曾经存在过的事情。

新的一天从草珊瑚开始

受访者：

南昌市日用化工总厂陈炳根，1951 年生。

夏初，在象湖边能闻到新鲜的草珊瑚气息，笔者怀疑它是从牙膏厂家"逃逸"出来的种子。恰当湖水轻触岸绿之时，我们采访了前南昌市日用化工总厂副书记陈炳根。他 1976 年 1 月进厂。

上

记忆中，货郎担经过家门前时，牙膏皮可以换糖吃，换玩具，换日用品。孩子眼里，牙膏皮比牙膏值钱，他们会偷偷地把剩下的牙膏挤了换糖吃。那时，人们不舍得扔东西，鸡毛、鸡内金、乌龟壳、破铜烂铁等等，会把床底塞得满满的。

1970 年 6 月，抚河化工社与江西油脂化工车间，合并为南昌市日用化工总厂。原先，抚河化工社生产香脂（油性）、雪花膏（水性）、蛤蜊油、蜡烛；江西油脂化工车间则生产牙膏、化妆品和维修机器。

早期的生产为手工作坊式，原在地矿局老福山。

1975年，厂里建香料车间。次年，陈炳根从江纺调到这个车间当工人。那时厂里含退休人员有200多人。因地方狭小，于1978年搬到龙王庙。日化慢慢做起来了。人多时达700余人，加上退休人员上千人。产量并不高，产品由百货公司包销，再批发到商店。

市场经济后，厂里主打产品是牙膏，兼做香波、洗发水，化妆品都是些小东西。虽然质量不错，但还是一副憔悴的老面孔。牙膏包装和口感不行。加上销售靠自己，往往跟不上，因而亏损。

厂里在探索，寻找新的出路。

这里，不得不提的有两位女性，不是说她们比男性更擅用化妆品，而是因为她们更懂得以小做大的道理。

首先是谢淑文，一位屠呦呦式的女性，对于日化的发展起到至关重要的作用。

她1925年生，厂总工程师。看到企业步履维艰，心里着急。她想牙膏跟口腔有关，应该去找找口腔科医生。她了解到口腔疾病不少，牙膏能起到有效的防治作用，可当时谁也没生产过药物牙膏。

1983年，已过天命之年的谢淑文，埋下头来，潜心研究，对多种草药进行筛选。蓦然，一种叫肿节风的植物进入视野，她眼前一亮。该草本学名草珊瑚，百姓上火时，常

草珊瑚

采来叶子泡茶喝，可消肿化瘀止痛。她反复翻阅医书，了解其功效。这种植物本地产量高，分布在丘陵地带，不愁原料。

据清代谢堃等著的《花木小志》记载："草珊瑚藤质而能自直，花穗蒙茸，子粒红亮，宛若珊瑚"。

太好了，她兴奋不已。那些枝枝叶叶，历历分明，成天在她脑中浮现，常使她夜不能寐。

她主动与省中医院联系，开始联合研制草珊瑚牙膏，她主持。谢淑文着手配方研究，进入临床程序，记录观察。回家来，拿自己做试验。花去一年多时间，研制出了几个配方，分别反复试验，终于成功了。

老百姓不难找到这种植物，取其根茎，捣碎装袋，运送到厂里，再进行精加工，用酒精浸泡，提取有效成分。

很快就投入生产，大批散发着草药气息的草珊瑚牙膏生产出来了，迅速推向市场。就这样，南昌日化总厂凭着一管小小的牙膏起死回生，继而做大做强了。

这里按下不表，再说说厂外的另一位女性。

当时在全国做广告的还不多，但草珊瑚牙膏才一推出，就做广告。那时电视收视率高，关键是人们相信广告，说什么都当真，效果超

当年的广告宣传品

好。不像后来那么视之深恶痛
绝。

此时，杨钰莹名气还不大。
她与厂里职工有亲戚关系，请
她来，她披着一肩长发，两手
甩动着就来了，没要多少钱。
拍广告也就花个几十万，成本不高。

镜头下，如芳草般清纯的杨钰莹，睁开长长的睫毛，露出一双黑亮的
眼眸。纤细的指间，优雅地捧出一管草珊瑚牙膏来，娇羞地说："我的一
天，从它开始。"她嫣然一笑，现出一口洁白晶莹的牙齿。人们有理由相
信，那是草珊瑚的功效所致。

厂里人说，或许杨钰莹就是由一支小小的牙膏起步的，后来成了全国
著名的甜歌手。

据说民用产品，草珊瑚牙膏还是第一个做广告的。90 年代草珊瑚做
广告一年要投放 300 多万，都上中央台了。

当时，厂里是有眼光的，舍得花钱做广告，当然广告的方式有多种。
1983 年，南昌日化总厂赞助举办了"草珊瑚杯全国女子排球邀请赛"，知
名的球队都来了，省体育馆比赛。影响不小。

下

草珊瑚牙膏家喻户晓，迅速打开了市场，一时供不应求。这边生产，
那边汽车在等着提货，仓库为负库存。连计划中的产品都排上了队。20 世
纪 80 年代中期到 90 年代，产品在江西占有 60% 市场，遍布全国 10 多个

省市，还有出口。

高峰时，草珊瑚牙膏占全厂效益的 80%～90%，带动其他产品。南昌日化总厂索性改成了草珊瑚集团。

营销人员吃了好多苦头，坐火车，说走就走，没位子就钻到座位底下睡觉，或站着睡。省吃俭用，不图报酬，凭的是一股子热情。

1990 年成立江西草珊瑚集团有限公司。陈炳根任厂党委副书记。

集团在深圳建起了分厂，生产线有了，销路也有了，且成立了一家公司，可惜一年左右就关张了。而总厂自顾不暇，在不断扩大生产规模。年产从几百万支牙膏，飙升到 9000 多万支；销售额从三四百万元，猛增到四五千万。

一下子，草珊瑚牙膏赚回七个厂，土地又增加 22 亩。

可是职工没有年终奖，每月发很少的绩效奖，工资总额受控制。大笔的资金用来扩大生产。厂里说服职工，不妨过几年紧日子，将来的日子好起来了，腰里的皮带自然会松开来的。

因为无限地扩大规模，盲目发展，数量上去了，却出现了质量问题。软管供应不过来，对外采购，成本又高，只好自己制造，消耗大，质量差。

曾与法国凯斯公司合作，设备原料从法国运过来，投入不多，产品不错，可缘于销售公司将重心放在草珊瑚牙膏上，没钱给新产品做广告，因而知名度不高。红马鞋油尽管不错，情况也大致如此，销路不好。

与新加坡也有过合作，开了张，祝贺了，却撤资了。

草珊瑚牙膏想上市，规模小了，达不到要求，省政府出面把南昌日化总厂、清华同方和鹰潭洗涤剂三家打包成上市公司，省一轻局投入，南昌日化总厂33%，清华35%控股。

此时，企业面临改制，人心浮动。上市并没有给企业带来多少资金效应；职工们没有得到期盼的原始股，分不到红利。

2002年，企业经营不善，进行改制，成为诚志股份子公司。企业设备整体搬迁到昌北经济开发区，更名为"江西诚志日化有限公司"。当时下罗有几百亩地，想引资进来，却没有成功。这样，草珊瑚牙膏厂搬去后，成了孤独的呼啸山庄，在旷野中独自发出机器的轰鸣声。

陈炳根对当年的香水制作印象深刻。厂里从法国进口设备，酒精含量95%以上，可饮用，经过重新蒸馏，无气味，添加香精，就制成了香水。从法国进口的香精有多种，都是已经配好了的。价格高，质量好。瓶子国内生产。

至今，他家里还留有公司生产的香水样品，有时他还会显得无意为之似的，偶尔拿出来闻一下，有点陶醉的意思。他感觉那不仅仅是香水的味道，还是过去的味道，是消失了的时光的气息，而如今再也不会有了。

「阳光」是一步步走出来的

受访者：

南昌市乳品厂徐敬华、高金文。

上

1956 年，公私合营，由 48 家私人牧场业主加 60 名工人，共计 108 将，甩动着鞭子，各自把牛赶到一起，遂成立"南昌市奶牛养殖场"。

起初单一的养殖，没有牛奶加工。之后，开始生产特供奶，供应省市老干部和英烈家属等。牛是土种的，产奶低。人工挤奶送奶，不经过消毒，就装瓶出厂，很原始的作坊模式。

1959 年左右，养殖场将各家股金退回，变成了国有企业，属青云谱区管。1968 年划归南昌市副食品公

（上图）1956年建厂初期，给奶牛打预防针
（下图）1968年，切割马兰头

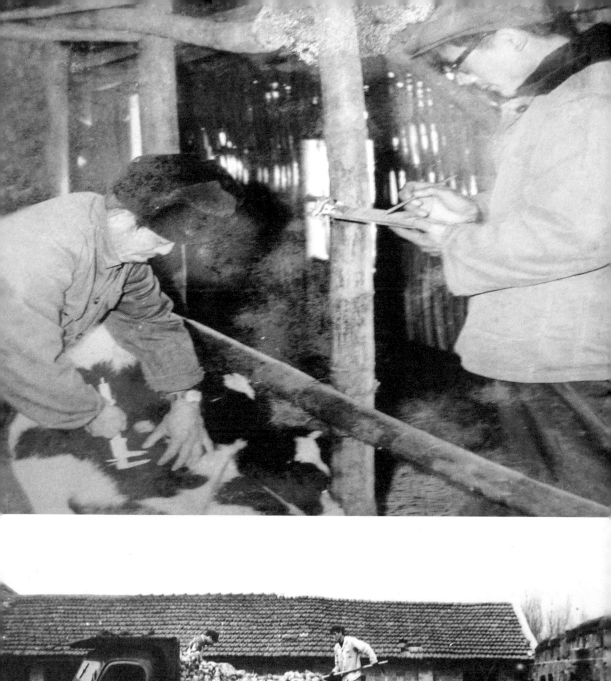

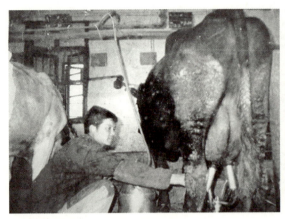

1982年，给奶牛挤奶 　　　　　　　　　　　1982年，象湖牧场高产奶牛戴大红花

司，养殖场变成了乳品厂。奶牛品种也进行了改良，买来了黑白花荷斯坦奶牛，是从上海、南京买来的淘汰的奶牛。

随着规模扩大，奶牛多了，剩余的牛奶不能久留，又不能买卖，只能倒进赣江喂鱼。

1972 年，南昌市革委会领导来厂，拨款 20 万元，要求企业成为奶粉加工厂。

1975 年引进奶粉设备，生产南昌牌全脂奶粉。除奶粉外，还生产冰淇淋、葡萄糖、果糖、麦乳精和奶油等。副食品公司包销，凭票供应。

而 1984 年，则是一个重要的转折，表明它在技术设备上向世界看齐。

这年，欧盟对中国施以奶类援助，项目分布在全国 21 个省市 10 个城市，南昌居其一，项目资金 1400 万。该项目是以物资援助的方式，提供脱脂奶粉和无水黄油，同时提供技术援助，包括养殖和加工以及人员培训。

南昌市成立奶类项目办公室。因属农口项目，南昌市奶牛养殖场便从商业口划归农口，由农委管。这项援助持续了六七年，争取到了300多万元资金，用于改善设备。厂里回收资金4000多万，上交项目办公室，厂里不仅仅是赚取了一定的加工费，更关键的是，设备和技术的有力支持，为走向现代管理打下了良好的基础。

好景不长，1994、1995年连续亏损，每年亏损200多万。

高金文说，那时企业称为"南昌市奶业产销公司"和"南昌市乳品厂"，两块牌子一套人马。员工有500多人，退休人员200多人。北方奶粉成本低，本厂没有竞争力，经营亏损，积压大量奶粉。工资都发不出，医药费也报不了。

徐敬华说，当时，老经理退休了，只剩下我一个副厂长。一次就来了三四十个讨债的。

生产车间

2010年，部分南昌乳品厂"108将"来阳光乳业参观合影

　　1995 年，胡霄云临危受命，从省种子公司调来任经理，徐敬华任书记，经理负责制。工资还欠 1 个月未发。

　　甫一到任，胡霄云就层层发动，告诉员工，公司快倒闭了，但我愿意与大家一起努力。

　　他们的做法是，把奶牛承包到组，实行责任制，强化推销力度。公司三四十人，一个科室留一人，上户敲门。每天干到晚上 10 点才回家。

　　胡霄云的熟人开门后见是他，就说：你当经理，怎么干成这个样子啊？胡霄云说，没有办法，工资都发不出。

中

1996 年，胡霄云来后才一年，就遇到改制。厂里资不抵债，亏损1700 多万，是第一批农口企业改制单位。国有经营性资产退出，员工只剩下 250 人。厂里实行股份制，在岗全员入股，一股 1000 元，中层干部入股是职工的两倍，分厂长是职工的 10 倍，公司领导是职工的 20 倍。

可是，当人们看到改制的厂子有的亏了，有的连董事长都赶走了。谁都没有信心。员工不愿交钱，怕钱扔到水里。有的职工马上退休，不肯买。上班的职工不得已，也只愿买一股。厂领导郑重承诺，绝不会亏本。并给一周的延展期。

当时企业收到 1080 股，108 万元。更名为"江西阳光乳业有限公司"，实行股份合作制。

高金文说，体制转换，员工的活力被空前激活。

2001 年，实行第二次改制。置换员工身份，国家以土地出让的形式卖给企业，使之成为民营企业。土地出让和员工身份置换后，企业完成了纯民营性质的变换，200 多股东。企业由有限公司再转为集团有限公司。

这年，胡霄云董事长对徐敬华说，你就多吃点苦吧，抓一抓销售。

徐敬华书记兼销售经理，广布站点，从 2 个站到 50 多个站。他的方法是激励机制。每个站抽 3 到 4 名送奶员，集中培训。一人一辆自行车，一面红旗，一条斜佩绶带，穿大街，过小巷，灌输养生理念：新鲜牛奶最营养。另外，将 60 多人分成几个组，辐射开去，到小区、学校、机关广为宣传。

每天晚上二三点钟就发奶，坚持送奶上门。

生产流水线

胡董事长有一个观念，我们之所以没有被吃掉，是坚持瓶装新鲜牛奶不放手，这就是我们的特色。这种运作模式在全国领先。连北京、南京、成都等地都来取经。

有的牛奶企业嫌麻烦，不愿上楼进户，就失去了大量的订户。伊利、蒙牛无法打败本地的阳光牛奶，原因就在于此。

现任副总经理高金文说，阳光乳业由于实行新鲜战略经营方式，保证鲜奶在全省占有率达到

（右页上图）20世纪80年代的象湖牧场
（右页下图）进贤长山有机牧场

75% 以上。江西只剩下这一家了。

改制之后，实现 4 年翻番，省领导春节前来慰问员工说，你们是全省改制第一家，从亏损 2000 万到税收大户，企业发展，国家得利，员工增收了。有的企业失败了，你们企业好实在。

阳光乳业没有一分钱贷款，20 多年来无须交一分钱利息，发展依靠自有资金。新厂房 2 万平方米，包括设备改造，1 个亿。第二期新厂房又在建，已经平地动工了，也要投入 1 个亿。

阳光乳业兼并了呼伦贝尔一家牛奶厂，解决奶源，后来转让了。历来的做法是先走一小步，不行就退回来。20 年来，基本没有决策性失误，多少都要赚一点。

下

采访中，自然会谈到英雄牛奶。原本是一家颇有影响的企业，竟然偃旗息鼓了，令人一言难尽。

1995 年，英雄有 1.5 亿元资产，而阳光只有 1000 万，二者相差悬殊。之后，英雄每年亏损二三千万，从 1.5 亿到 8000 万；阳光每年赚二三千万，从 1000 万上升到 8000 万，两家分庭抗礼，平起平坐。

江西这两家乳业，上海光明乳业都想收购，可是阳光不同意，英雄则被收购了。由于经营不善，即使频频换帅，光明英雄乳业继续亏损，难以为继。

2009 年，光明不得不撤离南昌。此时，又找到阳光，愿以 7000 万将光明英雄转让给阳光，阳光没有接受，后来以 2000 万卖给了个体。然而，依旧是年年亏损，整个厂子最终垮了。

徐敬华感叹道，很好的一个品牌就这么垮了，实在可惜。一个相当我们十多倍的企业，当年我们是孩子，他们已经是大人，尽管得到过很多扶持，终究起不来了。现在看来，企业还是自己一步步走出来才踏实。

从 1956 年到今天，阳光乳业走过了 60 多年历程，与亨得利一样，挂上了"百年老店"的招牌。

阳光乳业生命力强，关键还在于扎根市民。

这里有一支庞大的送奶队伍，企业把他们看作是最可爱的人。胡总说，我们是吃人家送奶员的饭，没有他们，我们生产的牛奶卖不出去。

2009 年集团公司进行股份制改造，成立江西阳光乳业股份有限公司。下属 5 家子公司 17 家销售分公司。

高金文说，公司曾被评为"农业产业化国家重点龙头企业""全国食品工业优秀龙头企业""中国乳制品行业优秀企业"等。

现在阳光乳业有 100 个产品，四个系列：鲜奶、酸奶、乳酸饮料、果汁，主打以鲜奶和酸奶为主。如今年产乳制品 20 万吨，产值近 15 亿。鲜奶生产在全国排列 13 位。

在职员工达到 3000 多人。送奶队伍全省近万人，带动 4000 多农户，最近几年每年纳税 7000 多万，在青云谱排列第 1 位。

皮件厂里的音乐人

受访者：

南昌皮件厂胡浩，1950 年生。

如果不去尝试，我们永远都不知道自己还能做些什么，往往将自我埋没。胡浩直到退休才开始开掘身上的另一大潜能，完成了从皮件到音乐的漂亮跨越。

一

1950 年 8 月 1 日，南昌皮件厂创建。曾是江西省最大的皮件企业，中国皮件专业委员会在江西唯一一家理事单位。

厂子历时久长，1929 年，朱佑记皮件店在南昌开办，是南昌皮件业之发轫。该店由从上海来的老皮匠朱佐庭和朱佑庭两兄弟合开，在南昌市 22 中旁。

1950 年 3 月 1 日，政府将朱洪昌、徐而生、李福中等 4 个小业主连带徒弟,十多人联合在一起,成立南昌市皮件生产合作社,地址在佳山庙 21 号。

厂名数度变更。1961 年 6 月更名为"西湖皮件社",后又更名为"南昌市西湖皮件制品生产合作社""南昌市西湖皮件帆布印刷制品厂""西湖皮件厂"。

曾与洪都皮鞋合作,成立"地方国营洪都革品厂",但兄弟阋于墙,遂又分开。原来是一个院子,一隔而成为前后两家。

1970 年,组建南昌皮件服装总厂(后更名"南昌皮件厂"),皮件厂从丁公路搬到省政府对面省冶金厅大院。由 13 级抗日干部高长远任厂革委会主任(厂长)。当时还有很多省政府机关干部下放到厂里,仅科级干部就有 17 个。

皮件厂产品有民用的,也有军工的。民品如马鞭、马鞍、纺织皮件、

20世纪80年代,南昌皮件厂组织团员开展社会义务服务

2001年厂职工集资房奠基

庆祝技改后的第一批产品出厂

汽车帆布篷、钳子套、皮手套，还做少量的皮革软箱，后做帆布箱。军工车间专做枪背带、枪套、子弹带和军用帐篷等。

50年代中期就做出口产品。六七十年代，产品远销36个国家和地区。70年代后期，军工停产，生产手套、皮箱、工业皮件和民用包装，帆布篷渐渐减少。

1976年10月后，省有关厅局逐渐恢复，据省指示，皮件厂所占原冶金厅大院将归还原主。1976年底，皮件厂一度部分车间搬至八一大道江西医学院北院，半年后，据省领导意见，又搬回冶金厅大院。

1978年，皮件厂全部搬到青云谱东风机械厂，而东风机械厂则迁往了德安。算是最后稳定下来了。

1987年，胡浩接任厂长，厂房、设备均已老化，他开始寻求新的发展机遇。与轻工业厅、省国际信托投资公司、江西华赣公司合作，在深圳蛇口创办合资企业——深圳吉利华皮件有限公司。从此皮件厂大批产品通过这个窗口出口。

20世纪90年代，南昌皮件厂在八一广场全国百货会期间做产品宣传

90年代初，通过省企改项目拿到100万，技改资金更新了部分厂房、设备，技改完成后，产品更新，扩大了销路。

1991年，国家实施"八五"计划，胡浩抓住机遇想让皮件厂挤进技改笼子。他跑市里、省里，跑计委、轻工厅，接着又跑北京轻工部皮革司。为保证申报项目成功，在京修改材料到凌晨4点。那年仅北京就跑了六七次。

工夫不负有心人。1991年9月，南昌皮件厂与重庆星火皮件厂终于在全国同行业中并列第一中标，进入国家"八五"企改笼子，拿到了近

技改后的手袋生产车间

千万技改资金。

1991 年下半年，企改启动，按照方案新建 5 层生产大楼。1992 年企业引进大批日本设备。

企业迎来了发展高峰。频繁招工，人员已达 800 多人。生产各种新款包袋和皮服装，通过深圳窗口大量出口。其规模很快进入全国前列。

1992 年 8 月，香港文兴公司主动与南昌皮件厂合作，成立江西昌兴皮件实业有限公司，时属中外合资，合资公司产品

彩车在市区展示企业风采

全部出口。此时皮件厂加上合资厂 500 余人，已达 1300 多人。

两大货柜车来往昌深两地奔忙，皮件厂红极一时，成为江西皮件行业的龙头老大，乃至全国同行业佼佼者。

二

3 年后，由于香港公司内部产生分歧，该公司丢下所投资的全部设备，撤出合资，加上市场等诸多原因，南昌皮件厂陷入困境。

1997 年，由于亚洲金融危机，原定技改项目配套资金下不来，缺乏流动资金，而市场已经发生了很大的变化。皮件厂处于半停工状态。因转变乏力，进入南昌市特困行列，1997 年下半年被南昌市委列为"曙光行动

C 计划"的困难帮扶企业。

胡浩分析，企业由兴而衰有市场原因，身边的企业差不多都死掉了，所有的原材料全靠从福建、深圳、广州、浙江、江苏等地购买，成本很高。而产品都要通过深圳、上海等口岸出口，加上货运价格猛涨。当然也有内在原因。企业已无法做下去了。

1998 年，皮件厂成为南昌市困难企业，寻求政府帮助。胡浩晚上被通知到市委开会。"需要我们帮什么？"当问到他时，他抬起头说，生产能力有，如果市教委全市统一书包能拿给我们做，还可以活下去。市委书记说，老胡这个点子好，你写个材料来。

这年，皮件厂把全市的中小学书包拿下来了。做一个书包，给学校只有二三十元，市场要卖 100 多。外观不做卡通的图片，写上"好好学习，天天向上""振兴南昌，爱我中华"。通过电视宣传，每个学校都送。学校老师家长都满意。就这样，整整做了 10 年。

之后，国家 7 部委联合发文，不能统一着装，不能搭车销售学生用品，书包也歇菜了。

到了 2008 年，北京在举办世人瞩目的奥运会，到处传唱《北京欢迎你》的主题歌。

此时，南昌皮件厂被市场所遗忘，山穷水尽，什么办法都没有了，多家银行举债，但所幸的是他们没有拿厂房、土地设备等做抵押。

实在回天无力，只剩最后一招，就是出租。

2008 年，皮件厂租赁给南昌市卫生局所属南昌市医科研究所附属男科附院，聊以存活。

胡浩常说，企业再困难，在他手里，一不卖土地，二不卖厂房，三不卖设备。这几乎成了他的底线。他想把整个企业保持下来，那里有他一份

南昌皮件厂建厂五十周年老职工合影

2000年8月1日，庆祝南昌皮件厂建厂五十周年招待会现场

情结。

1987—2015 年，他连任厂长前后达 28 年之久。

三

胡浩是南昌人，起初是西湖公社（街办）派他进厂打零工做泥水匠，工资在公社发。1970 年下半年厂里留用他，转为临时工。1975 年方转为正式工。

他坦言，我小学毕业证是真的。初中只读了 1 年半，学做泥瓦工，拉板车。从小爱好文学和音乐，进厂后，承蒙大家看得起，让我写顺口溜，出黑板报。我一边工作，一边学习，一口气报了 5 个班：数学、古文、写作等。天天晚上上课。是厂文艺宣传队骨干。

他似乎不想触及那些不堪回首的往事。转而谈到退休时光时，他一下子变得活络起来。

他原来在厂宣传队待过，热心文艺，从事企业管理时，不得不放下来，快退休时又重拾起来，并把很大一部分精力投入进去。

他自学词曲创作。多年来创作了大量的歌曲，所作歌曲可在 KTV 中点播。有多首歌曲是为学校、部队和医院创作的。他是《中国乐坊》杂志编委。

电视台曾为他做过专题节目——《从企业走出来的音乐人》，省内许多知名专业歌手和大学音乐教授都演唱过他的歌。

他有点自嘲地说，我这一生，真正有点成就的地方，还在歌曲上，比干企业强。

看得出来，胡浩并没有真正把企业放下过。他没忘记自己是泥水匠出身，却一路晋升；没有忘记他不在场时也能获得 80% 的选票，当选厂长。

他很怀念厂子，那里常年弥漫着皮革、染剂和湿木料的香味。

他一直在思考，在反思。他热爱音乐还由于乐曲可以暂忘一些事情，把他带到一个已经消失的年代。

让他稍感宽慰的是，那些厂房，那些设备，那些土地，当时有人提出要卖掉，胡浩没同意，至少在他手里没有卖掉。到如今，土地、厂房还依然完整无缺，设备仍堆放在那里。每次去，都还能看得见，摸得着。

受访者：

南昌市肉类联合加工厂廖有涵，1935 年生。

肉联厂是目前青云谱尚未改制的中小型企业，是我们必到之站。

采访廖老之前，他老伴就先跟我们唠嗑了一番，说找廖老是对的，他是肉联厂的一本活字典。她是萍乡人，1956 年考上江西省林业学校。廖老是赣南兴国人。

廖老给我们泡好茶后，坐下来，慢慢聊。

——

1956 年 2 月，肉联厂破土兴建。廖有涵当年 11 月进厂。

肉联厂是国家第一个五年计划重点项目之一，类似的苏联援建项目全国还有 5 个，都是按一张图纸统一的模式建成的。

1957 年 10 月，开始投产杀猪。省委书记杨尚奎到场剪彩。

工人有来自南昌食品公司、徐家坊附近的农民；从省林校要来 50 名毕业生；另外，从洪都还调来了一个警卫排。干部则来自江西省服务厅（即商业厅）、贸易干校等部门。

肉联厂主要保障南昌市的肉食品四季供应，同时，还要扩大贸易，增加出口。冻猪肉出口到苏联，腊制品到香港、东南亚，分割肉到意大利等。另外还需调肉到大城市，保证重点部门的猪肉供应。

副产品有两大系统，对猪下脚料进行综合利用：一是内脏加工出口，如猪肚、肠衣。二是对废弃物加以利用，成立制药车间，如将猪血、猪毛、猪小脑、胰脏、肠黏膜和猪皮等制成药物。全身是宝，几乎没有一点浪费。

当时农民交猪有两大高峰期，夏收夏种和春节前。夏收时，卖猪的汽车像一条长龙，从肉联厂排到三家店，起码两公里。计划经济时代，每个县都有生猪任务。

每天一般屠宰 2000 头猪，集中收购时日宰 5000 头猪。不宰不行，没有地方关。生产旺季时，职工非常辛苦。一年屠宰量 30 万头猪，有时达到 40 万头。

闲时，职工利用冷库做冰棒，生产冰块。有工业冰块、食用冰块（各冷饮店前来采购）。

肉联厂的发展与整个国家的命运息息相关。

1957 年投产后，计划供给，国有出口，支援大城市等。60 年代，高峰时期，与苏联关系紧张，偿还苏债，主要任务是冻肉出口。70 年代末，正规生产阶段，又一次高峰，每天屠宰 3000 多头猪，出口东南亚、意大利等地。

1985年后，肉联厂体制和观念真正实现了转变。由省属下放到南昌市管。在保障供给的前提下，适应市场，搞活经济，职工可以从事经营活动，成立肉食品经营部，开始自己开店卖肉。经营部为职工提供本钱，先贷后还钱，赚钱归自己。有的也挣到了钱，出了几个大老板。

1988年，通过内引外联，开拓了一条冷冻饮品生产线，小产品挤进了大市场。

市场经济，取消了调猪，屠宰车间转为客户加工生猪。后来肉联厂也不宰猪了，屠宰、饲养场地变成了冷库、仓库，收取仓储费。

厂子是江西省规模最大的冷藏企业，拥有大型冷库总容量6.4万吨、2公里铁路专线、一个占地2.1万平方米功能齐全的肉类食品交易批发市场、1.1万平方米的商品储运仓库。人员随着老工人退休，不再招收新工人了。老人只剩下三四百人。他们从事管理、水电、制冷、安保工作。

南昌肉联厂现貌

当年，编制是 2000 人，旺季生产加上临时聘请人员，有四五千人。正县级单位。从开工生产到 1985 年，由省商业厅管，1985 年后，由南昌市商贸局管，现属南昌旅游开发公司。

二

之后，廖老说，我想讲讲印象深的几件事。

作为专业技术干部，走上岗位，自然知道技术的重要性。他在车间任多年主任，坚信尊重科学就能创造财富。

1958 年，开展副产品综合利用，利用废弃料组建制药车间，一年纯利 30 多万元。由简单原材料药品，发展到针剂、片剂、粉剂，对外是南昌市生物药品制药厂。他从小组实验，到制造简单药品，到后来的延伸发展，全程参加组建、生产，担任书记。

1969 年，在井冈山召开江西省先进基层单位表彰大会。遗憾的是，单位获得先进时，他已调走了，没能出席会议。可这块牌子是他带领大家创下的。

那个年代，物质上可以贫穷，但精神上的鼓励，则视如生命。

还有一件事，与疾控有关。

1976 年，全国五号病流行，即猪口蹄疫，人畜共患。中央成立消灭五号病总指挥部。

正值收猪旺季，疫情波及肉联厂。廖有涵是厂里的检验科长，他认为，是否真是此病，需将临床、书本和专家鉴定相结合，有待确诊。他请来江西农业大学教授、省农业厅专家到厂，根据临床症状取样，结论是肯定的。

1984年南昌肉联厂授奖大会

南昌肉联厂车间

　　廖有涵带着样品到上海，再转到兰州化验。结果再次证明，是五号病。立即发电报给厂里。

　　廖老说，当时压力非常大，不拿意见不行，拿吧又有风险，还是要尊重科学，尽管有一定的损失，但避免了更大的损失。关键时候，还得敢担当，有胆识。

　　在那个异常贫瘠缺少油水的时代，肉联厂是否有点近水楼台？这本来应该是一则趣谈，却变得有点敏感。对此，廖老似乎有点不想说。他是一位十分严肃的老人，好像为当年享有的哪怕是一点点可怜的职业优惠，而感到过意不去。不过，他还是说了一些。

　　计划年代，买肉凭肉票。肉联厂作为猪肉生产单位，不零售，只负责供应猪肉。但人情总是免不了的，业务单位，亲朋好友，找到厂长批个条子，肉是没有的，只能买点猪下水。

　　猪下水也有一定的比例，70% ～ 80% 供应市场，自销一部分，还要满足制药厂的需要。廖有涵当过生产组长，分管财会，和办公室主任一样，有点建议权，但批条子还得厂长。

　　职工内部也有一点优惠，生病的，办喜事的，个人打报告申请，部门负责人签字，厂领导签字即可买一点。

　　厂里有两个食堂，家属食堂和职工食堂，可以照顾一点下脚料，比如肛门头、肝经。屠宰都是流水线生产，只能人等猪，不能猪等人，中午时间紧，职工没空回家弄饭，一般都吃食堂。应该说，肉联厂的食堂比外面的油水还是足一点，价格也低一些。外面的不能进来搭膳，只允许本厂职工购买饭菜票。

三

　　廖有涵 22 岁进肉联厂，到 1987 年初 52 岁离开，共 31 个年头。在这里献出了一生大部分时光。

　　父母是地道的农民，9 个孩子，异常贫困。他有 3 个弟妹在 1 年之间相继夭折，只剩下 6 兄妹。一个姐姐一个哥哥，哥哥 12 岁去学徒，家里就靠他和姐姐干活。

从小他就很听父母的话，8岁那年，老师叫大点的孩子到他家帮忙抬了一张桌子，放进教室里，他开始读书，兼做家务。父母不在家时，上学还得带上弟弟。

他很用功，小学4年的课业，3年就完成了，接着读两年高小。早上和姐姐弄好饭，带着饭去，中午就在班主任家热着吃。冬天一条单裤，夏天一双赤脚。高小毕业时赶上新中国成立。

1953年，他离开家乡，到江西农学院附属中等技术部（莲塘），读3年中专。1955年入党，做学生会副主席。一个农村孩子时刻不忘，是谁一步步把他扶起来的。

毕业分配在农业厅，后来商业厅向农业厅要技术干部。组织找到他说，你学兽医，又是党员，去肉联厂吧，那里是生猪进去，罐头出来的地方。

1956年，他拿着一张介绍信，走进了肉联厂。第二天就派往上海肉类加工厂、禽类加工厂参观学习，共待了8个月，学会了实际操作技术。

1964年，他29岁，被提拔为中层干部，下车间任副主任。除动力车间外，他到过所有车间：饲养、屠宰、制药、副产品加工车间，再回到科室。

60年代中期，工厂分成三大块：生产、政工和后勤。他在生产组当组长，包括财会、供销、生产和检验，等于半个厂子。

后来，他去卫生检验科任科长，到办公室任主任。两年后当副厂长。再两年后，离开肉联厂到江西省工业品贸易中心当书记兼经理，于1996年退休。

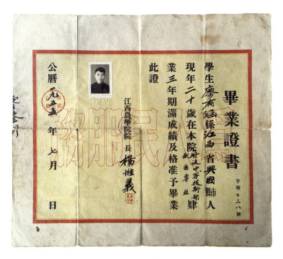

廖有涵的毕业证书及所获奖状

　　采访到最后，廖老说，肉联厂里银行不差钱，职工不闹事，尽管没进行改制，然而时势使然，此一时彼一时，也发生了较大的变化：肉联厂虽然存在，但已不事生猪屠宰，也不负责猪肉供应，功能实现了转变。有400多亩地，还有很多的厂房，利用既有条件改造成仓储。

　　真应了那句话，怎么赚钱，就怎么干。

小麦熟了的时候

受访者：

南昌市肉类联合加工厂赵志远，1938 年生。

到了晚年的时候，赵志远时常怀念北方老家，怀念那些麦浪滚滚的日子，他的生命因此而臻于成熟，岁月因此而散发出芬芳。

一

1965 年，赵志远从青岛山东海洋学院（今中国海洋大学）毕业，学制 5 年，水产加工专业，分配到江西，同来的共 5 人，3 男 2 女。

学了多年专业，都想找个对口单位。在省人事处，他们翻看电话本，发现罐头厂和肉联厂有食品加工专业，肉联厂还有苏联援建的冷库，有些兴奋。结果 3 人去了肉联厂，2 人去了罐头厂，两位女生，则花开两朵，一边一枝。

赵志远来到肉联厂，去冷库机房开压缩机。这个冷库容量 6500 吨，一干就是七八年。

此前，厂里没有大学生，他们来后，所有的技术问题都找他们处理：锅炉改造、建车间、建制药厂。他们一边做本职工作，一边从事技术研发。

1972 年，建万吨冷库，他们参与设计。万吨冷库没有现成的图纸，他们绘制出来；没有晒图机，他们动手造出来。

这是一个有 1500 名员工的厂子，多个车间，八九个单位。每月宰杀 800 至 1000 头猪，后来达到 3000 至 5000 头。因为设备跟不上，加班是常事。原来基本是手工作业，后来逐步采用机器，有了刮毛机、剥皮机、推烫机等。有的是买来的，有的是他们做出来的。

20 世纪 70 年代，肉联厂相当红火。

赵志远是高级工程师，中国制冷学会高级会员。先后在设备技术科、安全技术科呆过。他说，省商业厅想调我去，我不能去，因为爱人是大集体的，有两个孩子，顾不上家。

他说，肉联厂福利不错，每年过年，都可以分个十来斤肉。

二

1968 年 10 月 1 日，是他和妻子约定的婚期。爱人是邻家女孩，两人青梅竹马。

爱人得从山东过来，他写信让她提前两天来南昌。她不识字，不会坐车，又没伴。9 月 29 日到 10 月 1 日，连着 3 天，他去火车站接站，望眼欲穿，眼见着一趟趟火车喘着粗气、喷着白烟进站，人丛中却不见爱人的影子。他有些气恼，又不知道该怨谁。第4天起，决定不再接了。没有电话，打电报又不方便。未来的日子能否结成婚，悉由天定。

几天后的一个下午，一位女工在车间找到他，喘着气按住胸口说，有个当兵的来找你了。然后，不无忧虑地看着他，不知道这个为人厚道、一口方言的技术员，究竟得罪了谁。那年头，时兴身穿黄军装、腰扎牛皮带和高举铁拳头，时刻保持战斗的姿态。

原来，爱人正好遇上山东支左部队前往江西抚州执行命令，一位身着戎装赵姓军人好心将她顺路捎来。完成交接后，小老乡原地立正，敬了一个革命军礼，继续赶路，向南开拔。

接下来，他俩去区里登记。需要介绍信，女方要公社证明。爱人本来持有介绍信，区里说那不是结婚介绍

当年的万岁馆

信，不管用，还得写信回老家补开。这样，直到 10 月 20 日他们才结婚。

当时正在建设万岁馆，赵志远被派往工地参加献忠劳动，挑土搬砖。工余，在附近的商店里，他拍了拍两手的泥土，买了 4 盒香烟，掖进了内衣口袋，是黄金叶牌的。另外，还称了二三斤糖果。

他没钱买新衣，穿的还是那身背带裤工作服，因为别了一枚红底金像的纪念章，而略显亮色。新房里，贴上了一张毛泽东接见红卫兵的画像。

机房小组 20 多人，每人凑了 5 毛钱，自己还有一点，共计 45 元，买来 1 张桌子，1 只五斗柜，两把椅子，两张凳子，另外向总务科借来一套双人棕床。生产科长送他一把茶壶加 4 个小碗，还有一个托盘。有谁还温馨地送来一床上海生产的"民光牌"印花棉被单。拢共就这些。

炉子放在走廊里，烧的是扁圆形发亮的小煤球。

同一天结婚的，还有一道分来的男同学，他们是事先约好了的，也算是好事成双吧。两间新房隔壁相邻，每间 15 平方米。同学是 1939 年生的，后来当过主管技术的副厂长。

婚礼的这天，赵志远没请假，仍是 4 班倒，好在是白班，晚上有空。他们到食堂买饭吃，不记得吃过什么，吃饱了没有。家里一时无法开伙，因为厨具是慢慢才置备齐全的。

当晚，二号车间来了书记、主任，一个坐在门里，一个坐在门外，守护神似的，坐镇主持晚会，顺带看护着桌上有限的糖果，谨防顽童趁人不备一抢而空。

所谓的晚会，也可以看作是闹新房。为着省事，也为着充分利用有限资源，两家一起闹，主场设在赵志远家。除了同车间的工人，来人寥寥无几。尽管如此，也略胜于无。好像还非得来这么一下，以增加某种合法性似的。

有人拴着一颗糖果，钓鱼似的，垂放在新人唇间，让他们相向地啃着。他们全然使不上劲，鱼一样张开着口，像咬着空气，在人们的推搡下，还不得不继续。随着棉线的抽动，糖果调皮地弹跳，结果新人啃着的不是糖果，而是对方的嘴唇，要的就是这个效果，不时引逗出阵阵哄笑……

之后，出节目，唱歌。地盘太小了，也没法跳舞，当然要跳的话，也只能是忠字舞，而那时流行"不爱红装爱武装"，赵志远也没法子搞到绿军装，弄出一点"多奇志"的味道来。

他记得有两三个节目。新人和来宾一道，高擎着红宝书，铿锵有力地合唱了一首语录歌："下定决心，不怕牺牲，排除万难，去争取胜利……"有些吊诡的是，他和男同学的夫人合演了一段《沙家浜》中的《智斗》选段，一个演阿庆嫂，一个演刁德一。

颇为难得的是，他爱人在众人一再起哄下，以她质朴而高亢的山东口音演唱了一曲原唱为郭兰英的《丰收歌》："麦浪滚滚闪金光，棉田一片白茫茫，丰收的喜讯到处传，社员人人心欢畅，心欢畅……"

夜空中，七八颗星星在无声地运转着。

从7点闹到9点，革命婚礼到此结束。灯火阑珊中，来宾一一离去，留下两对新人。他们简单收拾了一下后，掩口打了个哈欠，相互笑了一下，分别走进了各自的洞房。

三

大学毕业，赵志远每月工资43.5元。他哥哥七八个孩子，在山东乡下挣工分，口粮都挣不脱，常向他要钱，他得周济。母亲还在老家，他有

时寄个二三十的。爱人无户口，只得从
农民工手里偷偷地买点大米。有时老乡
也帮点忙，将剩下的粮票匀给他一点。
他那点钱常常寅吃卯粮，入不敷出。

20世纪60年代的南昌市粮票

　　婚后，他也无暇带爱人去哪里走走。
她一直窝在小房间里，似乎真正在度蜜
月似的，待到第二年小麦熟了的时候才
回老家。

　　爱人来回一趟，光是盘缠就是 70 多
元，而且颇费周折，千辛万苦。大清早从山东淄博高青县乡下动身，坐汽
车到淄博市，当时叫张店，坐火车到济南，再坐火车到浦口，乘船到南
京，再坐车到上海，到南昌。顺利的话，也得三四天。

　　1969 年 8 月儿子出生，他不在身边。20 天后，他再请假回去了一趟。
回来他和爱人带着 40 多天的婴儿来南昌。爱人没工作，只能通过熟人到
基建工地筛沙子，打点零工。

　　那些年，每个冬季，她来南昌过冬，等到次年的五六月再回去，家里
等着她割小麦，候鸟似的来来去去。有时他出差接她过来，送她回去。

　　1971 年，女儿出生。第二年爱人和孩子的户口才办好。

　　当时，军人落户南昌给予了一些优惠政策。

　　赵志远想抓住这个机会，解决爱人和子女户口问题。他回山东去开三
级证明，穿了一条黄军裤，上衣是中山装，到县军管会办证。办事员看他
像个军人，就说，我知道好多人退伍后都去了江西。赵志远笑了一下，敬
了一支飞马牌香烟给他。办事员说，嗯，这个好，上海的。愉快地开具了
证明。

赵志远赶回南昌，拿着证明去青云谱，办好了户口。回到厂里，办公室问他，你光迁了你爱人的，两个孩子呢？不要啦？还好，青云谱挺照顾的，两个孩子的户口没落下，也给办了。

多年分居两地的生活，终于结束了。

户口解决后，爱人在工厂干临时工、家属工，是大集体。南昌市开发玉带河时，把沿河的家属工厂都拆了，出于补偿，赵志远的爱人到龄可以办理退休，也拿到了一份工资。

那年，他和一道来的同学都评上了工程师，厂长非常重视，认真地端详了他一番说，开个会，我要亲自发证。

那天，在阴凉潮湿的防空洞会议室里，个别地方还滴着水，厂长郑重其事地颁发了证书。那时广播里播放"深挖洞、广积粮、不称霸"的语录，很多重要的事情都放在防空洞里进行。原来厂里没有工程师，他俩是第一批的。

1982 年，他评上了高级工程师。

1975 年，他分到两室一厅，30 平方米，从单身宿舍迁出来。1986 年，因为是中层干部，他分到了两室一厅，47.7 平米，比前面又大了一点，总在不断改善，他很满意。

他家的家用电器，是分期分批解决的。

1981 年，爱人通过与别人互助的方式，凑了 50 元，买来 1 台上海产的蝴蝶牌缝纫机。80 年代，他到福州出差，买了 1 台华生牌电扇，90 多元。1985 年，他到上海出差，托熟人搞到票证，买到 1 台飞跃牌黑白电视机。

赵志远，1938 年生。退休后，在家看看报纸，不做别的。也没想过回山东，儿孙们都在这边，全都是一口的南昌话。再说老家父母早已不在了，大哥 90 多岁，一个妹妹也有 70 多岁了。即使回去，也已是今非昔比，看不到熟人，一点都不习惯。

一位曾在赣工作的女同学来南昌，几位老同学久别重逢，自然热络。在餐桌对面，女同学愣愣地看了他好久，居然摇着头说，不认识他。他没见怪，只觉得时光太厉害了，它会让一切陌生化，何况他又是一个自甘寂寞的人呢。

赵志远时常怀念北方。

那年，小麦黄了的时候，他去了趟青岛，他从山东海洋学院毕业已届50周年了。该校最早为1924年创办的私立青岛大学，文学巨擘博尔赫斯曾在小说《小径分岔的花园》中，写到青岛大学前英语教师余准博士在执行任务时的奇异经历。

趁自己还能行动，赵志远独自去往古老而美丽的母校走了走。学校建在山坡下，就像一座繁复的迷宫。不过他没见着谁，全是陌生的面孔。

日落之前，也没有哪里好去，他就在足球场边坐了一会儿。一只小鸟飞过上空。看着石缝中长出的青草，听到远处传来的汽笛声，感到许多的事情仿佛是一场梦。想到离校都已半百了，眼眶不免有些湿润。是啊，人哪能不老呢？而那时他也像球场上的学生，是那么的年轻而有活力。

南有『金球』

受访者：

江西压力锅厂胡坚，1962年生。

当年压力锅厂确能点铁成金，生产的"金球"光耀整个南中国。后来，它所经受的压力比压力锅大，甚至比山还大，竟也少有能及者。

一

胡坚说，找我采访是对的，我是这里的活地图。他原来就在南昌铝制品三厂，三厂的前身是南昌钟表、眼镜、钢笔修理店。

1956年，在胜利路4号，几家修理店走拢来成立合作社。经营项目为修理钟表、眼镜和钢笔。1958年后，还修理打字机，浇铸铅字。改名为"南昌市钟表打字机合作社"。

20 世纪 60 年代初，南昌市将该合作社部分员工抽走，成立南昌手表厂，造出了江西第一块自主生产的手表——庐山牌手表。最多时年产手表 100 万只。

庐山牌手表

1965 年左右，合作社更名为"南昌市胜利热工仪表厂"，保留维修钟表业务。又抽调一些人生产起宏图仪表，企业由商业变为工业。迁往梅岭的湾里紫清路 9 号。

胡坚记得的一个画面是，他们常端着碗坐在洪崖丹井旁吃饭。

20 世纪 70 年代，柴油机厂生产的起宏图满街跑，拉人载货，噪音大，冒黑烟，成为南昌一大街景。时任省领导曾向中央汇报说，江西生产的起宏图，马力大，功能多。可是，时局变化，起宏图也歇火了。热工仪表厂生产出成批的仪表无人光顾，指针从未摆动过，成了一堆废铁。

南昌热工仪表厂生产的仪表

为了生计，厂里开始生产一些盆盆罐罐：铝脸盆、铝水桶、铝水壶等。除了水壶有点技术含量外，其他只需模具压一下，修一下边就可以了。茶壶的壶嘴由大到小，且弯曲，有 17 道工序。那时上面给厂里

南昌铝制品三厂生产的水壶

下任务，拨铝锭，产品则由省市百货公司包销。厂子更名为"南昌铝制品三厂"。

几年后，眼看就不行了，厂里转而想走高精尖的路子。

1975年左右，厂领导到蜚声全国的沈阳双喜牌压力锅厂取经。一来二去，双方成了朋友，既然是朋友，就不应分彼此。1979年的一天，南昌铝制品三厂领导用一只带拉链的旅行包把对方厂家的原模给"取"来了，对方厂长睁一只眼闭一只眼，只当不知情。

胡坚说，厂领导并不是为了个人利益，也是为了企业生存不得已而为之。表示理解。

就这样，厂里开始生产压力锅，不如说是照葫芦画瓢，仿造压力锅。起初，技术不行，关键是锅盖过不了关，不得不停下来琢磨。慢

江西压力锅厂与沈阳双喜压力锅集团总公司开展联合售后服务活动

生产车间

慢地，难关攻克了，终于生产出了金球牌压力锅。因商标不一样，外观与双喜牌也有意做到略有差异，当时没有专利意识，又都是国有企业，是兄弟厂家，也就相安无事了。

金球跑火时，主要销往两湖、广西、福建、贵州，还有江浙一带。本省自不必说了。有家单位的保卫科长腰间插着手枪，拎着装有几十万现金的旅行包，到厂取货，排队一周才拿到货。经常有外地司机等得不耐烦而发生争吵。

产品从20、22、24厘米的型号不等，都拿到过国家轻工部部优和国家金质奖。时称"北有双喜，南有金球"。

铝制品三厂最旺盛时，厂长摸了摸一旁的金球牌高压锅说，我们躺着吃 10 年也够了。那时只有 200 来人，银行有存款 4000 多万。制作压力锅的原材料铝锭堆满了半个操场。

1988 年，整个江西省轻工产品只有两个获得"轻工部优质产品奖"，其中就有金球牌 24 厘米压力锅。国家恢复税收制度，三厂在湾里连年名列前三。第 1 名是宇航牌电视机厂，生产 22 寸彩电。第 2 名是铝制品三厂，年年是先进单位，南昌市二轻局的一块招牌。

80 年代初，江浙个体经济首先发迹。过去，宁波铝制品三厂主要给金球生产零配件，后来撇开江西自己干，很快就拥有了自己的品牌：苏泊尔。始料未及的是，苏泊尔至今还久唱不衰，而金球早已销声匿迹。

二

1987 年，由湾里搬回南昌，井冈山大道 186 号，铝制品三厂与南昌市汽车车厢厂合并，成立江西压力锅厂。

江西压力锅厂厂门

金球牌压力锅曾经一锅难求

　　1992 年左右，经过短短 6 年的红火，厂里开始亏损，欠银行本金 500 多万，利息高达 300 多万。对金球冲击最大的除了沈阳双喜牌压力锅之外，就是同属南方的苏泊尔牌压力锅的后来居上。

　　胡坚分析说，厂里有钱时，上马生产八竿子打不着的洗胃机。时代在前进，该厂竟然生产拔火罐，用铝铸，用火钳夹着放在灶膛里烧，仿佛回到了青铜器时代。生产医疗器械，销路不行，把钱折腾个精光。厂长被免职。

胡坚有心对合并的两个厂的人做过一些观察比较。

铝制品三厂人，头脑灵活一些，但团结不够，各打各的算盘。

而车厢厂人，力气大，一根大木料一拉，就出来。酒量大，没有五六两酒量不上桌。人要实诚一些，头脑不复杂，但创新意识不强。车厢厂劲往一处使，一喊劳动号子，就"嗨哟嗨哟"地干起来。

车厢厂建于20世纪60年代初，前身是青云谱木器社。三年自然灾害，南昌市公安局将江浙皖流浪汉收容后，集中安置到井冈山大道186号，成立了车厢厂，由公安和地方代管。厂里人员复杂，三教九流都有，充满江湖习气。

主要生产木制车厢，一度供不应求。井冈山牌汽车使用的就是木制车厢，是它的配套厂。江铃转型，主动找到车厢厂，要求做铁制车厢。厂长说，木制的都做不过来，哪有工夫做铁的？江铃只好开办附件厂，另起炉灶。

1983年左右，车厢厂效益不行，转而生产木制柜子、桌子。依然难挽危局，工人下岗，领导要求调动。厂里承包给了几个小年轻。

车厢厂曾与南昌橡胶杂件厂合并，才两年就分开了。橡胶厂本不景气，车厢厂人员复杂，天天斗气，互不买账。

铝制品三厂与车厢厂合并成江西压力锅厂，算是投缘，有过一段差不多10年的好时光。

1992年左右走下坡路，压力锅厂感受到了空前的压力。

1997年，更加不景气，大部分人都不想守下去，宁愿回家。

2007年，企业不死不活，一半多人不来上班。

这一年开始改制。地皮卖给开发商，所得资金用于改制。临街连片的土地耸立起了商务大楼，而设备作价给了私人企业，继续生产相关压力锅产品。

胡坚 1978 年进铝制品三厂。曾任生产科长、保卫科长、工段长、办公室主任、工会副主席。合并后任办公室主任。32 岁时，他办了一家办公用品小店。承包厂长几次通知他去上班。胡坚想，既然叫我上班，我就上。2000 年 4 月，他把小店关了，回单位。后来他想，回来是明智的。

2007 年，改制时，60 多个被除名的职工找上门来，厂长不承认：你们年轻时不上班，年龄大了就来了。厂里要交付社保，需要大笔资金。经请示上级，同意将长期不上班、通知不来的，可以除名。

三

胡坚说，当年厂里出过一件大事。

1974 年 7 月的一天下午，铝制品三厂领导去看望在二附院住院的癌症病人。一辆 750 三轮摩托车，坐了驾驶员、生产科长、职工代表、政工组长等，经八一大道，沿着中山路，往八一桥方向行驶。

20 世纪 70 年代，公交很少，宽大的马路显得空旷。

下午 2 点左右，在百花洲消防大队门口，这辆三轮车与一辆公交车迎面相撞，轰然巨响，司机弃车逃命，坐在左后方一侧的人全完了，右侧的革委会副主任、政工组长和群众代表全部负伤。

死者中有一位是胡坚的父亲，是政工科长，才 39 岁。此时胡坚 12 岁，尚在邮政路读初中。不难想象，这件事对他来说，无疑是天崩地裂，灾难深重。

多少年后，他叙述时却显得那么客观冷静，好像是一件与己无关的事情。试想，要经历过多少忧伤反复的侵害，才使一颗心平静下来啊。可是，这件事在他人的记忆中，也许早已淡漠了，或者遗忘了，而他不会，那始终是一件永远不会降低等级的大事，一个刻骨铭心的事件。

胡坚对厂子最初的老手艺人颇有印象。

他们闭上眼，都可以修好钢笔。有位老师傅叫万鑫，钢笔一摸就知道什么牌子，哪里生产的，进口还是国产的，或者拼装的。

那些老手艺人，尽管没什么文化，却写得一手好字，如今的硬笔书法都不可能达到那么高水平，这也是生活所迫。那时，很多人喜欢在笔帽上刻字。

20世纪60年代，一个坏了的笔尖，回收都值5毛钱，因为它是含金的。每根坏笔尖都要入账，否则银行要找你，需统一交到人民银行去。

父亲原是一名钟表匠。他有一只玻璃柜，规整洁净，抽屉很小，怕零件滚落，每回只拉出一半来。他用汽油清洗表芯，室内总弥漫着一股淡淡的汽油味，胡坚放学回来从窗外老远就能闻到，那是家的味道。

父亲常将一只放大镜夹在一边的眼眶上做工，看上去挺诡异的。他以拥有一套瑞士原装修表工具为荣。父亲的那一套，尽管是正宗瑞士的，但并不齐全。里面有一只小砧子，上面有4排洞眼，从小到大，功能各异。父亲去世后，胡坚当作传家宝保存下来。

胡坚也将那只放大镜夹在眼眶上，可那并不是一件容易的事情，但他也由此发现，一个微观的世界竟变成了一座大车间。

他年轻时修过不下20只手表。他有一只小闹钟，是1984年他结婚时买的，还在用，他也摆弄过几次。用的都是父亲那套瑞士工具。而现在呢，他不再修理了。虽说技术不成问题，但镊子抓在手里不住地颤抖，一哆嗦，零件就乱跑，不容易找到。再说视力也不行。

胡坚曾是南昌市文联《处女地》杂志编辑，编辑部有 20 多人，其中有著名作家胡辛。当时他在厂里上班，参与组稿，还写过散文体小说。

现在，胡坚在一栋空旷的大楼上班。他办公室里陈列着老式办公用具，室内还有几个木头柜子。办公桌是一张五斗桌，桌面是整张樟木的板子。桌上的玻璃板，边框是木制的。他有些动情地说，这桌子一直跟着我。我家还保留了一只金球牌高压锅呢。

胡坚现为江西压力锅厂留守处主任，留守处共有 3 人，还留有一些账本，是五六十年代的陈年老账，竖排的繁体字，有的是毛笔写的。

采访结束时，我们走出寂静的厂房。在花坛的树下，看见一只废弃的压力锅，没有锅盖，不知谁扔的，是否用来养花？里面有无种子？也不知道有没有一点象征意义。

锯齿形的厂房

受访者：

南昌大众印染总厂许小强、万福平、江长根、彭阳生、万伟华。

写到南昌大众印染总厂时，这家破产倒闭的企业，除了解一些粗线条的年代和沿革外，没有采访到什么具体的好故事，不好写，一度想放弃。可是，等到书稿快完成时，却怎么也放不下。

有两个画面常浮现在脑际，挥之不去。一是已不多见的锯齿形老厂房，是那个时代标志性的工业建筑；一是上百米长的印染生产线，庞然大物，叹为观止。

南昌大众印染总厂，原系市属国有中型纺织印染企业，创办于 1951 年。前后更名依次为"南昌制线厂""南昌染整厂""南昌白鸽线厂"，1997 年 5 月，经南昌市批准，南昌白鸽线厂兼并南昌灯芯绒厂，定

老厂房内还保存着1959年引进的机器设备，上面斑驳的锈迹和色彩缤纷的棉线一起讲述着岁月的故事

名为"南昌大众印染总厂"，隶属南昌工业控股集团有限公司。

1998年4月，"招大引大"，先后引入香港"明顺发"和"中邦"等公司，企业由生产经营型向资产经营型过渡。

按照南昌市"限产压锭，国退民进"的部署，1999年1月起，企业相继停产，其中制线转为个人承包经营；印染线引进香港贤日印染有限公司租赁经营。

大众印染总厂地处青云谱解放西路。全厂有印染布、灯芯绒和线生产设备232台，原生产能力年产印染布1200万米，工、民用线300吨。

原有职工2300余人，2010年国企改革后，现有未参与改制的集体身份的职工1300余人。

该厂主要产品是纯棉、涤棉、麻棉及混纺织物染色、色织后整理布；"66"牌灯芯绒、荧光灯芯绒、霜花灯芯绒；"白鸽"牌工业、民用线。

"白鸽"牌线曾获省优和部优产品称号。荧光灯芯绒、霜花灯芯绒评为"1992年度江西省优秀新产品"。其处理印染废水项目被纺织部评为"1989年度科技进步三等奖"。南昌市连续5年创汇企业，10强创汇企业。

提起"白鸽"牌线，仍让人记忆犹新，它影响了几代人。细小的棉

（上图）厂里坚持生产的工人

（下图）阳光透过树梢，洒在曾经喧闹的厂区

（右页图）高耸的烟囱和红砖的厂房成了可以供人凭吊的工业记忆

线，牵动的却是慈母脉脉的温情。缝纫机线、宝塔线、灯芯绒布，同柴米油盐一样，不可或缺。

当时，厂里女工占60%，属劳动密集型，4班3运转。车间里满是雪花膏的气味。不难想象，那时气氛有多热闹，色彩有多缤纷。似嫌不够，她们还要在长得像火车一般的机器上，这边送入一匹白练，那头扯出一弯彩虹。

印染是有毒工种，易得风湿性关节病，噪音大，灰尘多，易得肺病。而灯芯绒，灰尘特别大。可是，穿在人们身上，展现在大街上，它永远只会呈现出色彩靓丽的一面。

大众印染厂部分厂区成了工业文化特色商业街区

　　目前，该厂有一根烟囱、锯齿形老厂房、成套印染生产线和老式制线设备被完整地保存下来了，列为文物保护单位。

　　锯齿形车间是 1978 年建的，至今有 40 多年了。采光好，舒气散灰，符合纺织厂的特点。

　　南昌纺织企业有 20 多家，印染线 5 条，这里就占有两条，其他在江纺。这里一条线上百米长，仍尘封在空旷的车间里。

　　老式制线设备有并线机、捻线机、槽筒机等，都是 1959 年产的，十分稀有。

　　当年，厂里没有炸毁烟囱，卖掉设备，真是一件令人欣慰的事情，留下来，至少可以供人凭吊即将消失的工业记忆。

　　2019 年 3 月 14 日，我们戴着安全帽走进锯齿形的老厂房，去观摩那两条印染线。高大的车间里，阳光穿过高高的窗子照在对面的墙壁上，投射出明亮的格子，呈平行四边形。

　　右边为漂洗线，左边为成型线，而醒目的中间位置是一条百米印染线。眼下绿色漆皮脱落，锈迹斑斑。纵使合上闸刀，

锯齿形老厂房

恐怕它再也运转不起来。据介绍，1979 年买来时费资一二百万，达到国内最高技术水准。

　　一块白布还滞留在流水线上，如一片孤悬的卧帆，仿佛当年它没来得及穿过，机器得到某个指令，就戛然而止了，因而永远地定格在那里，再也出不来了。好像一个躲迷藏的孩子，在一个隐蔽的地方睡着了，而小伙伴们全回家了。而这位机器巨人，连同这个幽闭的车间，置身时光之外，也许永远都不会醒来。

　　印染总厂自从 1991 年 40 周年庆祝大会之后，人们就再也没有见过别的热烈场面了。

　　可是，谁也不知道这个稍嫌狭窄的地方，竟是一个藏龙卧虎之地。是啊，那台巨型印染线，还不足以称作钢铁巨龙吗？从远处看，那个锯齿形厂房，则是这条长龙巨大的背鳍。

钢铁巨龙般的印染线

阳光穿过锯齿厂房的窗子，投射在定格的机器上

把江铃当作终身职业

原江铃汽车集团公司（简称"江铃"）董事长、总经理，江铃汽车股份公司董事长孙敏，是一个被公认将江铃带出困境且创造奇迹的人，被人们尊称为"最优秀的企业家"。

笔者根据他的回忆录以及相关资料，试图讲述他的故事。

一

2003 年 6 月 6 日，孙敏荣休，年逾 67 周岁。正好西南的朋友约他去玩。他在云贵川一连打了两周的高尔夫，稍作休整，收拾好行囊，就带着小女儿去北京住下来。

1936 年 5 月 1 日，孙敏生于杭州。1959 年，他毕业于吉林工业大学汽车系汽车设计专业，分配到刚成立的农机部（第八机械工业部）科技司，主要从事拖

1978年3月18日全国科学大会
现场及"全国科学大会"小全张

拉机的科研开发和管理工作。

1964年底,"四清"运动。他一直表现出色,中学当班长,大学是班长兼学生分会主席,视听言动未有不当。尽管个人清白,但复杂的家庭关系,让他难逃一劫。他下放到江西拖拉机厂担任设计。

20世纪70年代,孙敏下放到泰和县农机厂。一道下放于此的还有十几位工程技术人员。

从1971年到1980年,一放就是10年。好在孙敏始终不曾放弃专业,且屡有大获。他设计的小四轮拖拉机在全省评比第一;他负责开发的东风12型小型水稻联合收割机在全国享有盛名。当时每年夏收夏种,都要召开一次全国农机现场会,这台收割机两度获得第一名,但《人民日报》《江西日报》上报道的却不是他,而是县农机厂厂长。

1978年3月18日全国科学大会,是我国科学史上空前的盛会。孙敏开发的联合收割机荣获全国科学大会优秀科技成果奖。他参会并聆听邓小平的讲话"知识分子是工人阶级的一部分""科学技术是生产力"(后来再提时改为"科学技术是第一生产力"),异常振奋,感到"科学的春天"真正来临。

二

江西工业战线抓"两个突破",关键是产品创新。出于备战之需,把突破口选在汽车工业上。

江西汽车配件厂改名为"井冈山汽车制造厂"。仿制苏联嘎斯,制造出井冈山牌汽车。1969年,该厂生产了500辆井冈山牌汽车。1970年《红旗》杂志在显要位置,刊登《一个小厂是怎样年产五百辆汽车的?》,在全国引起不小的震动。

江西省除了井冈山汽车制造厂(后改为"江西汽车制造厂",简称"江汽")外,还有5个重点汽车厂家,都是用井冈山五大哨口命名的。这些厂全赖省里投资。

1968年4月,第一批井冈山汽车正式下线

手绘的工人劳动场景

1969 年一机部汽车局副局长带队赴赣考查。觉得汽车制造战线过长，恐怕行不通。如果集中火力，攻其一方，还有望做大做强，中央应该能给予支持和投资。因此，考查组就跟省机械厅和井冈山汽车制造厂商量，想重点扶持井冈山厂。但机械厅不敢做主，因为当时省里要的是遍地开花。

江西省汽车业就此失去了一次国家投资的机会。否则，江西省汽车工业的地位就可能全然不同，中国汽车工业史要改写，至少国家会多一个重点汽车企业，一个跟南京和北京的汽车厂比肩而立的汽车企业。

孙敏说，如果用行政手段，而不是经济手段、市场手段来解决企业的问题，肯定是行不通的。

之前，厂子只有几百人从事汽车修理和配件生产，实行计划分配，江汽的日子还好过。做汽车后，扩张到 3000 人，手工敲打汽车，效益极为低下，年产量最高时不到 1000 辆，少则 300 辆左右。

由于质量不过硬，客户在争取购车指标时，首选解放牌汽车，其次是南京跃进牌，很少光顾井冈山牌。因此江汽的计划始终不饱满，没有计划，车就卖不出去。

改革开放后，江汽就更难维持了。成本比同类厂家高，价格却很低廉，亏损非常严重。从 1968 年始生产汽车，到 1983 年工作组进入时，16 年连年亏损，总计亏损 5600 万元，平均每年亏 400 万元，成为江西省最大的亏损户。

三

1982 年底，江西下大决心解决江西汽车制造厂的问题。

1983 年 1 月 1 日工作组进驻、接管江汽。孙敏作为工作组成员，负责江汽技术。

工作组最主要的是解决财政问题。既不能关掉厂子，也不能宣布破产，还须满足工人的最低保障，工资一定要照发。怎么办？只有靠政府财政补贴。

（左图）20世纪80年代的厂门
（右页上图）老厂房
（右页下图）20世纪80年代的车间

半年多后，工作组撤离，重新任命领导班子。孙敏留下来，任第一副厂长兼总工程师。1987年擢升为厂长。

首先要解决的是亏损问题。怎么解决？现有条件下，只能把产品改好。技术上他是行家。他调集精兵强将把井冈山汽车设计明显不合理的地方、几个重大质量隐患整改掉。

其实，这一步，从工作组阶段就着手进行了，1983年初见成效，1984年汽车销量提高，年产1200辆，江汽扭亏为盈，实现微利。这下不亏了，不靠财政补贴发工资了，全厂都长长地舒了一口气。年终，厂里给每个职工发了10块钱，这是十几年来第一次拿到的奖金。

他的群众关系一直都不错。工人对他的评价总是"孙敏是个好同志。"他跟工人能够勾肩搭背，无话不谈，工人跟他也什么话都敢讲，反倒是很多干部怕他。

孙敏苦苦探寻，找到了出路：对外引进，拿来技术，逐步消化，提高国产化程度。不对外引进无路可走，不国产化又会是死路一条，但如果起步就搞100%国产化，那就揠苗助长了，也一定是质量低劣的产品。这就

庆祝江铃五十铃汽车有限公司成立大会

驾驶室国产化是五十铃汽车国产化的序曲，驾驶室模具是当时国内引入最早的模具

1985年6月，江西汽车制造厂第一辆以CKD起步引进开发的江西五十铃双排座轻卡正式下线

注定了我们走的是一条通过消化吸收，提高水平，实现稳步发展的路子。

1984年，他把握住五十铃已将技术转让给中国这一难得机遇，赴日考察，开始跟五十铃接触。几番谈判，用了两三个月，最终与五十铃签下了7个合同和协议。包括技术转让协议，转让费很低，只需付点提成费；包括入门费，也很低，因为它的技术已转让过了；包括逐步国产化协议，如车身国产化，购买了整套高质量模具，价格也相当优惠；还包括派人去五十铃培训的合同。

1986年五十铃投产，方一起步，国产化率就达到40%，这样就能享受零部件优惠关税。

孙敏没有止步，他感到发动机如果不国产，必有大患焉。日本发动机卖得很贵，算上关税一台需要2.4万元至2.6万元。国产化后，成本只需万余元。所以他痛下定决心，一定要上发动机项目，这是实现国产化关键之举。可是，江铃的资本积累还不够多，而且发动机需要国家立项，不足一定的量也立不了。

发动机厂要投产，固定资产投资即厂房、设备，大概需要7亿至9亿元，远远不够。钱从哪里来？只有上市。于是他开始谋划上市。

江铃股票上市新闻发布会

（上图）江铃A股上市

（下图）江铃4J系列发动机
项目竣工投产仪式

那是1992年，江西省还没有一家上市公司，省里也没有证券管理部门，只有体改委寥寥几人在办公室琢磨此事。

1993年，江铃A股首先顺利上市。发动机建厂所需8亿元资金很快就有了着落。

江铃前后请来10位专家，皆是全国著名的发动机专家，作为江铃发动机厂的顾问。江铃发动机厂的生产设计和工艺路线设计都是自己的，设备选择汇总了专家意见。这样就大大地减少了以后对外的依赖性。事实证明，江铃发动机厂的设备故障率和运营成本都很低。2003年，成本已降至

江铃—福特长期合作协议签字仪式

9000 多元。

发动机厂投产后，江铃轻卡基本上实现了国产化，不太需要进口了。至于变速箱厂和后桥厂，他们通过先投资、再划转的方式，使其变成江铃集团的资产。

孙敏明白，企业要想通过联合兼并做大做强，根本出路还在于资本运作。发动机厂的建成投产，就是资本运作的成功范例。尝到了甜头后，他长袖善舞，继续在资本市场上纵横驰骋，又一手导演了江铃 B 股上市。

福特项目得以谈妥，对江铃非常有利，因为价格不菲：卖给美国人的 B 股定价是 3.6 元，而当时市场价就一两元。江铃的 B 股大部分也卖给了福特，福特通过这种形式进入了江铃，成为合作伙伴，同时把全顺产品带过来了。

（上图）全顺汽车下线庆典

（下图）江铃汽车2002年第5万辆下线仪式

孙敏退休时，江铃这个累计亏损 5600 万的企业走出了泥淖，盈利情况非常好、资产状况非常优良、负债率非常低、现金流非常好，江铃集团公司、股份公司的各项存款约有 10 亿元，足够开发一个新的车型。

四

江铃这个江西省最大的亏损户变成了最大的盈利户，并创造了多个第一：江铃成为第一家江西省进入中国 500 强的企业；江西省第一家上市公司；江西省第一家引进世界 500 强企业的公司。

孙敏在任 20 年半，可圈可点，功不可没。

对于江铃能够取得这些成绩，他有几点体会：

企业必须坚持"自主经营、自负盈亏、自我积累、自我发展"十六个字方针。他说，其实国有企业改革早就提出了这一点，但很多企业不当回事。遇到问题不能等靠要，一定得靠自己。

一定要争取企业的自主权。

普遍认为，一个企业要搞好，必须坚持做强做大。而孙敏持不同意见。他认为，要做到好企业，必须要有积累，要优化你的产品，要提高你的盈利能力。所以他很注意企业的经营能力，他始终坚持产品毛利率要达到 30%。两种情况除外：开发初期和刚刚投产的产品。

同时，一定要控制好负债。江铃的负债率一般控制在 30% 左右。因为有足够的资金，当市场需要时，就能随时能启动一个产品。

他说，如果我要想启动一个产品，消息传出去，几个银行的行长就会亲自来找我，就是因为我的信誉好，从来不拖欠。我有著名的"六不欠"：不欠国家的税，不欠银行的到期本息，从不拖欠工资，从不拖欠奖金，从不拖欠社保，从不拖欠医保。

孙敏认为，企业要重视培训。江铃很多职工被派到日本五十铃和美国福特去培训，也请他们的专家到江铃来开讲座，以提高干部职工素质和管理水准。

他还认为，要提高管理水准，把工作效率搞上去，必须实行责任制，责任必须到人。他推行的一套很独特的做法是，单一首长负责制。任何一个部门，只任命一把手，通常兼书记，由他组阁，允许他选一两个助手。同时还任命一个副书记兼工会主席，但这要取得他本人的同意，要合得来才行。出现任何问题，惟一把手是问。所以江铃的干部素质非常高，他们都是竞争上岗，如果不行，就换一把手。

孙敏注重发挥工会的作用。重视工会，是因为这种严格管理必须让职工接受。即使是遇到一些不合理的事件，也有一个反馈的渠道。他也重视职代会，注意倾听群众的意见，合理的一定采纳，不合理的讲清楚，体现民主管理。

他要求工会和职代会参与监督。假如没有有效的监督，就容易滋生腐败。

但孙敏认为，国家奖给他的，受之无愧，那是他合法的收入。同时他要求部下也如此。主要部门的一把手的待遇都比较高，前提是你必须廉洁，必须自律，必须接受群众的监督。

一生只想做成一件事情，孙敏做到了。到江铃时，他就宣布，只要组织上不调我走，我就把江铃作为终身职业。

中国汽车工业的一匹黑马

受访者：

江铃汽车集团公司黄一勇，1951 年生。

上

1928 年，南昌修筑了第一条公路——南莲路，南昌开始有汽车客货运输，随之也就出现了汽车修配行业。

20 世纪 30 年代初，国民政府交通部运输二处创立"汽车修车厂"。1936 年，改名为"汽车整车厂"，厂址在南昌市顺化门外，经营维修保养汽车和拼装报废汽车。1945 年国民政府公路局"南昌修车厂"成立，厂址在顺化门外汽车站。专营国民政府公路局汽车车身制造，兼营汽车维修保养。

1949 年 5 月 22 日，南昌解放。江西省交通厅接管了南昌整车厂，公路局接管了南昌修车厂，并改名"南昌保养场"。

1950年江西省公路局整车厂
厂址区位简图

1947年4月8日的南昌汽车保养场
场长任命书

　　1952年，江西省运输局将南昌整车厂和南昌保养场合并，成立"南昌汽车修理厂"。主要维修汽车，制造木质车身和驾驶室，以及省市党政机关客车维修保养等。1957年，试制成金属结构车身。

英雄牌三轮车和井冈山牌载重汽车

　　1958 年 5 月 1 日前，短短的几十天，试制成功英雄牌三轮汽车，适用于农村和城市短途运输。同年又试制成 2.5 吨英雄牌载重汽车。决定组建"江西汽车制造厂"，选址青云谱包家花园。

　　当年这里是一片荒芜的草泽、坟丘，虫蛇遍地。初创者在此安营扎寨，住干打垒草屋，睡报废的车厢。1959 年，改名"南昌汽车厂"，始迁新址。1967 年 11 月 13 日，定名为"江西汽车制造厂"，隶属江西省机械厅。

　　1968 年初，厂革委会成立，计划年产汽车 50 辆。成立一支精密铸造突击队，不到两个月的时间，制成了 17 种产品。大搞工艺革新，共完成 26 个项目。生产出第一辆井冈山牌汽车，年产达 50 辆。

　　"一万年太久，只争朝夕"，1969 年底，全省展开生产 1 万辆汽车和 10 万台拖拉机的"大会战"。各地市专门成立汽车制造领导小组，由革委会主要领导挂帅。12 月 12 日，厂名改为"江西井冈山汽车制造厂"。

　　这年全面铺开，江西大兴"汽车热"。以井冈山五大哨所命名新建汽

创业初期的艰苦奋斗——职工的车厢住房

车制造厂：黄洋界汽车制造厂（南昌客车厂）、双马石汽车制造厂（江西农业大学校办企业）、朱砂冲汽车制造厂（江西拖车厂）、桐木岭汽车制造厂（江西消防车辆厂）、八面山汽车制造厂（抚州富奇汽车制造厂）。江西地市各建一个汽车厂。为各汽车厂制造零配件的企业，更是遍布全省。

时任省领导欣喜地说，中国第二次工业革命在江西爆发了。

1969 年，生产"井冈山 -27 型"2.5 吨载重汽车514 辆，比上年增长 10 倍。职工增加到 600 多人。

1970 年 4 月 10 日，新华社发布了一篇长篇通讯《一个小厂是怎样年产五百辆汽车的？》，接着，《红旗》

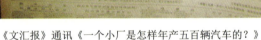

《文汇报》通讯《一个小厂是怎样年产五百辆汽车的？》 　　当年的汽车大会战手绘图

杂志、《人民日报》及全国各主要报纸竞相刊载。

　　当时的口号是"抢起大锤干革命，老婆孩子齐上阵"，采用群众运动的生产方式。汽车产量年年翻番。1970年生产汽车1008辆，比头年翻一番，1971年2204辆，又翻了一番。从1968年到1971年4年间，汽车产量增长了42倍，比1968年翻了5番。

　　1973年2月18日，恢复原厂名"江西汽车制造厂"。

　　因为盲目追求高产量、高指标，加上价格不合理，企业长期承受计划内亏损的沉重负担，生产得越多亏损越多。从1968年到1983年共生产汽车13807辆，累计亏损5683.63万元，企业濒临破产。

下

1984年1月19日，江西汽车制造厂在日本东京，与五十铃公司正式签订了技贸引进合同。同年4月该厂派出首批以模具、涂装和装配技术为主的研修团赴日学习。1985年，企业开始逐批引进五十铃542型双排座、客货两用轻型汽车技术。

江西汽车工业集团公司成立大会

1987年10月29日，厂长孙敏提出"多出车，保质量，创名牌，增效益"方针。经过3年技术改造，形成了一条完整的江西五十铃生产线，具有年综合生产1万辆汽车的能力。

1988年8月12日，以江西五十铃为龙头，以江西汽车制造厂为主导，江西汽车工业集团公司成立。

当年企业盈利5000万元，继而1989、1990、1991、1992年，年创利税以5000万、1亿、1.89亿、3.5亿的速度递增。1989年，企业进入全国500家最大工业企业，1990年实现利税从第296位升到160位，次年122位，1992年名列全国汽车行业第6位。江铃利税占江西全省预算内国营企业总额的40%，占南昌80%。

江铃被新华社、《人民日报》等媒体称为中国汽车工业的一匹黑马，占国内同类车市场份额的60%。

经过十多年的奋斗，如今江铃汽车股份有限公司，是国家高新技术企

1991年7月，江铃汽车集团公司成立　　　1993年11月，江铃汽车股份有限公司成立

业、国家创新型试点企业、国家认定企业技术中心、国家知识产权示范企业，"国家整车出口基地"。

江铃汽车是以商用车为核心竞争力的中国汽车行业劲旅，并拓展至 SUV 及 MPV 等领域。20 世纪 80 年代中期在中国率先引进国际先进技术制造轻型卡车，成为中国主要的轻型卡车制造商。

江铃汽车拥有青云谱工厂、小蓝工厂、太原重卡工厂等整车生产基地，列 2019 中国制造业企业 500 强第 82 位，中国企业 500 强第 192 位。2019 年，江铃集团实现营业收入 951.89 亿元，整车销量 39.76 万辆。

江铃集团拥有 39 家一级子公司，业务涵盖整车和零部件制造，同时广泛涉足汽车进出口、汽车金融、汽车回收拆解、汽车发动机再制造、物流、房地产等领域。

整车产品涵盖商用车、乘用车、专用车及新能源汽车，拥有 JMC 系列、易至系列、福特系列、陆风系列、驭胜系列、五十铃系列、晶马系列、骐铃系列等汽车品牌，同时具备新能源汽车三电系统、汽车发动机、变速箱、车身、车架、前桥、后桥等关键零部件自主研发制造能力。

江铃集团与福特汽车、日本五十铃汽车、雷诺汽车、麦格纳等世

界优秀企业开展合作，设有 12 座海外运营中心，产品覆盖全球 115 个国家和地区。

作为小蓝经开区引爆项目，总投资额 128 亿元的江铃股份富山新能源汽车基地 30 万辆整车项目有序推进，于 2020 年一季度投产。未来，全区将形成百万辆以上汽车产能。

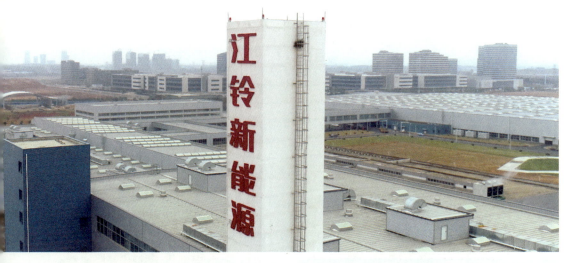

江铃新能源汽车项目正有序推进

敲锣打鼓去报喜

受访者：

江铃汽车集团公司黄一勇。

那些年，每次的电话本，黄一勇都会留下来，还有介绍厂情的资料。后来一板车卖了，换成 6 张 100 的票子，还剩下一点拉回乡下了。厂里历年的报告，彻底扔了。他说，当时我舍不得，跟我这么长时间，妻子和女儿说，还留着干嘛？他采纳了她俩的意见，进入晚年，要懂得做减法。可是那些刻进脑海里的东西，也还是卖不掉的。

黄一勇 1968 年 6 月 21 日进厂。他是从上饶来的，原为一名赤脚老师。当他看到月台送行的父母时，只是很激动，并没有更多的感觉。

可是，等绕过一个大弯时，车厢里的喇叭开始播放合唱曲："我们都是来自五湖四海，为了一个共同的革命目标，走到一起来了……"父母的身影不见了，泪水才蓦地流出来。他是家中的老大，要出门挣钱，替父母分忧。

他只有17岁多点，第二天上午9点50分到南昌，下车时有井冈山牌汽车接站。来到江西汽车制造厂，东西还留在车上，先让他们下车吃饭，喝汤。大木桶装饭，馒头自己拿。就着方桌，坐在凳子上，腮帮子里塞满了可口的饭菜，感觉很爽，能吃饱了。分配宿舍，二三天待在办公室听安全生产大道理。

分工后，他去5营9连金工车间上班，穿翻毛皮鞋的周主任来接他，分到全省先进班组学徒，加工大件。

黄一勇还记得敲锣打鼓去报喜的情景。

几百个工人，从青云谱穿越差不多整个南昌市区，目的地是省委、省政府。市民们夹道观看。

用井冈山汽车迎接
北京归来的工人代表

没料到的是，四五十辆汽车，才走不久就坏了一辆，开着开着又坏一辆。几名工人就掀开引擎盖，趴在车上一顿忙活，车子仍然不动，最后不得不跳下来，垂着两只油污的手，徒然地望着大部队远去。路上坏了不少，抛锚的车子彼此相望，真正到达终点的只有20辆。不难想见，省领导非常高兴，毕竟江西也能生产汽车了，真的不容易！

黄一勇参加过几次报喜活动，而这次印象最深，碰巧他所在的那辆汽车也坏在路上。事后他说，既高兴又扫兴，不过总的来说，感觉还是挺好的。这有点像花絮，它打破了某种单调的严肃。

对比过去，他发出一声感叹，那时平均每7天生产1辆汽车，已经够喜人的了，而现在，你看看，平均每分钟1辆，一年几十万辆，真是不可思议！

1974年，他调到团委任干事。1985年，借调到市委组织部，回来到厂宣传部。1968—1970年他在厂报社办报。

他记得，1993年江铃上市。第一只股票上市，9.21元开盘，一下子蹦到10元多。他在深圳证券现场，写了一篇报道《赣江铃股要在深圳交易所上市钟声敲响》，成了各报发布消息的通稿。那篇消息他拿了江西年度好新闻一等奖。

当时中层干部认购1000股，一般职工500股，3.7元一股。没想到的是出现疯跌，卖又卖不掉，交易又挤不进。他到底还是以3.6元卖掉

江铃股票认购申请表

江铃的职工宿舍

了，亏了一点。谁知后来涨高了，反而没有人接。

谈到最满意的事，他认为发奖金之外，就是住房改革。他指着眼前的房子说，这一片全是那时盖的房子，所有员工都分到一套。他妻子说，得感谢孙敏。

他结婚住单身宿舍，把 18 平方米房子隔断，后面住单身汉，前面住新婚夫妇，中间用芦苇做隔板，一点都不隔音。后来调到 19.7 平方米。1989 年，大批建房，他分到 70 平方米。后提为中层住进了 4 栋，100 平方米，属于中层干部楼，三室两厅，所有线路从地下走，成了模范小区。

他记得当时有人提议，孙敏为江铃作出杰出贡献，应该奖他一套住房，得到了职代会一致通过。

黄一勇说，就个人而言，江铃离不开改革开放，我曾写过社论《没有改革开放，没有江铃今天》，得到过领导的赏识，没有江铃发展，就没有个人发展。许多人的后代都在江铃，有的家族都在江铃，坐下来四五桌的也有，一见面，多少都有点沾亲带故。所以，他说，江铃只能干好，不能干坏。

企业家的情怀

受访者：

江铃汽车集团公司黄传荣，1950年生。

1968年7月28日，黄传荣进厂时，刚满18岁，他1950年4月24日生，南昌七中初中毕业。那时还叫江西汽车制造厂，职工有600多人。

黄传荣原是厂里的木工，进厂半年后就不做木质车厢，他改做钣金工，他记得，车子是靠一锤一锤地敲出来的。典型姿势是一手拿焊枪，一手拿榔头，左右开弓。工人的焊接技术很高，加上油漆工，看上去汽车外观天衣无缝。

黄传荣兴趣广泛，文体全面。他是厂工会干事、足球队长、乒乓球主力、田径篮球领队。1986年当工会副主席，负责日常工作。1990年至1994年，他在冲压车间当书记。

黄传荣说，江铃曾陷入低谷，做过尼龙床、洗衣

1990年，江西汽车制造厂在装配车间举行"七五"技改
工程竣工投产和累计生产1.5万辆江铃车仪式

第一辆江铃N系列轻卡下线

机，到1983年累计亏损5600多万元。孙敏担任厂长，这是一个转折。他在江铃当了20年的一把手，我真心地佩服。他大度，能够团结反对过自己并已经证明是错误的人，所以他能把江铃搞上去。

1987年初，两台五十铃胸戴红花，向职代会报喜，这是新的起步。当年就生产了200台。

同年，南昌市成立汽车工业办，拟把江拖、南齿、南柴、江汽组成南昌市汽车厂。并作了分工：江汽生产车身，南柴生产发动机，江拖生产底盘，南齿生产齿轮。存在一把手谁当的问题。孙敏说，谁都想出头，协调不好。他无意于勾心斗角，只想把自己的厂子办好。

他接受中央台采访时曾说，关键在于民主管理，发挥工会作用和职代会作用。

1988 年 7 月，孙敏拿出 400 万做广告，职代会通不过。他花了两个小时，苦口婆心宣讲现代广告理念。他说，以前总说酒香不怕巷子深，现在巷子大了酒多了，就得多吆喝，以前的观念落后了，国外广告投入比例很大。黄传荣主持大会，进行了表决。400 多职工全都举起了手，随后是热烈的掌声。"一代名车，中国江铃！"这句响亮的广告词，国人皆知。

1989 年，五十铃很跑火，而井冈山汽车却不赚钱。职工不想再生产这种吃力不讨好的老式汽车了。孙敏说，还是再做几年吧。其实，省里都没强调说要做，连做两年，两年亏损。孙敏之所以一定要做，缘于江西是农业大省，井冈山汽车不仅是一个政治符号，更是农民兄弟的好帮手。即使亏本，也要做，让五十铃来弥补一下。井冈山汽车 1991 年才停产。企业家也是有情怀的人。

1990 年职代会上，群众说，现在都涨价了，钱不经用了，要求厂里给点生活补贴。大家提出统一意见交给工会，希望一人补贴 50 元。孙敏说，何必 50 元，就 100 吧，省得又来向我要。

江铃大门外开，广揽人才，以满足企业发展需要。1992 年，从南昌

江铃现代化流水线

柴油机厂调 50 个技术骨干，成为铸造厂和发动机厂骨干，一人奖励一套房子，并出国考察一次。又把一汽退休厂长聘请为发动机厂厂长。

南柴许多管理和技术骨干来江铃，参观发动机厂，啧啧叹服。当他们原来还是手工操作时，江铃则已全自动化了，流水线，零误差。南柴的人说，现在江西工人老大非江铃莫属。

黄传荣的叔叔是南柴职工，产品测试组组长，1992 年本来是 50 个进江铃的技术骨干之一，谁知他半途退转，不来了，后来悔断了肠子。

1990 年，黄传荣为工会采购音响灯光。孙敏说，钱由行政出，1 万元之内，你自己定，超过了就跟我说。

当时用现金支付要便宜一些。到海南，付出 1 万现金，用最便宜的价格买来了全套美国音响灯光。回来时，在莲花县堵车了，要检查。主要查广州来的走私香烟。黄传荣想，检查倒不怕，可是如果要拆开看，一天就完了。他对检查人员说，这车是江铃汽车的，你听过吗？验看发票，果真是江铃。爽快地放行。可见江铃的名头还是挺响亮的。

早上 4 点到南昌，9 点他就接到通知，孙敏找他谈话。工人叫醒了熟睡中的他。

孙敏说，传荣，你没有当过企业基层领导，怎么替工人说话？你想过没有呢？给你一个重大任务，让你到冲压车间当书记。厂里 65% 资产在这里，我放心不下，必须稳定。黄传荣说，可以，我去。孙敏说，你必须在基层当领导，否则就不知道工人怎么想的，过几年让你回来。

结果，黄传荣下车间埋头干了 4 年，他亲眼看到工人生产生活何等的艰苦，暗下决心，如果回去一定替他们说话，帮他们维权，让他们工作更安心，生活更安逸，让企业劳动关系更稳定。

黄传荣调回了工会。一天，孙敏放心地对黄传荣说，我的目的达到了。

是工厂还是乡村

受访者：

江铃汽车集团公司阮爱珠，1955年生。

1971年，阮爱珠刚16岁，她从南昌17中毕业招工进厂。她走进挂着"井冈山汽车制造厂"牌子的大门，中间是一条笔直的马路，有一头牛慢慢悠悠地走着，地上相隔不远就有一摊牛粪。这是工厂还是农村？她有些困惑。

她的老同事牛振法，也遇到过类似的困惑。侄子听说他在井冈山汽车制造厂，径直跑到井冈山去了，一打听，才知道厂子在南昌。

阮爱珠分到发动机金工车间当车工，三班倒，生产发动机零部件。产量不高，年产也就一两万件。后来调到底盘车间。她感到学到的东西根本不够用，始知离开学校太早了，早得没有基本的准备就进入社会。

1973年她报名上夜校，开始了着魔般的学习。每

江西汽车制造厂生产
出第一批井冈山牌汽车

天匆匆吃完晚饭，就夹着课本奔夜校。白天还得照常上班，拼命干活，不能落在别人后面。如果轮到上晚班，就早早地来厂里，夜校放学后便马不停蹄地做工。加晚班是常事。

隔着围墙就是老百姓的田地。她记得休息时，有时会穿过墙洞去偷红薯吃。

1993年，她调到发动机厂任技师、车间副主任。发动机厂有200多人，设备比较先进，当时戏称为"八国联军"：意、德、英等各国的都有，年产达20万件。

1957年，父母从上海支援内地来南昌搪瓷厂，两年后她才从上海过来。她说，父亲干活扎扎实实的老派作风影响了我，全心全意地干，没有半点马虎，生产的产品质量高，用卡钳一量一个准。

那时人家结婚请她吃酒，她也26岁了，有人对她说："你又不傻，干嘛还不找老公啊？"她懵了，以往总觉得结婚是别人的事，似乎跟自己无关，就想：是不是每个人都要结婚呢？她不得不开始思考这个问题。经人介绍，1981年她结婚了，好像也没有那么难。

江铃对她不错，第一批就分到了房子。所以，她常怀报答之心。但是她忘我地干活时，却把孩子给耽误了，她内心一直不安。

爱人在南昌发电厂上班，每天要穿过洪都大道，骑1小时的车，南北来回奔波。1982年生孩子，只好请妈妈帮忙带。2016年，孩子生病了，患的是重症肌无力。2018年领到了二级残疾证。2019年，孩子37岁，大学传媒专业，不能就业，呆在家里，手瑟瑟发抖，碗都端

江铃特色文化活动是
最温暖的记忆

不稳，有时会掉在地上。

她现在渐渐感到年龄大了，不但不能指望孩子，还得靠自己，依旧还要抚养孩子。晚景似乎有些缺憾，可从精神面貌来看，她自己并不觉得。

2005 年，她 50 岁退休。她不想呆在家里，身体尚可，还想做事，一路的惯性促使她宁愿忙起来。

2006 年，她被招聘到八大山人社区担任书记、主任。从工厂到社区，根深蒂固的工人本色，使她无法适应。在她眼里，那些零部件力求精准，差 1 毫米都不合格；再说计划经济，什么都不用考虑，只管生产就可以了。可社区不是这样的，做人的工作，要懂得变通，她弄不来，习惯于一是一、二是二。她凭原则办事，觉得没有做错什么，但照样有很多的烦恼。

困惑之下，她到香港一所大学进修半个多月，学社会管理，可一遇到实际事务，就感觉积重难返，力不从心。2008 年，她索性离开了社区。

她想玩一玩，跳跳舞，就报考了老年大学。她在梨园二区成立舞蹈队，带着姐妹们到处玩。她会操作电脑，什么下载啊，播放啊，她都会。周边的人找她，她很乐意帮忙。她有很多活动要参加，拍视频，做相册，拍微电影，样样都来，总之，她很忙。

只有在忙的状态下，她才感到愉快，这样，有的无法改变的事情她就能对付过去，或者不再焦虑。

满眼雪白的梨花

受访者：

江铃汽车集团公司袁美英，1947 年生。

1970 年，她是从赣州地区南康县招工来的，分到锻工车间，同来的有 150 人。学徒 3 年，第一年 20 元一月，往后每年加 2 元，学徒期满 24 元一月，包吃包住。

进厂前，她已经参加了工作，在大队当过妇女主任、民办教师。厂里本来只招 22 周岁以下的，她已满 23 周岁。可她 18 岁就入党，所以破例招进来了。她在 5 姊妹中排行老大，家里非常贫困，来南昌当然高兴。

她还记得进来时的情景，一栋两层办公楼，厂子很破烂，到处漏雨通风。生产的是井冈山牌汽车。那时没有盈利，靠政府补贴，发工资都困难。分配差异不大，平平过日子。有时需要贷款发工资，财务科长常犯愁。老职工住过平房、猪窝、车厢。车厢，是旧

20世纪70年代的职工住房

客车改成的，10 多平方米。猪窝，也真的是一排猪圈改成的，10 来平方米一间。

　　她爱人在洪都技校工作，结婚时没有房子，住的是可容纳 8 户人家的大茅棚，原来是食堂。小孩顽皮地在破洞里钻来钻去，刮风下雨，茅屋顶都会被掀掉。一住就是 11 年。

　　电影是露天的，每周一次。周末都不敢去市区，坐车要钱。那时很想家，好久都不习惯。学徒没有探亲假，满一年才准许回家。从赣州坐车到南昌要 12 个小时，每次中途都在吉安住一晚。单身宿舍上下铺，8 人一间。打毛线，发的白棉纱手套，舍不得用，拆了打衣服。没有什么乐趣，就只剩聊天。

　　1974 年，学徒期满，她已 27 岁了，那时晚婚年龄女 25 岁，男 28 岁，加在一起是 53 岁。

　　结婚时，自己买来木料，同来的工友有做木工的，请他们周末来打家具，弄点饭吃，不付钱。没有办酒，回老家见父母，双方亲人吃个饭。

　　老公凭票买了一辆永久牌载重自行车，一块上海牌手表，120 元。

　　80 年代才买了电风扇、缝纫机、收录机和电视机。

　　电风扇是赊来的，120 元一台，分 10 个月还清，厂家促销，无锡产的，这是工会担保做好事，每月从工资里扣 12 元。

　　缝纫机是南昌缝纫机厂生产的百花牌，98 元。那时小孩衣服鞋子都是自己做的，两个儿子，毛线衣自己打。可惜缝纫机没能留下来。

　　收录机是吉安生产的，100 多元，赣新牌 12 寸黑白电视机，也是通过工会担保，花 320 元买的。到 90 年代买了 21 寸的彩电。

　　当时，稍微好一点的境况，也就是父母有房子，家具成套，有手表、自行车、缝纫机、收音机罢了，那时没有那么讲究。

如今的江铃生活区

1991 年，到江铃分两室一厅，40 多平方米，因技术尖子，表现好，得到照顾。她住在 6 楼，前面有座梨园，每每看到那片雪白的梨花，就像心里有件好事那样，十分舒心。实际上，梨园是由梨树、砖瓦厂和鱼塘几部分组成的。

后来，把梨树砍了，鱼塘填了，砖瓦厂迁走了。厂里在梨园盖了 5 栋房子，据说是南昌最好的小区之一，1994 年她分到三室一厅。不到 1 公里就是象湖，可以去湖边散步。她时常怀念那片雪白的梨树，一直以来好像少了什么，觉得砍了挺可惜的。

1972 年她调到厂团委，呆了 6 年。之后到工会，做女工干事，待了 8 年。1986 年底，又回到锻工车间任党支书，干了 3 年多。1990 年任工会副主席，4 年，到纪委任副书记。1997 年提总经理助理。2003 年底退休。如今退休都快 16 年了。

1985 年，引进五十铃后，成立了公司，日子好起来。从引进整车到散件组装到模具，到 1994 年建发动机厂，一步一个足印。

命运的改变，让她从农村来到了省城。同来的，有已婚的中途跑回去了，也就在家种地。而她却留下来了，属于幸运者，现在养老金 4000 多，生活无忧。她两个儿子都在江铃上班，一个是五十铃整车厂办主任，上海交大毕业；一个在发动机厂做售后服务。她在家含饴弄孙，算是老有所乐了。

特型演员周新

受访者：

江铃汽车集团公司周新，1949年生。

1968年，周新从南昌初中毕业后，分配到江西汽车制造厂，在冲压车间当工人。

刚进厂时，他住市区，到八一桥坐电车。当时老福山一带满眼是老表的田地和坟地。从老福山到江铃都是砂石路面，两边茅草很长，沿途除洪都、江拖、麻纺、保温瓶厂外，没几家像样的单位。后来建成了井冈山大道。

进厂不到一年，他就调到厂宣传部。

一般而言，在企业有一技之长，就拥有某种优势，容易冒出来。

1969年，进行阶级教育。厂里举办阶级教育展览馆，物色会写美术字的人，周新仿宋体大标语写得好，就被借调过来。办馆持续一年时间。

周新负责文字、美术。花费一年的精心筹备，1970 年下半年开馆。先组织中层以上干部参观，谈家史、忆苦思甜、厂史教育。然后以车间为单位，每个职工都要接受教育。那时，广播里反复播送着《不忘阶级苦》和《翻身农奴把歌唱》等歌曲。

周新留下来治理厂容厂貌，画毛主席像，画《亚非拉人民要解放》等大型油彩画。在主要场所写大幅毛主席语录，如"抓革命，促生产"等。1968 年至 1971 年，持续几年他都干这个。后来，他又参加南昌市工业建设展览布展，江汽展出了有关生产情况。

1972 年周新正式调到厂宣传部。1973 年恢复工会，到工会当放映员。他与徐声福搭档，放了十来年。

文化生活极其单调，基本没有什么业余生活，有的只有一星期放一场露天电影。《地雷战》《地道战》《南征北战》《卖花姑娘》《瓦尔特保卫萨拉热窝》，车辖辘转，反复播放。大家总是询问，明天什么电影，下周呢？放电影很热闹，过年似的。一年四季如此，这是唯一的精神享受。

起初条件有限，只能露天放映，正反两面都有人看。

放映时，大人小孩搬凳子，有的用砖块占位子。春天暴雨来了，观众可以跑，放电影的不能跑。拔去电源，脱下衣服把机子和喇叭蒙起来，而银幕则在雨中淋着，仿佛在播放下雨的镜头。

每次放映，无非是用三轮车拉两台放映机，挂银幕，装喇叭，放线几样事。有时人手不够，就发展五六个积极分子，从中选几个能干的，组织放映队。他们是纯义务的，叫干啥就干啥，以能在电影队效力而感到光荣。放映员每晚尚有 3 毛钱晚班费，而他们什么都没有。他们白天要上班，吃完晚饭就屁颠着跑来。毛手毛脚时，还会挨批评，受到警告，还担心下次不被通知。

那些好片子一个晚上要放三四个地方，连轴转，中间需精确计算，出了差错是会挨骂的，弄得手忙脚乱。也常有脱片的时候，比如车子路上坏了，或者片子坏了，要接片，得耽误一些时间。观众等得心焦，但又不明就里，就死命地打忽哨，声音又长又尖，响彻夜空，大骂"饭桶！""不会放就别放！"

当时自制幻灯片，宣扬好人好事，普及知识，了解政策。一张张打出来，也颇能稳定正式放映前焦躁的情绪。

前期，并没有卖零食的，后来有了。到1982年才进礼堂放映，此时已经在露天放了十多年了。从70年代初放到80年代中期，单位有电视了才不放映。

塘南公社逢有嫁女成亲、年节的，都来厂里找他们去村里放映，收二三十元片租费，交给电影公司，汽车和人工都免费。村民们很是高兴，杀猪捞鱼款待他们，用脸盆装鱼装肉，用大碗喝酒。乡村干部，一个不少全到场，酒量了得，妇女主任喝得艳若桃李。

周新还记得那次历险。

他和徐声福坐汽车去莲塘跑片，拿到片子钻进驾驶室。仓促间关门时，玻璃"哗啦"一声给震碎了。车子在加速行驶中，突然，一块锐利的残片从侧面削来，呼地扎进徐声福的肉里，把右唇刺个对穿。他忙捂住嘴巴，鲜血透过指缝滴在胸口，濡湿一片。他忍住痛，坚持送到露天放映现场，再去医务所包扎，出了很多血。记得那部电影叫《看不见的战线》。

是的，当时车行漆黑的旷野中，的确视线不清，他没料到徐声福会遭突袭。幸好没削到脑袋，否则完了。

2000年左右，江西电视台通过省文联了解到，江铃有个干部外表酷似邓小平，便慕名到厂工会找到周新。那时他很年轻，但有点瘦。进行了

20世纪80年代末厂西大门

周新

采访。之后，又通知他去省台文艺专栏，商议录制模仿秀节目。有位刘导说，你要在我指导下，模仿邓小平讲话，10天之内拿下来，半个月正式搬上台。

那次有3位模仿表演者，分别模仿马三立、邓小平和刘欢。周新穿的中山装是电视台借来的，灰色的，很大。演出结束，观众打分。小学生模仿刘欢获一等奖，周新模仿邓小平获二等奖，模仿马三立的获三等奖。

后来，每年都有小型模仿演出。

偷看手抄本

受访者：

江铃汽车集团公司傅宜根，1950 年生。

上

1968 年，傅宜根从南昌二十中初中毕业，分配到江西汽车制造厂锻工车间。8 年后，推荐上江西工学院进修。1979 年上电大，毕业当技术员。1988 年当车间主任。2002 年机修厂与模具厂合并，他任厂长。

刚进厂当学徒，实际就是打铁，当然是机器打铁。锻工车间生产车架、底盘、大梁和发动机构件。没有大型压力机，就靠手工做大梁，用氧割下料，人工钻孔，用马粪纸放样。

车间技术员解安民，湖南人，年龄不大，但技术精湛。那时工厂落后，他自己设计制造了很多设备。

1968 年，傅宜根学徒那阵，每月 16 元工资，晚班费3角钱一个。每个月给父母5元钱，剩下的只够自己花。

吃食堂。一般工人发36斤粮票，而锻工每月定量43斤粮食，打铁的能吃，一餐至少吃6两米。那时馒头很大，1两1个，2两稀饭。有肉包子，一口气能吃6到8个，感觉特别好吃，一周到两周才能吃一次，5分钱1个，不限数，但是工资有限，也不敢多吃。

吃一荤一素两个菜。女的不舍得，一般吃素的。打铁的不吃好一点不行，抢不动大锤。有红烧肉就得提前排队。平时有萝卜烧肉、芹菜、包菜，见到有大蒜炒肉和红烧鱼，也抢着买。不过红烧肉和红烧鱼不可多得，一两周才一次。晚班一般就是馒头稀饭和汤。

住在集体宿舍，18平方米，8个人，上下铺，没有风扇。夏天一顶蚊帐，一把扇子。有时到屋顶上睡。一天两个班运转。没有什么文艺生活，只等着放映队来。几部老片子，反复看，台词滚瓜烂熟。有时也走走象棋，扑克不让打，麻将是用毛竹做的，偷偷打。有时也钓鱼、聚餐。

那时，经常是半夜接到最新最高指示，爬起来学习，或者敲敲打打去省政府报喜，一点都不烦，反倒让人兴奋不已，觉得打破了沉闷单调的生活。

60年代末，厂里时兴跳忠字舞。他没有跳过。女的在街上跳，到处是领袖像、纪念章。纪念章可以到人民电影院去交换。有时会遭到流氓抢劫，一不留意，别在胸口的像章，就给揪下抢跑了。

业余也找点书来看，没有什么书能看，传阅《第二次握手》等手抄本，躲在蚊帐中偷偷地看。

傅宜根说，当时处对象还时兴介绍，先见见面，各自回家，问介绍人对方可愿意？约好下次见面的时间，再有可能去公园和影院。逛马路并不常有，不敢牵手。一前一后，相隔一段距离，好像是偶然才出现在同一个画面中似的。谈成了才挽手。作案手段较低，做点什么很难。

说到这里时，他低下头，用指头挠了挠脸上，似乎枉读了手抄本，因错过某些可能的机会而略有遗憾。

事实上，后来者直奔主题的方式，恰恰是因为恋爱时少了那点羞羞答答，而变得缺少韵味，反而更珍视那些老派的做法。

下

傅宜根记得，1978 年，开始放开了一些，有电影看了。

经人介绍，他和妻子认识了。也许他和妻子都同时想到，既然年纪都这么大了，还想怎么着？过得去就行了。他俩都不想再见谁了，相处了 10 个月就结婚。

妻子父母想得开，女儿大了，终于处对象了，除了让他俩早点成家外，也没想还要点什么。

他工作十来年，每月固定给家里 5 元钱，放在一只樟木箱里。结婚之前，零存整取，父母打开樟木箱，把一扎新新旧旧散发着樟木香味的票子放到他手里，还贴了一点，这样，便结了一个婚。

家里摆了几桌酒，花费 1400 多元。

房子是家里挤出来的，6 平方米，放进家具，满满当当的，再没有一点多余的地方。那时要求不高，谁都好不到哪去。境况稍好一点的，不过多台收音机，或房子大一点。

婚后，在家里住了 1 年搬走。实在太挤了，喘不过气来，最后他还补上一句，难受。这两个字可以想象得到诸多的不适，肯定也包括难言的尴尬在内。

1979 年，他分了一个 18 平方米的小间，不过已大为改善了。他生了孩子。开始时，厂里没有幼儿园，3 岁前父母带。一个月 30 来元，孩子的花费大，要用去一个人的工资。其实是老婆管家，他也不知道用了多少。

那时是票证岁月，买饭菜票，肉、豆腐都是凭票。锻工每个月发粮票，节约下来的粮票可以兑换鸡蛋。

他做技术员时，有机会出去进设备，参观学习，得换好全国粮票，开个介绍信，带上工作证，对方才肯接待。旅社住通铺，一个大房间，住好几个陌生人，在此起彼伏的呼噜声中疲倦至极才勉强入睡，没有标准间或单间的概念。回来报账，拿点补贴。坐火车，不想睡卧铺，因为坐硬座，才有补助。

1974 年他被推荐上大学，是正式指标，结果被别人顶替了。厂长说，明年吧。第二年只有到江西工学院的进修班。他也去了，一年半时间。他是红五类，平时又吃苦肯干，因而被推荐。

他在工学院学的是锻压专业。当时组织学生到东北学习，他也去了。走到大连时，忽听到播放哀乐，毛泽东去世了。恰逢唐山大地震，北京沿途搭盖着避难的棚子。东北尚有余震。老师怕出乱子，要求学生原地返回。学生们则要求继续前行，老师只有依着学生，跟着走。在东北一个多月，参观大型工厂：大连机车车辆厂、沈阳重型机床厂等。

1966 年，他还在学校读书时，就到过北京串联。路上站了好几天，不买票，坐的是闷罐子车。去过不止一次，他们这批学生基本上都去了。睡觉时，相互枕藉着，地上都躺不了。也会停站，但不一定是在站点停靠，有时半路停下来会车。串联可以不带钱，但要带粮票，不能吃掉人家的指标。

2010 年，傅宜根在江铃退休。2013 年江铃特聘，任副总工程师，研

江铃现代化的生产车间

制的两台专机获得机械工程协会三等奖，且多次获奖。

傅宜根感叹地说，现在的江铃与当年相比，简直是天壤之别。生产现代产品，新能源车、无人驾驶车，颠覆性的革命，挑战很大。新能源车，发动机都可以不要，这可是传统汽车的核心部分，不可思议。

画
红
太
阳
的
人

受访者：

江铃汽车集团公司徐声福，1949 年生。

云在天上飘，水在地上追。

事实上，怀旧除了对那段岁月中付出的激情和劳动的追忆和反刍外，根本上还是对过去了的、永不再来的时光的无限惋惜和依恋。什么都会转瞬即逝，而时间是永恒不变的主题。

上

1968 年徐声福进江西汽车制造厂。

他是南昌市七中 68 届初中毕业生，属老三届。响应毛泽东的号召，四个面向：农村、工矿、边疆、基层。按当时的标准，他也算是接受再教育的知识分子了。

他们乘坐货车从南昌主城区过来，那时青云谱还是市郊，一到厂里，站在太阳底下，热得直冒汗。一条狗躺在树荫下歇息。这时，几位穿工装的女工捧着冰盘过来，每人发根冰棒，一入口，舒坦极了。

一位厂领导笑着说，冰棒都拿到了吗？一来就能吃上可口的冰棒，你们感受到了温暖吗？300多学生娃齐声回答，温暖！

尽管他们此刻所需要的是凉爽，但那时习惯把来自组织的一切都当作阳光，需要领受者能明白无误地体会到温暖，并把这种感受及时地表达出来，便会获得更多的照耀。

这位领导是厂革委会副主任，后来他们背地里都叫他"杨温暖"，他工人出身，充满着对本阶级的朴素感情。

徐声福看到，厂里墙角都长满了青草。职工带家属就有六七百人，且大多来自农村，可是，突然增加300多人，有点爆棚了。

住房特别紧张和湫隘。废旧的车厢、空置的猪窝、暂不急用的防空洞，稍加改造，都用来住人。理发室也由大改小，也住上一户人家。甚至人们发现，办公室也不需要那么大，桌子和桌子之间足够过人即可。悠悠万事，住是大事，毕竟夜无露宿历来被视为太平盛世。

这样还不够，工人就拿来破板子在厂子的空隙地搭盖房屋。

学生娃运用老师所教地理知识，给那些住宿点重新命名：易涝的地方，就叫"地中海"。远在西北边陲——象湖之畔的，就叫"西伯利亚"。而地处老厂区东边的，就叫"东南亚"。

那时，挑选个头高的男生到铸造、锻工车间。徐声福1米7多，分在了铸造车间。他从小喜欢美术、书法。生产之余，带个画本就画起来。

车间主任喊他去办公室，他战战兢兢进门，心想兴许是那点业余爱好坑了我。果真主任说，你暂时不用来上班了。他心里"咯噔"一下，眼帘下垂。好一阵，他才忐忑不安地问，主任，我犯错了吗？主任笑着说，不是，看你紧张的，是营部调你去搞宣传栏。他激动得快掉眼泪了。

经过一番准备，各部门的宣传栏一同亮出来了，全厂进行评比，徐声福所在的营部获得好成绩。厂里看他可堪造化，将他借到政治部宣传组。二三年后，政治部主任，这位团级军转干部，见他为人谨慎又很肯干就说，你人事关系不调来，老这样不行，入不了党。

此时，要调他进厂部，他还有点小算盘：车间计划粮43斤，每月还发皮鞋、手套、肥皂；到政治部，只有28斤粮。对于一个血气方刚的小伙子来说，这种差别简直是要命。所以，在调动这件事上，他不主动，得先填饱肚子，再说他家成分不好。

尽管那时十分艰难，但厂里干劲非常高。

1971年，厂里掀起了"自力更生，抡起大锤干革命"的热潮。之前，江西省没造过汽车，只会修修补补。要造汽车不那么简单，连基本的设备都没有，又不能等靠要。就拿外形来说吧，不能照搬别人的。厂党委号召全厂自己动手。工人们用泥巴、木头、铁皮和图画设计了上百个汽车外形。经过反复筛选和试做，最后，徐声福设计的样品图纸，敲定为"井冈山牌"汽车模型。那时的奖品是一本《毛主席语录》。

1984年，厂里与日本五十铃公司合资，成立公司生产高档产品，按照国际惯例，要有本公司的商标和标牌。江铃还处于大亏损时期，只有继续自力更生，号召工程技术人员自己动手。商标和徽标的设计不仅要简洁明快，

还要有企业精神内涵，让人感到巧妙，像那么回事。为了避免徽标设计雷同，公司鼓励大家背靠背设计。经过十来天的冥思苦想，众多的参与者都纷纷亮出自己的作品，其中，徐声福设计的图文均获第一名，并送国家档案局报批。

中

徐声福在宣传部，正赶上画"红太阳"的时候。大幅的油画，有三层楼那么高，画面有《毛主席上井冈山》《毛主席去安源》等。

以前他并没有画过油画，油画是西方的，谁有条件学呢？那些材料他根本置备不起。但是日晒雨淋的外墙必须是油画，别无选择。他说，我不会。其实，他想说的是，画砸了就是丑化领袖形象，就是反革命，我得去坐牢。我还没结婚呢。

领导则说，不要紧的，在战争中学会战争，边学边画，你要经得起考验。工人阶级是领导阶级，是老大哥，是国家的主人翁，没有什么是不能干的？想进步吗？就要树雄心立壮志、一往无前地干嘛。

他看着上级信任的目光，仍有些提心吊胆，因为他到底成分不好，父母受过冲击，他们劝导他，还是当工人稳妥。但是美术毕竟是他的最爱，是厂里有名的才子，领导要他好好画，他怎敢推辞？

那次，画一幅巨幅主席像，有3层楼高，搭了一个10多米高的竹架子。约莫画了3个多月，厂里举行隆重的揭幕仪式。那天拆除架子，让木框和帆布结构的画作归位。突然一股乱风吹来，两侧的人手忙脚乱，无力支撑，巨大的画幅像鼓满风的船帆，瞬间倒下，把部队转业英雄——政治部主任压在底下，一时不见动静。一阵惊呼之下，人们将他拉出来，赶紧送到医院，一检查，他被砸成了脑震荡。

画这幅画时，因眼睛和手臂离画幅过近，难以把握全局，不得不用竹竿绑住画笔来画。必须拉开距离作画，与欣赏油画必须保持一定的距离同理。所以得反复调试修改。局部改动达10遍之多。晚上想到绘画的细节，都难以入眠。

每次走到台子顶端，需走几段之字形竹排，上下需要一二十分钟。他恐高，害怕一脚踏空，就呜呼了，心总是绷紧的。起风时，他得把自己系牢，以免刮跑了。

徐声福的确很想进步，满脑子都是：革命的人们是块砖，哪里需要哪里搬，党叫干啥就干啥，再是困难也得上。在架子上一待就是一天，顶多中途下来解个小手，草草地吃个饭，就赶紧回去，那里危险但又未必不安全，仿佛很适合待着。

厂子弟学校的高音喇叭在播放："伟大领袖毛主席教导我们：'发展体育运动，增强人民体质；提高警惕，保卫祖国。'第五套广播体操现在开始，上肢运动……体侧运动……跳跃运动……"。有时，他也原地伸伸懒腰，借以活动一下僵硬的腰板和麻木的四肢。

当时企业都有一种观念，工人画出来的主席像，能够更好地表达对党和毛主席的热爱和忠诚。创作时，好多人前来围观，会由衷地产生一种自豪感，似乎在说，我们自己也能画。

徐声福记得，厂里大型主席像有4幅，3张是毛主席单人的，1张是林彪站在主席身边、手拿《毛主席语录》的。至于标语，则不计其数。那时，像着了火似的，经常是半夜三更爬起来，因为最新指示传达不过夜，并且还要挑灯夜战，在墙上写出来。

徐声福向笔者坦言，画主席像，那多认真啊！这是担心受处分的压力，也是发自内心的忠诚，让我全神贯注，心无旁骛。

就像许多从那个年代走过来的画家一样，他心无二用地画红太阳，装点了那个时代，最后也成就了他们作为艺术家的自我，这批画家是那个时代特殊的产物。往后，只要拿出画主席像的那股空前执着、高度专一的劲头来，还有什么画不好？

他曾参加过全国工业产品设计学习班，一位湖南教授说，你这画能以假乱真。当时，徐声福画的是苹果香蕉，用的是水彩，他惊讶地看到，湖南教授竟然走上前去，用手去掀上面的餐巾。事后，他怀疑这位教授的眼神没准不好。

下

他还在宣传部搞过摄影。

全厂唯一一台翻盖式捷克照相机在他手上。工人生产汽车、业余生活、文艺活动、报喜、会议等，这些方面没有少照。

70 年代末，大量生产汽车，很多领导来厂指导。江西日报社应省委要求，到厂里采访，出了两版报道，要求有一张很有气派的压题照，这个任务记者委托给他。他通过较好的角度，把五六台汽车照下来，全都是井冈山牌，红旗飘飘，红绿相间，十分威武，被放大采用。

徐声福说，太可惜了，那时的照片全坏了。拍照，冲洗，黑白的，夹在相册上，几百张，白天黑夜，细细密密，不知道花费多少心血，可是没几年，因住房潮湿，绝大部分照片全成花白的。为这，他与老婆狠狠地吵了一架。她一脸无辜地说，白蚁吃了，这能怪我吗？

从宣传部到工会，那时他年轻，只要有事做就卖力去干。他分到图书室，他对图书室情有独钟，哪怕要他到别的地方担任职务，也不想离开。即使提拔为工会办公室主任、俱乐部主任，他依旧在图书室办公。

他很用心地发挥图书作用，把好书的封面一一画出来，通过自己的语言向职工推荐，贴得满墙满壁都是。这种做法全省并不多见。由于图书借阅率高，受到省市总工会表扬和诸多兄弟单位参观学习。职工经常与他谈阅读体会。

他在图书室楼梯间两平方米的方寸之地，搭建了洗相室，为职工提供方便，二三分钱洗一张，只收成本费。

后来，要他搞经营，到实业公司，与上海联营，担任雅美餐厅经理、雅美食品厂经理，生产奶制品蛋糕。制作技术由上海雅美传授过来，成为有影响有品牌的糕饼店。

他还记得，蛋糕是 12 元一个，送给员工过生日，整个江汽的员工都有温暖感。办厂时效益不错，但也得罪了不少的人。有人来找茬，他就调离了雅美。又到运输部，负责管理安全。厂里有车辆 100 多台，要做的是尽量减少事故。

前面说过，徐声福成分不好，父母是临时代课老师，学校女老师生娃，一休假就是三四十天，父母就见缝插针顶上去。等到女老师来上班了，父母就放下粉笔，拍拍手回家去。父母只有 20 来元一个月，4 个子女，很是贫困。

父亲书法好，虽没教过他，但受到熏陶，所以从小就喜欢书法。没钱去少年宫，就去窗外偷学，常被轰走。母亲一个月给他 6 元，一天两毛钱，他经常一天花一毛钱，多出来的就买纸笔。这样还不够，常到八一桥拉板车，5 分钱一趟。那天拉到八一桥顶，一伙人围上来揍他，说，这是我们的地盘，你得趁早滚蛋，否则见一次打一次。他又躲着拉了几趟。

　　他花了 5 分钱，请一位武师吃了一碗珍珠汤圆，算是拜师学艺。师傅教了他几招。这样，再有人打他时，他那还算大的块头一拉开架势，那帮人就一哄而散，边跑边回头，不敢再找角头了。

　　他捡过树皮、垃圾和河边防洪的麻袋卖。还捡烟头，撕开后撮成一小堆一小堆，一堆 3 分 5 分的，在马路边吆喝。

　　徐声福说，我最好的时期是在进厂之后，就像翻了身，活得像个人样。而画红太阳，是他人生的高峰，他很怀念孤寂地站在竹架子上的那些日子，脑中时常回荡着第五套广播体操的音乐和口令，但愿自己不曾下来过。那时他心里似乎有光，太阳每天升起，一直沐浴着自己。

主要参考书目

《中国共产党江西历史》第二卷，中共党史出版社。

《中国共产党南昌历史》第二卷，中共党史出版社。

《中国资本主义工商业社会主义改造》，中共党史出版社。

《邵式平传》，李国强、李希文著，江西人民出版社。

《陆孝彭传》，许珊著，航空工业出版社、人民出版社。

《石屏传》，许珊、雷杰佳著，航空工业出版社、人民出版社。

《中国汽车界》月刊，机械工业经济管理研究院主办。

《洪都春秋》，李韶华著，航空工业出版社。

《南昌飞机制造公司》，当代中国出版社。

《人物》，当代中国出版社。

《中国重大技术装备史话》，中国电力出版社。

《中国轻型汽车工业史》，机械工业出版社。

《江西省志机械工业志》，黄山书社。

《昨天》，李金楼著，黄河文艺出版社。

《青云谱区志》，方志出版社。

《江西40年南昌市卷》，江西人民出版社。

《江西40年汽车工业卷》，江西人民出版社。

《南昌老字号厂店》，江西人民出版社。

《江西拖拉机制造厂厂志存稿辑录》，朱惟冰编著，中华古籍出版社。

后 记

　　《工业青云谱》是政协青云谱区第九届委员会为庆祝中国共产党建党100周年而组织撰写的一部非虚构类的纪实文学作品。忠实地记录青云谱工业历史面貌，融高度、厚度、温度于一体。2018年上半年正式启动，历经周折、几经易稿，历时四年，现在得以正式出版，凝结了集体的才智与心血。中共青云谱区委书记孙毅，区委副书记、区长吴江辉给予本书大力支持。青云谱区政协主席胥萍担任主编并审定全书。本书的编写得到许多领导、专家、学者的热情关心和支持。著名学者、原江西科技厅厅长李国强审阅本书，并提出了许多指导性意见。区政协副主席陈忠良、喻洪、杨楼锐、温雪华、周细毛对本书进行专题研审；区政协副主席王莉华牵头编撰工作，多次协调沟通、全面细心审阅，为本书付出大量心血；时任区政协副主席王光为本书启动做好了充分准备。江西日报高级记者、作家练炼对本书给予许多帮助；江西人民出版社副编审章雷老师付出了辛勤努力；任萍、谢艳、舒云安、张丹峰、朱懋昭、张文华、曾文慧为联系采访、搜集资料图片做了大量工作；苏状收集了许多素材，为本书的撰写奠定了扎实的基础。

本书的采写得到各位受访者、众多企业以及老职工的积极配合和协助，参考和借鉴了众多相关文献资料，得到江西人民出版社的大力襄助以及社会各界的诸般玉成，中国民航大学机场学院欧阳杰教授审读了航空方面的章节并提供了老图片。在此一并谨致谢忱！

因水平和时间关系，书中错讹及不当之处必定难免，诚望读者教正和原宥。

编者

2020年6月